FANTASY

Die DRACHENLANZE-Serie
von Margaret Weis und Tracy Hickman
als Goldmann-Taschenbücher:

Die Chronik der DRACHENLANZE

1: Drachenzwielicht (24510)
2: Drachenjäger (24511)
3: Drachenwinter (24512)
4: Drachenzauber (24513)
5: Drachenkrieg (24516)
6: Drachendämmerung (24517)

Die Legenden der DRACHENLANZE

1: Die Brüder (24527)
2: Die Stadt der Göttin (24528)
3: Der Krieg der Brüder (24530)

Weitere Bände folgen.

MARGARET WEIS · TRACY HICKMAN

Die Legenden der Drachenlanze 3

DER KRIEG DER BRÜDER

Aus dem Amerikanischen übertragen
von Marita Böhm

DRAGONLANCE™

GOLDMANN VERLAG

Deutsche Erstveröffentlichung

Die Originalausgabe erschien unter dem Titel
»DragonLance: Legends (Volume 2: War of the Twins. Books 1 and 2)«
bei TSR, Inc., Lake Geneva, WI, USA

Der Goldmann Verlag
ist ein Unternehmen der Verlagsgruppe Bertelsmann

Made in Germany · 1. Auflage · 1/91

Published in the Federal Republic of Germany
by Wilhelm Goldmann Verlag GmbH, München

Umschlaggestaltung: Design Team München
Umschlagillustration: Larry Elmore
Innenillustrationen: Valerie Valusek
Satz: IBV Satz- und Datentechnik GmbH, Berlin
Druck: Elsnerdruck, Berlin
Verlagsnummer: 24530
MV · Herstellung: Peter Papenbrok
ISBN 3-442-24530-3

Abanasinia
KRYSTALMIRSEE
XAK TSAROTH
SOLACE
Que-kiri
Que-shu
Que-teh
TORWEG-PASS
DÜSTERWALD
HAVEN
QUALINOST
NEUHAFEN
QUALINESTI
Alte Straße
PAX THARKAS

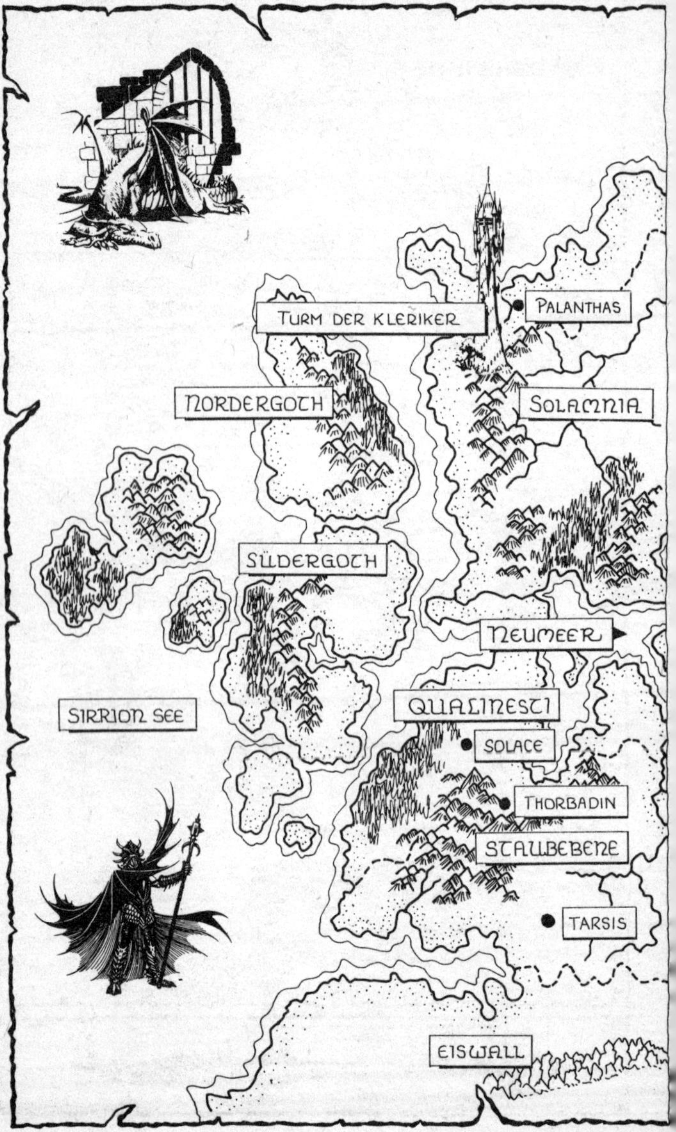

TURM DER KLERIKER
PALANTHAS
NORDERGOTH
SOLAMNIA
SÜDERGOTH
NEUMEER
SIRRION SEE
QUALINESTI
SOLACE
THORBADIN
STAUBEBENE
TARSIS
EISWALL

NORDMAAR
KALAMAN
ESTWILDE
BLUTSEE VON ISTAR
NERAKA
KHUR
FLOTSAM
SANCTION
BALIFOR
SILVANESTI
N
ANSALON

Der Fluß fließt weiter…

Die dunklen Gewässer der Zeit wirbelten um die schwarzen Roben des Erzmagiers und trugen ihn und die, die bei ihm waren, vorwärts durch die Jahre.

Vom Himmel regnete es Feuer, das Gebirge stürzte auf die Stadt Istar und tauchte sie in die Tiefen der Erde. Das Meer erbarmte sich der furchtbaren Zerstörung und brauste über sie, um die Leere zu füllen. Der große Tempel, in dem der Königspriester immer noch darauf wartete, daß die Götter seinen Forderungen nachkamen, verschwand vom Antlitz der Welt. Selbst jene Meerelfen, die sich in das neugeschaffene Blutmeer von Istar wagten, sahen sich erstaunt den Platz an, an dem der Tempel gestanden hatte. Nur eine tiefe schwarze Grube war übriggeblieben. Das Wasser in dieser Grube war so dunkel und eisig, daß diese Elfen, die doch unter dem Wasser geboren waren und dort lebten, sich nicht in ihre Nähe wagten.

Aber es gab viele auf Ansalon, die die Bewohner Istars beneideten. Denn für sie war der Tod zumindest schnell eingetreten.

Aber für jene, die die unmittelbare Verwüstung auf Ansalon überlebten, trat der Tod langsam und in scheußlicher Form ein – Hungertod, Krankheit, Mord…

Krieg.

Ein heiserer, brüllender Schrei der Angst und des Entsetzens riß Crysania aus ihrem Schlaf. So plötzlich und schrecklich war der Schrei und so tief ihr Schlaf, daß es ihr einen Augenblick schleierhaft war, was sie geweckt hatte. Verängstigt und verwirrt starrte sie umher, versuchte zu erkennen, wo sie sich befand, versuchte herauszufinden, was ihr eine solche Angst eingejagt hatte, daß sie kaum atmen konnte.

Sie lag auf einem feuchten, harten Boden. Ihr Körper schüttelte sich krampfhaft in der Eiseskälte, die ihr bis in die Knochen drang, und ihre Zähne klapperten. Sie hielt den Atem an und versuchte etwas zu hören oder zu sehen. Aber die Dunkelheit war unergründlich, die Stille eindringlich.

Sie wurde von Panik ergriffen. Verzweifelt versuchte sie, die Dunkelheit mit Gestalten zu füllen. Aber ihr fiel nichts ein.

Dann vernahm sie wieder den Schrei, und sie erinnerte sich, von ihm geweckt worden zu sein. Und obwohl sie vor Erleichterung über den Klang einer menschlichen Stimme aufatmete, hallte die Angst, die sie aus diesem Schrei heraushörte, in ihrer Seele wider.

Verzweifelt zwang sie sich zum Denken, zum Erinnern.

Steine hatten gesungen, eine Stimme – Raistlins Stimme –, und seine Arme hatten um sie gelegen. Dann das Gefühl, in Wasser zu treten und in eine jähe, unermeßliche Dunkelheit getragen zu werden.

Raistlin! Crysania streckte eine zitternde Hand aus, fühlte aber nichts neben sich außer feuchten, eiskalten Steinen. Und dann kehrte die Erinnerung mit einer entsetzlichen Wucht zurück. Caramon sprang mit dem blitzenden Schwert in der Hand auf seinen Bruder zu... Ihre Worte, als sie einen Zauber aussprach, um den Magier zu beschützen... Das Geräusch eines Schwertes, das auf den Boden fiel.

Aber dieser Schrei – das war Caramons Stimme! Was war, wenn er...

»Raistlin!« rief Crysania angsterfüllt und richtete sich mühsam auf. Ihre Stimme verschwand, löste sich auf, von der Dunkelheit verschluckt. Sie wagte nicht weiterzusprechen, um dieses entsetzliche Gefühl nicht noch einmal zu erleben. In der durchdringenden Kälte zitternd, schlug sie die Arme um sich, und unwillkürlich berührte Crysanias Hand das Medaillon Paladins, das um ihrem Hals hing. Der Segen des Gottes strömte durch ihren Körper.

»Licht«, flüsterte sie, hielt das Medaillon fest in ihrer Hand und betete zu ihrem Gott, die Dunkelheit zu erhellen.

Sanftes Licht quoll zwischen ihren Fingern hervor. Crysania hielt die Kette hoch über ihren Kopf. Sie leuchtete ihre Umgebung ab und versuchte sich zu erinnern, aus welcher Richtung der Schrei gekommen war.

Sie gewann flüchtige Eindrücke von zerstörten, geschwärzten Möbelstücken, Spinnweben, Büchern, die verstreut auf dem Boden lagen, Bücherregalen, die von den Wänden gefallen waren. Aber sie waren fast genauso beängstigend wie die Dunkelheit selbst.

Und dann ertönte wieder der Schrei.

Mit zitternder Hand drehte sich Crysania schnell in die Richtung, aus der der Schrei gekommen war. Das Licht des Gottes teilte die Dunkelheit und ließ zwei Gestalten in entsetzlich klarer Deutlichkeit hervortreten. Eine trug schwarze Roben und lag still auf dem kalten Boden. Über diese reglose Gestalt ragte ein riesengroßer Mann. In blutbefleckte goldene Rüstung gehüllt und mit einem Eisenband um den Hals, starrte er mit ausgestreckten Händen in die Dunkelheit; sein Mund war weit geöffnet, sein Gesicht vor Entsetzen leichenblaß.

Das Medaillon glitt aus Crysanias kraftloser Hand, als sie den Körper wiedererkannte, der vor den Füßen des Kriegers lag. »Raistlin!« flüsterte sie. Von einer Angst ergriffen, die erstikkend war, kniete sie sich neben den Magier.

Er lag mit dem Gesicht auf dem Boden, seine Kapuze war über sein Gesicht gezogen. Behutsam drehte Crysania ihn auf die andere Seite, zog die Kapuze von seinem Gesicht und hielt das strahlende Medaillon über ihn.

Die Haut des Magiers war aschgrau, seine Lippen blau; seine Augen waren geschlossen.

»Was hast du getan?« schrie sie Caramon an und sah zu ihm auf. »Was hast du getan?« herrschte sie ihn an; ihre Stimme überschlug sich vor Trauer und Zorn.

»Crysania?« flüsterte Caramon heiser.

Das Licht des Medaillons warf sonderbare Schatten auf ihn. Er hielt die Arme immer noch ausgestreckt, seine Hände griffen schwach in die Luft, er senkte den Kopf. »Crysania?« wiederholt er schluchzend. Er tat einen Schritt zu ihr hin, fiel über die Beine seines Bruders und stürzte zu Boden.

Fast unmittelbar darauf richtete er sich wieder auf, kroch auf Händen und Knien. Er streckte eine Hand aus. »Crysania? Bring uns dein Licht! Schnell!«

»Ich habe ein Licht, Caramon! Ich... Gesegnet sei Paladin!« murmelte Crysania und starrte ihn im Schein des Medaillons an. »Du bist blind!« Sie streckte die Hand aus und ergriff seinen greifenden, zuckenden Finger.

Bei ihrer Berührung schluchzte Caramon vor Erleichterung auf. Seine Hand umklammerte mit zermalmender Kraft ihre, und Crysania biß sich vor Schmerz auf die Lippen.

Sie erhob sich und half Caramon beim Aufstehen. Der große Körper des Kriegers zitterte, und er klammerte sich in seiner verzweifelten Angst an sie, seine Augen starrten immer noch verstört und mit leerem Blick geradeaus. Crysania sah in die Dunkelheit, suchte verzweifelt einen Stuhl, ein Sofa... irgend etwas. Sie führte Caramon zu dem einzigen Möbelstück, das sie ausgemacht hatte. »Hier, setz dich«, wies sie ihn an. »Lehn dich dagegen.«

Sie half Caramon auf dem Boden Platz nehmen. Sein Rücken war gegen einen mit Schnitzereien verzierten Holzschreibtisch gestützt, der ihr bekannt vorkam. Der Anblick brachte eine Flut von Erinnerungen mit sich – sie hatte ihn irgendwo gesehen. Aber sie war zu beschäftigt, um weitere Gedanken daran zu verlieren. »Caramon?« fragte sie mit zittriger Stimme. »Ist Raistlin... Hast du ihn getötet?« Ihre Stimme versagte.

»Raistlin?« Caramon wandte seine blinden Augen in die Richtung ihrer Stimme. Er versuchte aufzustehen. »Raist! Wo...«

»Nein. Setz dich wieder!« befahl Crysania in plötzlicher Wut und Angst. Sie drückte ihn nach unten.

Caramon schloß die Augen, ein sarkastisches Lächeln verzerrte sein Gesicht. Einen Augenblick sah er seinem Zwillingsbruder sehr ähnlich. »Nein, ich habe ihn nicht getötet!« sagte er bitter. »Wie hätte ich es tun können? Ich habe nur noch gehört, wie du Paladin um Hilfe angerufen hast, dann wurde alles dunkel. Meine Muskeln bewegten sich nicht mehr, das Schwert fiel aus meiner Hand. Und dann...«

Aber Crysania hörte nicht zu. Sie trat zu Raistlin und kniete sich neben ihn, hielt das Medaillon an sein Gesicht und griff unter die schwarze Kapuze, um den Puls an seinem Hals zu fühlen. Vor Erleichterung schloß sie die Augen und stieß ein stummes Gebet zu Paladin aus. »Er lebt!« flüsterte sie. »Aber was stimmt dann nicht mit ihm?«

»Was stimmt nicht mit ihm?« fragte Caramon; in seiner Stimme lagen immer noch Bitterkeit und Angst. »Ich sehe nicht...«

Crysania beschrieb den Zustand des Magiers.

Caramon zuckte die Achseln. »Von seiner Magie erschöpft«, erklärte er mit ausdrucksloser Stimme. »Und vergiß nicht, daß er schon von Anfang an geschwächt war, zumindest hast du mir das gesagt. Krank von der Nähe der Götter.« Seine Stimme wurde leiser. »Ich habe ihn schon vorher in solch einem Zustand erlebt. Nachdem er die Kugel der Drachen zum ersten Mal benutzt hatte, konnte er sich kaum rühren. Ich hielt ihn in meinen Armen...« Er brach ab und starrte in die Dunkelheit; sein Gesicht war nun ruhig. »Wir können nichts für ihn tun«, sagte er. »Er muß sich ausruhen.« Nach einer kurzen Pause fragte er leise: »Crysania, kannst du mich heilen?«

Crysanias Haut brannte. »Leider nicht«, erwiderte sie verzweifelt. »Es muß mein Zauber gewesen sein, der dich erblinden ließ.« In ihrer Erinnerung sah sie wieder den großen Krieger, das blutverschmierte Schwert in der Hand, mit der Absicht, seinen Zwillingsbruder zu töten, mit der Absicht, sie zu töten – wenn sie in seinen Weg geriet.

»Es tut mir leid«, sagte sie leise. »Aber ich war verzweifelt und hatte Angst. Mach dir trotzdem keine Sorgen«, fügte sie hinzu, »der Zauber ist nicht dauerhaft. Er wird sich im Lauf der Zeit auflösen.«

Caramon seufzte. »Ich verstehe«, sagte er. »Gibt es ein Licht in diesem Raum? Du hast gesagt, du hättest eins.«

»Ja«, antwortete sie. »Ich habe das Medaillon...«

»Sieh dich um. Sag mir, wo wir sind. Beschreib es mir.«

»Aber Raistlin...«

»Er wird sich schon wieder erholen!« sagte Caramon, seine Stimme klang grob und befehlend. »Tu, was ich dir sage! Unser Leben, sein Leben kann davon abhängen! Sag mir, wo wir sind!«

Als Crysania in die Dunkelheit blickte, kehrte ihre Angst zurück. Widerstrebend verließ sie den Magier, ging zu Caramon und setzte sich zu ihm. »Ich weiß nicht«, stammelte sie, während sie das strahlende Medaillon wieder hochhielt. »Ich kann außerhalb der Reichweite des Lichts nicht viel erkennen. Aber es scheint ein Ort zu sein, an dem ich schon einmal gewesen bin. Möbelstücke liegen hier, aber es ist alles zerbrochen und angekohlt wie von einem Brand. Viele Bücher liegen verstreut herum. Da ist ein großer Holzschreibtisch – gegen den du lehnst. Er kommt mir irgendwie bekannt vor. Er ist wunderschön, in ihm sind alle möglichen merkwürdigen Kreaturen eingeschnitzt.«

Caramon tastete auf dem Boden herum. »Teppich«, sagte er, »auf Stein.«

»Ja, der Boden ist mit einem Teppich bedeckt – beziehungsweise war. Jetzt ist er zerrissen. Und er sieht angenagt aus...« Sie würgte, als sie plötzlich eine dunkle Form sah, die aus dem Licht glitt.

»Was ist los?« fragte Caramon scharf.

»Offenbar sind das Wesen, die den Teppich annagen«, erwiderte Crysania mit einem nervösen Lachen. »Ratten.« Sie versuchte fortzufahren. »Da steht ein Kamin, aber er ist voller Spinnweben. In der Tat ist hier alles voller Spinnweben...«

Dann versagte ihre Stimme ihren Dienst. Plötzliche Bilder von Spinnen, die von der Decke fielen, und Ratten, die an ihren Füßen vorbeihuschten, ließen sie erschauern, und sie raffte ihre zerrissenen weißen Roben zusammen. Der Kamin erinnerte sie, wie kalt ihr war.

Ihren zitternden Körper spürend, lächelte Caramon düster und streckte seine Hand nach ihr aus. Er hielt ihre Hand fest und sagte mit einer Stimme, die in ihrer Gelassenheit schrecklich war: »Crysania, wenn wir es lediglich mit Ratten und Spinnen zu tun haben, können wir uns glücklich schätzen.«

Sie erinnerte sich an seinen Schrei schieren Entsetzens, der sie geweckt hatte. Aber er konnte doch nicht sehen! Schnell blickte sie sich um. »Was ist es? Du mußt etwas gehört oder gespürt haben, doch...«

»Gespürt«, wiederholte Caramon leise. »Ja, ich habe es gespürt. An diesem Ort gibt es Dinge, Crysania, entsetzliche Dinge. Ich kann fühlen, wie sie uns beobachten! Ich kann ihren Haß fühlen. Wo wir auch sind, wir haben uns ihnen aufgedrängt. Kannst du das nicht auch fühlen?«

Crysania starrte in die Dunkelheit. Jetzt, da Caramon davon gesprochen hatte, konnte sie etwas spüren. Oder, wie Caramon sagte, Dinge!

Je länger sie blickte und sich darauf konzentrierte, um so wirklicher wurden sie. Obgleich sie nichts erkennen konnte, wußte sie, daß sie warteten, gerade außerhalb der Reichweite des Lichtes, das von dem Medaillon geworfen wurde. Ihr Haß war stark, wie Caramon gesagt hatte, und was noch schlimmer war, sie spürte ihre Bösartigkeit, die um sie herum in eisiger Kälte floß. Es war wie... Sie hielt den Atem an.

»Was?« schrie Caramon.

»Pst«, zischte sie und umklammerte seine Hand. »Nichts. Es ist nur... Ich weiß jetzt, wo wir sind«, sagte sie leise.

Er antwortete nicht, sondern richtete nur seine blinden Augen auf sie.

»Der Turm der Erzmagier in Palanthas!« flüsterte sie.

»Wo Raistlin lebt?« Caramon wirkte erleichtert.

»Ja... nein.« Crysania zuckte hilflos die Schultern. »Es ist das gleiche Zimmer, in dem ich war – sein Arbeitszimmer. Aber es sieht nicht genauso aus. Es sieht aus, als wäre es seit vielleicht hundert Jahren oder noch länger unbewohnt und... Caramon! Ich hab's! Er sagt, er werde mich zu einem Ort und in eine Zeit mitnehmen, in der es keine Kleriker gebe. Das muß nach der Umwälzung und vor dem Krieg sein. Bevor...«

»Bevor er zurückkehrte, um diesen Turm als seinen zu beanspruchen«, sagte Caramon bitter. »Und das bedeutet, daß der Fluch immer noch auf dem Turm liegt, Crysania. Das bedeutet, wir befinden uns an dem Ort auf Krynn, wo das Böse herrscht. Am gefürchtetsten Ort auf dem Antlitz dieser Welt. Der Ort, an den sich kein Sterblicher wagt, der von dem Eichenwald von Shoikan und weiß die Götter was sonst noch bewacht ist. Er hat uns hierhergebracht!«

Crysania sah plötzlich außerhalb des Lichtkreises blasse Gesichter erscheinen, als wären sie von Caramons Stimme herbeigerufen worden. Körperlose Köpfe mit starrenden Augen, die lange Zeit im Tod geschlossen waren, schwebten in der kalten Luft; ihre Münder waren in Vorfreude auf warmes, lebendes Blut weit geöffnet.

»Caramon, ich kann sie sehen!« Crysania würgte und wich zu dem großen Mann zurück. »Ich kann ihre Gesichter sehen!«

»Ich habe ihre Hände an mir gefühlt«, sagte Caramon. Er erbebte krampfhaft, spürte auch ihr Zittern und legte seinen Arm um sie, zog sie dicht an sich. »Sie haben mich angegriffen. Ihre Berührung hat meine Haut frieren lassen. Das war, als du mich schreien gehört hast.«

»Aber warum habe ich sie nicht vorher gesehen? Was hält sie jetzt vom Angriff ab?«

»Du, Crysania«, sagte Caramon leise. »Du bist eine Klerikerin Paladins. Diese Kreaturen wurden von dem Bösen hervorgebracht, es sind Schöpfungen des Fluches. Sie haben nicht die Kraft, dir zu schaden.«

Crysania sah auf das Medaillon in ihren Händen. Das Licht quoll immer noch hervor, aber während sie es anstarrte, schien es schwächer zu werden. Mit Schuldgefühl erinnerte sie sich an den Elfenkleriker Loralon. Sie erinnerte sich an ihre Weigerung, ihn zu begleiten. Seine Worte klangen in ihrem Gesicht wider: »Das nächste Mal, wenn du deutlich sehen wirst, wirst du von der Dunkelheit blind sein...«

»Ich bin eine Klerikerin, das stimmt«, sagte sie leise, »aber mein Glaube ist... schwach. Diese Dinge spüren meine Zweifel, meine Schwäche. Vielleicht hätte ein Kleriker, so stark wie Elistan, die Kraft, gegen sie anzukämpfen. Ich vermag es nicht.« Das Licht wurde immer trüber. »Mein Licht erlischt, Caramon«, fügte sie hinzu. Als sie aufsah, konnte sie die blassen Gesichter erkennen, die gierig immer näher trieben. »Was können wir unternehmen?«

»Ich habe keine Waffe! Ich kann nicht sehen!« schrie Caramon gequält auf und ballte die Hand.

»Pst!« befahl Crysania und ergriff seinen Arm; ihre Augen waren auf die schimmernden Formen gerichtet. »Sie scheinen stärker zu werden, wenn du so redest! Vielleicht ernähren sie sich von Furcht. Dalamar hat mir gesagt, daß das bei denen im Eichenwald von Shoikan der Fall ist.«

Caramon holte tief Luft. Sein Körper glänzte von Schweiß.

»Wir müssen versuchen, Raistlin zu wecken«, schlug Crysania vor.

»Nicht gut!« flüsterte Caramon. »Ich weiß...«

»Wir müssen es versuchen!« sagte Crysania hartnäckig.

»Sei vorsichtig, beweg dich langsam«, riet Caramon, als er sie losließ.

Ihr Medaillon hochhaltend, ihre Augen auf die Augen der Dunkelheit gerichtet, kroch Crysania zu Raistlin hin. Sie legte eine Hand auf die Schulter des Magiers. »Raistlin!« sagte sie und schüttelte ihn. »Raistlin!«

Es kam keine Antwort. Sie hätte genauso gut versuchen können, eine Leiche zu wecken. Daran denkend, warf sie den lauernden Formen einen Blick zu. Würden sie ihn töten? fragte sie sich. Schließlich existierte er nicht in dieser Zeit. Der »Herr über Vergangenheit und Gegenwart« war noch nicht zurückgekehrt, um sein Eigentum zu beanspruchen – diesen Turm.

Oder hatte er es getan?

Crysania rief wieder den Magier, und dabei hielt sie die Augen auf die Untoten gerichtet, die sich immer näher bewegten, je schwächer ihr Licht wurde.

»Fistandantilus!« sagte sie zu Raistlin.

»Ja!« rief Caramon, der sie hörte und verstand. »Sie erkennen diesen Namen wieder. Was ist geschehen? Ich spüre eine Veränderung...«

»Sie haben aufgehört!« berichtete Crysania atemlos. »Sie sehen ihn jetzt an.«

»Geh zurück!« befahl Caramon und erhob sich halb. »Geh von ihm weg. Nimm das Licht von ihm! Laß sie ihn sehen, da er in ihrer Dunkelheit existiert!«

»Nein!« gab Crysania wütend zurück. »Du bist verrückt!

Wenn das Licht erst einmal verschwunden ist, werden sie ihn verschlingen…«

»Es ist unsere einzige Chance!«

Blind auf Crysania zuspringend, fing Caramon sie auf, überrumpelte sie. Er riß sie von Raistlin weg und schleuderte sie auf den Boden. Dann fiel er über sie und schlug den Atem aus ihrem Körper.

»Caramon!« Sie rang nach Luft. »Sie werden ihn töten. Nein…« Sie kämpfte gegen den großen Krieger, aber er hielt sie unter sich fest.

Das Medaillon hielt sie immer noch in der Hand. Das Licht wurde trüber. Sie wand sich und blickte zu Raistlin hin. Er lag jetzt außerhalb des Lichtkreises in der Dunkelheit. »Raistlin!« schrie sie. »Nein! Laß mich, Caramon! Sie gehen zu ihm…«

Aber Caramon verstärkte nur seinen Griff, drückte sie gegen den kalten Boden. Sein Gesicht war schmerzverzerrt, aber entschlossen, seine blinden Augen starrten auf sie hinab. Sein Fleisch war kalt gegen ihres, seine Muskeln waren angespannt.

Sie mußte einen weiteren Zauber auf ihn werfen! Die Worte lagen auf ihren Lippen, als ein schriller Schmerzensschrei die Dunkelheit durchbohrte.

»Paladin, hilf mir!« betete Crysania.

Nichts geschah.

Wieder versuchte sie schwach, Caramon zu entkommen, aber es war hoffnungslos, und sie wußte es. Und jetzt hatte ihr Gott sie offensichtlich auch noch verlassen. Vor Enttäuschung aufschreiend, Caramon verfluchend, konnte sie nur noch beobachten.

Die blassen, schimmernden Gestalten hatten Raistlin inzwischen eingekreist. Sie konnte ihn nur noch durch das Licht der entsetzlichen Aura erkennen, das von ihnen ausging. Ihre Kehle schmerzte, und ein leises Stöhnen entfuhr ihren Lippen, als eine der greulichen Kreaturen ihre kalten Hände erhob und auf seinen Körper legte.

Raistlin schrie auf. Unter seinen schwarzen Roben zuckte sein Körper in qualvollen Krämpfen.

Auch Caramon hörte den Schrei seines Bruders. »Laß mich!« flehte Crysania. Aber obgleich seine Stirn von kaltem Schweiß naß war, schüttelte Caramon hartnäckig den Kopf und hielt ihre Hände fest.

Raistlin schrie wieder auf. Caramon erschauerte, und Crysania spürte seine Muskeln erschlaffen. Sie ließ das Medaillon fallen und befreite ihre Arme, um ihn mit ihren zusammengeballten Fäusten zu schlagen. Aber dabei versiegte das Licht des Medaillons, und beide verschwanden in völliger Dunkelheit. Caramons Körper war plötzlich von ihr fortgerissen. Sein heiserer, gequälter Schrei vermischte sich mit den Schreien seines Bruders.

Benommen setzte sich Crysania auf, ihre Hand suchte den Boden nach dem Medaillon ab.

Ein Gesicht näherte sich ihr. Sie sah schnell von ihrer Suche auf, dachte, es sei Caramon.

Es war nicht sein Gesicht. Ein körperloser Kopf schwebte neben ihr.

»Nein!« wimmerte sie, war wie gelähmt, konnte nur spüren, wie ihr das Leben aus Händen, Körper, Herz entzogen wurde. Fleischlose Hände packten ihre Arme, zogen sie an sich; blutlose Lippen, gierig nach ihrer Wärme, öffneten sich.

»Paladin«, versuchte Crysania zu beten, aber gleichzeitig wurde ihre Seele durch die tödliche Berührung der Kreatur aus ihrem Körper gesaugt.

Dann hörte sie schwach und aus der Ferne eine kraftlose Stimme Worte der Magie singen. Licht explodierte um sie. Der Kopf, der so dicht an ihrem war, verschwand in einem Kreischen, die fleischlosen Hände verloren ihren Halt. Es roch beißend nach Schwefel.

»Shirak.« Das explosive Licht war verschwunden. Ein sanftes Glühen erfüllte den Raum.

Crysania richtete sich auf. »Raistlin!« flüsterte sie dankbar. Auf Händen und Knien kroch sie mühsam über den geschwärzten Boden zu dem Magier, der auf dem Rücken lag und schwer atmete. Eine Hand ruhte auf dem Stab des Magus. Von der Kristallkugel in der goldenen Drachenklaue an seiner Spitze kam Licht.

»Raistlin! Bist du in Ordnung?« Sich zu ihm kniend, sah sie in sein schmales, blasses Gesicht, als er die Augen aufschlug.

Erschöpft nickte er. Dann griff er nach ihr und zog sie an sich. Er umarmte sie, streichelte ihr weiches schwarzes Haar. Sie spürte seinen Herzschlag. Seine seltsame Körperwärme vertrieb die Kälte. »Hab keine Angst!« flüsterte er tröstend, als er ihr Zittern spürte. »Sie werden uns nichts antun. Sie haben mich gesehen und erkannt. Sie haben dich doch nicht verletzt?«

Sie konnte nicht sprechen, nur den Kopf schütteln. Er seufzte wieder. Crysania schloß die Augen; sie lag getröstet in seiner Umarmung.

Als seine Hand wieder über ihr Haar fuhr, merkte sie, wie sich sein Körper anspannte. Er schob sie von sich weg. »Sag mir, was geschehen ist«, befahl er mit schwacher Stimme.

»Ich bin hier wach geworden...«, stammelte Crysania. Das entsetzliche Erlebnis und Raistlins herzliche Berührung verwirrten sie. Als sie jedoch seine kalten und ungeduldigen Augen sah, zwang sie sich zum Weitererzählen. »Ich habe Caramon schreien hören...«

Raistlin riß die Augen auf. »Meinen Bruder?« fragte er verblüfft. »Der Zauber hat ihn also auch hierhergebracht. Ich bin überrascht, daß ich noch lebe. Wo ist er?« Er hob erschöpft den Kopf und sah seinen Bruder bewußtlos auf dem Boden liegen. »Was ist mit ihm?«

»Ich... ich habe einen Zauber geworfen. Er ist blind«, sagte Crysania errötend. »Ich wollte es nicht. Es war, als er versuchte, dich zu töten – in Istar, vor der Umwälzung...«

»Du hast ihn blind gemacht? Paladin... hat ihn blind gemacht!« Raistlin lachte. Der Klang hallte von den kalten Steinen zurück, und Crysania zuckte zusammen, spürte ein eisiges Entsetzen. Aber das Lachen blieb in Raistlins Kehle stecken. Der Magier begann zu würgen und nach Luft zu ringen.

Crysania beobachtete ihn hilflos, bis der Anfall vorüber war und Raistlin wieder ruhig dalag.

»Erzähl weiter«, flüsterte er gereizt.

»Ich hörte ihn schreien, aber ich konnte in der Dunkelheit nichts erkennen. Das Medaillon gab mir jedoch Licht, und ich fand ihn, und ich erkannte, daß er blind ist. Ich fand dich auch. Du warst bewußtlos. Wir konnten dich nicht wecken. Caramon sagte mir, ich solle ihm beschreiben, wo wir seien, und dann sah ich« – sie schauderte – »diese entsetzlichen...«

»Fahr fort«, unterbrach Raistlin sie.

Crysania holte tief Luft. »Dann begann das Licht des Medaillons schwächer zu werden...«

Raistlin nickte.

»...und die Dinge kamen auf uns zu. Ich rief nach dir, ich benutzte den Namen Fistandantilus. Das ließ sie einhalten. Dann« – Crysanias Stimme verlor ihre Angst und wurde zornig – »ergriff dein Bruder mich, warf mich auf den Boden und schrie etwas, ich glaube: ›Laß sie ihn sehen, da er in ihrer Dunkelheit existiert!‹ Als Paladins Licht dich nicht mehr erfaßte, kamen diese Kreaturen...« Sie schauderte wieder und vergrub ihr Gesicht in beiden Händen. Raistlins schrecklicher Aufschrei hallte in ihrem Geist wider.

»Das hat mein Bruder gesagt?« fragte Raistlin leise.

Crysania nahm die Hände vom Gesicht und sah ihn an, verwirrt über sein Staunen. »Ja«, antwortete sie nach einer Pause kühl. »Warum?«

»Er hat uns das Leben gerettet«, erklärte Raistlin; seine Stimme war wieder sarkastisch. »Der große Dummkopf hatte in der Tat eine gute Idee. Vielleicht solltest du ihn blind bleiben lassen – offenbar fördert das sein Denkvermögen.«

Raistlin versuchte zu lachen, aber daraus wurde ein Husten, der ihn fast erstickte. Crysania wollte ihm helfen, aber er hielt sie mit einem zornigen Blick zurück, selbst als sich sein Körper vor Schmerzen krümmte. Er fiel zur Seite und erbrach sich.

Crysania starrte ihn hilflos an. »Du hast mir einmal gesagt, daß die Götter dich nicht von dieser Krankheit heilen können. Aber du liegst im Sterben, Raistlin! Gibt es nichts, was ich für dich tun kann?« fragte sie sanft.

Er nickte. Mit offensichtlicher Anstrengung hob er schließlich eine zitternde Hand vom eisigkalten Boden und winkte Crysania zu sich. Sie beugte sich über ihn. Er berührte ihre Wange und zog ihr Gesicht dicht an seins.

»Wasser!« keuchte er kaum hörbar. »Ein Trank... wird helfen.« Fieberhaft bewegte sich seine Hand zu einer Tasche an seinen Roben. »Und Wärme, Feuer! Ich... habe nicht... die Kraft...«

Crysania nickte, um zu zeigen, daß sie ihn verstand.

»Caramon?«

»Jene Dinge haben ihn angegriffen«, sagte sie und blickte zu dem reglosen Körper des großen Kriegers. »Ich bin mir nicht sicher, ob er noch lebt...«

»Wir brauchen ihn! Du mußt... ihn heilen!« Er konnte nicht weitersprechen und lag nach Atem ringend da, die Augen geschlossen.

Crysania schluckte. »Bist du sicher?« fragte sie zögernd. »Er hat versucht, dich umzubringen...«

Raistlin lächelte, dann schüttelte er den Kopf. Er schlug die Augen auf, und sie konnte tief in ihre braunen Tiefen blicken. Die Flamme in dem Magier brannte schwach, verlieh den Augen eine sanfte Wärme, die sich sehr von dem tobenden Feuer unterschied, das sie zuvor gesehen hatte.

»Crysania...«, keuchte er. »Ich... werde... das Bewußtsein verlieren... Du wirst... allein sein... an diesem Ort der Dunkelheit... Mein Bruder... kann helfen... Wärme...« Seine Augen schlossen sich, aber sein Griff um Crysanias Hand wurde fester, als ob er versuchte, sich mittels ihrer Lebenskraft an die Wirklichkeit zu klammern. Er öffnete noch einmal die Augen und sah in ihre. »Verlaß diesen Raum nicht!« flüsterte er.

Du wirst allein sein! Crysania sah sich verängstigt um. Wasser! Wärme! Wie sollte sie das bewerkstelligen? Sie konnte es nicht, nicht in dieser Kammer des Bösen.

»Raistlin!« flehte sie, hielt seine zerbrechliche Hand mit beiden Händen umklammert, legte sie an ihre Wange. »Raistlin, bitte verlaß mich nicht!« flüsterte sie. »Ich kann nicht tun, was du verlangst! Ich habe nicht die Kraft! Ich kann aus Staub kein Wasser erschaffen…«

Raistlin öffnete die Augen. Sie waren fast genauso dunkel wie das Zimmer, in dem er lag. Er bewegte die Hand, die sie festhielt, zeichnete mit ihr eine Linie über ihre Wange. Dann erschlaffte die Hand.

Crysania fragte sich, was er mit dieser seltsamen Geste gemeint haben konnte. Es war keine Liebkosung gewesen. Er hatte versucht, ihr etwas mitzuteilen, das war eindeutig gewesen. Aber was? Ihre Haut brannte von seiner Berührung, brachte Erinnerungen zurück…

Und dann wußte sie es. Ich kann aus Staub kein Wasser erschaffen… »Meine Tränen!« murmelte sie.

Als sie in der eiskalten Kammer neben Raistlins reglosem Körper kniete und Caramon blaß und leblos in der Nähe lag, beneidete Crysania beide plötzlich heftig. Wie einfach würde es sein, dachte sie, in die Bewußtlosigkeit zu gleiten und sich von der Dunkelheit in Besitz nehmen zu lassen! Das Böse an diesem Ort, das beim Klang von Raistlins Stimme offenbar geflohen war, kehrte zurück. Es wehte an ihrem Hals wie ein kalter Wind. Augen starrten sie aus dem Schatten an, Augen, die wohl nur vom Licht des Stabes des Magus zurückgehalten wurden. Trotz seiner Bewußtlosigkeit ruhte Raistlins Hand auf ihm.

Crysania legte die andere Hand des Erzmagiers, die sie festhielt, behutsam auf seine Brust. Dann setzte sie sich zurück, preßte die Lippen zusammen und schluckte ihre Tränen hinunter.

»Er ist auf mich angewiesen«, sagte sie laut, um das Wispern um sich herum zu zerstreuen. »In seiner Schwäche hängt er von meiner Stärke ab. Mein ganzes Leben lang«, fuhr sie fort, wischte sich die Tränen von den Augen und betrachtete das Wasser, das an ihren Fingern im Schein des Stabes glänzte, »habe ich mich mit meiner Stärke gebrüstet. Doch bis jetzt habe ich nie gewußt, was wirkliche Stärke ist.« Ihre Augen wandten sich Raistlin zu. »Jetzt sehe ich sie in ihm! Ich werde ihn nicht im Stich lassen! Wärme«, sagte sie und erbebte so stark, daß sie kaum aufstehen konnte, »er braucht Wärme. Die brauchen wir alle.« Sie seufzte. »Aber wie soll ich das bewerkstelligen? Im Schloß von Eismauer würden allein meine Gebete ausreichen, um uns zu wärmen. Paladin würde uns helfen. Aber diese Kälte hier ist nicht die Kälte von Eis oder Schnee. Sie geht viel tiefer – sie läßt eher den Geist als das Blut erstarren. Hier an diesem Ort des Bösen könnte mein Glaube mich erhalten, aber er wird uns niemals wärmen!«

Darüber nachdenkend und sich im Raum umsehend, der von dem Licht des Stabes schwach erleuchtet wurde, nahm Crysania an den Fenstern die Formen zerfetzter Vorhänge wahr. Sie waren aus schwarzem Samt und groß genug, daß sich alle damit zudecken konnten. Ihre Stimmung hob sich, sank aber unverzüglich, als ihr klar wurde, daß sie am anderen Ende des Raumes hingen. Kaum sichtbar in der verzehrenden Dunkelheit, befanden sich die Fenster außerhalb des Lichtkreises des Stabes.

»Ich muß dorthin gehen«, sagte sie sich, »in den Schatten!« Ihr Herz versagte fast, ihre Stärke ließ nach. »Ich werde Paladin um Hilfe bitten.« Aber während sie sprach, wanderte ihr Blick zu dem Medaillon, das auf dem Boden lag.

Sie bückte sich, um es aufzuheben, fürchtete aber die Berührung und erinnerte sich kummervoll, wie sein Licht beim Kommen des Bösen erloschen war.

Wieder fiel ihr Loralon ein, der großen Elfenkleriker, der kurz vor der Umwälzung gekommen war, um sie mitzunehmen. Sie hatte sich geweigert und statt dessen ihr Leben aufs Spiel gesetzt, um die Worte des Königspriesters zu hören – die Worte, die den Zorn der Götter hervorgerufen hatten. War Paladin zornig? Hatte er sie in seinem Zorn verlassen, so wie viele glaubten, daß er ganz Krynn nach der schrecklichen Zerstörung Istars verlassen hatte? Oder konnte seine göttliche Macht einfach nicht die eisigen Schichten des Bösen durchdringen, die in diesem verfluchten Turm der Erzmagier zu Hause waren?

Verwirrt ergriff Crysania das Medaillon. Es leuchtete nicht. Das Metall fühlte sich in ihrer Hand kalt an. Sie zwang sich, zu einem Fenster zu gehen. »Wenn ich mich nicht überwinde«, murmelte sie, »werde ich erfrieren. Wir werden alle sterben«, fügte sie hinzu, und ihr Blick ging zu den Brüdern zurück. Raistlin trug seine schwarzen Samtroben, aber sie erinnerte sich, wie kalt seine Hände gewesen waren. Caramon war immer noch in sein Gladiatorenkostüm gekleidet, die goldene Rüstung und einen Lendenschurz.

Mit erhobenem Kinn warf Crysania den unsichtbaren, flüsternden Formen, die sie umlauerten, einen trotzigen Blick zu, dann trat sie mutig aus dem magischen Lichtkreis von Raistlins Stab hinaus.

Eisige Finger berührten ihre Haut. Crysania zuckte zusammen und konnte sich lange Zeit nicht regen. »Nein!« sagte sie dann wütend. »Ich werde weitergehen. Diese Kreaturen des Bösen werden mich nicht aufhalten. Ich bin eine Klerikerin Paladins. Selbst wenn mein Gott mich aufgegeben hat, werde ich doch nicht meinen Glauben aufgeben.«

Mit erhobenem Kopf streckte Crysania ihre Hand aus, als wollte sie die Dunkelheit wie einen Vorhang teilen. Dann setzte sie ihren Weg zum Fenster fort. Sie hörte unheimliches Geflüster und Gelächter, aber nichts hielt sie auf, nichts berührte sie. Endlich erreichte sie die Fenster.

Sie zog die Vorhänge auseinander und sah hinaus, hoffte, Trost in den Lichtern der Stadt Palanthas zu finden. Draußen sind andere Lebewesen, sagte sie sich, während sie das Gesicht gegen das Glas drückte. Ich werde Lichter sehen...

Aber die Prophezeiung war noch nicht eingetreten. Raistlin, der Herr über Vergangenheit und Gegenwart, war noch nicht zurückgekehrt, um den Turm zu beanspruchen, so wie es in der

Zukunft geschehen würde. Und so blieb der Turm in undurchdringliche Dunkelheit gehüllt. Falls die Lichter in der wunderschönen Stadt Palanthas brannten, dann konnte sie es nicht sehen.

In ihrer Trostlosigkeit aufseufzend, ergriff Crysania den Stoff und zog an ihm. Das morsche Gewebe gab fast unverzüglich nach und begrub sie wie unter einem Leichentuch aus Samtbrokat, als die Vorhänge herunterfielen. Dankbar wickelte sie den schweren Stoff um ihre Schultern und genoß seine Wärme.

Sie riß einen weiteren Vorhang herunter und trug ihn durch den dunklen Raum. Das magische Licht des Stabs führte sie durch die Dunkelheit. Sie deckte Caramon mit dem schweren Stoff bis über seine breiten Schultern zu. Seine Brust hob sich nicht, er atmete kaum. Sie legte die Hand an seinen Hals und fühlte seinen Puls. Er war langsam und unregelmäßig. Und dann sah sie an seinem Hals Male – wie von fleischlosen Lippen.

Vor ihrem geistigen Auge erschien der körperlose Kopf. Schaudernd verbannte sie ihn aus ihren Gedanken und legte die Hände auf Caramons Stirn. »Paladin«, betete sie leise, »wenn du dich nicht im Zorn von deiner Klerikerin abgewendet hast – heile diesen Mann! Wenn sich sein Schicksal noch nicht erfüllt hat, wenn es noch etwas gibt, was er tun muß, gewähre ihm Gesundheit. Wenn nicht, dann nimm seine Seele behutsam in deine Arme, Paladin, auf daß er ewig leben kann...«

Crysania konnte nicht weiterbeten. Ihre Kraft verließ sie. Erschöpft und verloren in der unermeßlichen Dunkelheit, ließ sie den Kopf sinken und begann bitterlich zu weinen wie jemand, der keine Hoffnung mehr sieht.

Doch dann berührte eine Hand sie. Sie schreckte verängstigt auf, aber diese Hand war stark und warm. »Nun, nun, Tika« murmelte eine tiefe, verschlafene Stimme. »Es wird alles wieder gut. Weine nicht.«

Crysania hob ihr tränennasses Gesicht und sah Caramons Brust sich in tiefen Atemzügen heben und senken. Sein Gesicht hatte die Leichenblässe verloren, die Male an seinem Hals gingen zurück. Beruhigend ihre Hand tätschelnd, lächelte er. »Es ist nur ein böser Traum, Tika«, murmelte er. »Wird vorbei sein… morgen…«

Den Vorhang um sich ziehend, gähnte Caramon laut auf und wälzte sich auf die andere Seite, um in einen tiefen, friedlichen Schlaf zu gleiten.

Zu müde und zu abgestumpft, um ihrem Gott zu danken, konnte Crysania nur dasitzen und dem großen Mann zusehen. Dann vernahm sie ein Geräusch – das Geräusch von tropfendem Wasser. Als sie sich umwandte, sah sie einen Glaskrug am Rand des Schreibtisches stehen. Der Krug lag auf einer Seite, seine Öffnung ragte über den Rand des Tisches. Er war offensichtlich seit langer Zeit leer. Aber jetzt glitzerte er von einer klaren Flüssigkeit, die auf den Boden tropfte, und jeder Tropfen funkelte im Licht des Stabes.

Crysania streckte die Hand aus und fing einige Tropfen in der Handfläche auf, dann hob sie sie zögernd an ihre Lippen. »Wasser!« stieß sie hervor.

Der Geschmack war leicht bitter, fast salzig, aber es war das köstlichste Wasser, das sie je getrunken hatte. Sie ließ mehr Wasser in ihre Hand tropfen und schluckte es durstig. Sie stellte den Krug wieder aufrecht auf den Schreibtisch und sah, wie der Wasserpegel anstieg und die Menge ersetzte, die sie getrunken hatte.

Jetzt konnte sie Paladin mit Worten danken, die aus den Tiefen ihres Seins kamen, so tief, daß sie sie nicht aussprechen konnte. Ihre Furcht vor der Dunkelheit und den Kreaturen war verflogen. Ihr Gott hatte sie nicht verlassen – er war immer noch bei ihr, auch wenn sie ihn vielleicht enttäuscht hatte.

Von ihrer Angst erlöst, warf sie einen letzten Blick auf Caramon. Als sie ihn friedlich schlafen sah, wandte sie sich von ihm ab und ging zu seinem Bruder, der in seinen Roben dalag.

Sie legte sich neben den Magier, wußte, daß die Wärme ihres Körpers für beide ausreichend war, deckte sich und ihn mit dem Vorhang zu und lehnte ihren Kopf an Raistlins Schulter. Dann schloß sie die Augen und ließ sich von der Dunkelheit umhüllen.

3

»Die Frau nannte ihn Raistlin.«

»Aber dann Fistandantilus.«

»Wie können wir sicher sein? Er ist nicht durch den Eichenwald gegangen, wie vorhergesagt wurde. Er ist nicht mit Macht gekommen. Und die anderen? Er sollte allein kommen.«

»Aber spür doch seine Magie! Ich wage nicht, ihm die Stirn zu bieten…«

»Nicht einmal bei dieser reichen Belohung?«

»Der Blutgeruch hat dich in den Wahnsinn getrieben! Wenn er es nun wirklich ist, und er findet heraus, daß du dich an seinen Erwählten geweidet hast, wird er dich in die ewige Dunkelheit zurückschicken, wo du immer von warmem Blut träumen, es aber niemals wieder kosten wirst.«

»Und wenn wir versagen in unserer Pflicht, diesen Ort zu bewachen, dann wird sie in ihrem Zorn kommen und uns dieses Schicksal angenehm erscheinen lassen.«

Schweigen. Dann:

»Es gibt einen Weg, uns zu überzeugen...«

»Das ist gefährlich. Er ist geschwächt, wir könnten ihn töten.«

»Wir müssen es aber wissen. Soll er doch lieber sterben, als daß wir in unserer Pflicht gegenüber Ihrer Dunklen Majestät versagen!«

»Ja... Sein Tod könnte erklärt werden. Sein Leben vielleicht nicht.«

Ein kalter Schmerz bohrte sich wie Eissplitter in die Schichten seines Unbewußten, stach in sein Gehirn. Raistlin wand sich in seinem Griff, kämpfte durch den Nebel der Krankheit und Erschöpfung, um das Bewußtsein wiederzuerlangen. Er schlug die Augen auf. Furcht erstickte ihn fast, als er zwei blasse Köpfe über sich schweben sah, die ihn mit Augen unermeßlicher Dunkelheit anstarrten. Ihre Hände lagen auf seiner Brust – es war die Berührung eisiger Finger.

Als er in diese Augen sah, wußte der Magier, was sie suchten, und er wurde von plötzlichem Entsetzen ergriffen. »Nein«, sagte er atemlos. »Ich will das nicht noch einmal erleben.«

»Du wirst es. Wir müssen es wissen!« war ihre Antwort.

Wut über diese Ungeheuerlichkeit erfaßte Raistlin. Einen Fluch knurrend, versuchte er sich loszureißen. Aber es war sinnlos. Seine Muskeln verweigerten den Gehorsam, ein Finger zuckte, weiter nichts.

Zorn, Schmerz und bittere Enttäuschung ließen ihn aufschreien, aber es war ein Ton, den niemand hörte – nicht einmal er selbst. Die eisigen Hände festigten ihren Griff, der Schmerz bohrte sich in ihn, und er versank – nicht in Dunkelkeit, sondern in Erinnerungen.

Das Studierzimmer, in dem die sieben Zauberlehrlinge an jenem Morgen arbeiteten, war fensterlos. Hier fand kein Sonnenlicht und auch nicht das Licht der zwei Monde – des silbernen und des roten Mondes – Einlaß. Was den dritten Mond betraf, den schwarzen Mond, so konnte seine Gegenwart hier wie auch sonst auf Krynn gespürt werden, ohne daß man ihn sah.

Der Raum wurde von dicken Bienenwachskerzen erleuchtet, die in silbernen Kerzenhaltern auf den Tischen standen.

Es war der einzige Raum im großen Schloß von Fistandantilus, der von Kerzen erleuchtet wurde. In allen anderen Räumen schwebten Glaskugeln in der Luft, deren magische Strahlung die Dunkelheit erhellte, die in dieser Festung ewig währte.

Sechs Lehrlinge saßen an einem Tisch, einige unterhielten sich, andere studierten schweigend. Der siebte saß abseits an einem Tisch am anderen Ende des Zimmers. Gelegentlich hob einer der Sechs den Kopf und warf dem abseits Sitzenden einen nervösen Blick zu, senkte dann aber schnell den Kopf, denn es spielte keine Rolle, wer zu ihm sah oder wann, der siebte schien immer zurückzusehen.

Der siebte amüsierte sich darüber und gab sich einem bitteren Lächeln hin. Es war keine leichte Zeit für Raistlin. Oh, es war einfach genug, die Täuschung aufrechtzuerhalten, Fistandantilus daran zu hindern, daß er seine wahre Identität vermutete, seine wahren Kräfte zu verbergen, einen der Narren zu spielen, die daran arbeiteten, die Gunst des großen Zauberers zu erwerben und sein Lehrling zu werden.

Täuschung war Raistlins Vergnügen. Er genoß sogar die kleinen Spiele der Kunst, den anderen immer um eine Nasenlänge voraus zu sein, alles ein wenig besser zu machen, sie immer zu überraschen. Auch genoß er sein Spiel mit Fistandantilus. Er konnte spüren, wie der Erzmagier ihn beobachtete. Er wußte, was der große Zauberer dachte: Wer ist dieser Lehrling? Woher hat er die Kraft, die er, der Erzmagier, in dem jungen Mann spüren, aber nicht beschreiben konnte?

Manchmal glaubte Raistlin Fistandantilus dabei zu ertappen, wie er sein Gesicht musterte, als ob es ihm vertraut vorkäme...

Nein, Raistlin genoß das Spiel. Aber unerwartet war er auf etwas gestoßen, was er nicht genießen konnte, was er die unglücklichste Zeit seines Lebens nannte – seine alte Schulzeit.

»Der Verschlagene«, das war sein Spitzname bei den Lehrlingen in der Schule seines alten Meisters gewesen. Niemals beliebt, niemals ins Vertrauen gezogen, sogar von seinem eigenen Meister gefürchtet, verbrachte Raistlin eine einsame, verbitterte Jugend. Die einzige Person, die sich je um ihn gekümmert hatte, war sein Zwillingsbruder Caramon gewesen.

Obgleich er seine Kameraden verabscheute, die danach trachteten, einem Meister zu gefallen, der den Auserwählten am Ende lediglich umbringen würde, obgleich er es genoß, sie zu narren und zu verspotten, verspürte Raistlin jetzt manchmal einen stechenden Schmerz in den einsamen Nächten, wenn er sie hörte, wie sie gemeinsam lachten...

Wütend erinnerte er sich daran, daß all dies nicht seine Sache war. Er hatte ein größeres Ziel vor Augen. Er mußte sich konzentrieren, mit seiner Kraft haushalten. Denn heute war der Tag, an dem Fistandantilus seinen Lehrling auswählen würde.

Ihr sechs werdet gehen, dachte Raistlin. Ich werdet gehen und mich hassen und verachten, und keiner von euch wird jemals erfahren, daß einer von euch mir sein Leben verdankt!

Die Tür zum Studierzimmer öffnete sich knirschend, jagte einen Ruck durch die sechs schwarzgekleideten Gestalten, die an dem Tisch saßen. Raistlin, der sie mit einem verzerrten Lächeln betrachtete, sah das gleiche höhnische Lächeln im verhutzelten grauen Gesicht des Mannes, der in der Türöffnung stand.

Die glitzernden Augen des Zauberers glitten zu jedem einzelnen der Sechs, ließen jeden erblassen und den Kopf neigen, während die Hände mit Zauberzutaten spielten oder sich nervös zusammenballten.

Schließlich richtete Fistandantilus seine schwarzen Augen auf den siebten Lehrling, der abseits saß. Raistlin begegnete seinem Blick gelassen, sein verzerrtes Lächeln verstärkte sich noch – in Spott. Fistandantilus zog seine Augenbrauen zusammen. Jähzornig schlug er die Tür zu. Die sechs Lehrlinge schraken bei dem Knall, der die Stille zerriß, zusammen.

Der Zauberer kam mit langsamen Schritten näher. Seine alten Knochen knirschten, als er sich auf einem Stuhl niederließ. Der Blick des Zauberers fuhr noch einmal zu den sechs Lehrlingen, die vor ihm saßen, und als er sie musterte, hob sich eine von Fistandantilus' verwelkten Händen, um einen Anhänger zu streicheln, den er an einer langen, schweren Kette um seinen Hals trug. Es war ein merkwürdiger Anhänger – ein ovaler Blutstein, in schlichtes Silber eingefaßt.

Die Lehrlinge hatten häufig über diesen Anhänger und seine Funktion diskutiert. Es war der einzige Schmuck, den Fistandantilus trug, und alle wußten, daß er sehr kostbar sein mußte. Selbst der niedrigste Lehrling konnte die mächtigen Schutz- und Abwehrzauber spüren, die auf ihm lagen und ihn vor jeder anderen Form der Magie bewachten. Welche Funktion hatte er? Ihre Spekulationen reichten von dem Herbeirufen von Wesen himmlischer Ebenen bis hin zum Umgang mit Ihrer Dunklen Majestät.

Einer von ihnen hätte es ihnen natürlich sagen können. Raistlin wußte um seine Funktion. Aber er behielt sein Wissen für sich.

Fistandantilus' zittrige Hand schloß sich um den Blutstein, während sein hungriger Blick von einem Lehrling zum nächsten glitt. Raistlin hätte schwören können, daß der Zauberer seine Lippen leckte, und der junge Magier verspürte eine plötzliche Angst. Was ist, wenn ich versage? fragte er sich schaudernd. Er ist mächtig! Der mächtigste Zauberer, der je gelebt hat! Bin ich stark genug? Was ist...

»Ich beginne mit der Prüfung«, sagte Fistandantilus mit einer überschnappenden Stimme, sein Blick ging zum ersten der Sechs.

Standhaft verbannte Raistlin seine Befürchtungen. Wenn er versagte, würde er sterben. Er hatte schon zuvor dem Tod ins Gesicht gesehen. In der Tat wäre es wie ein Treffen mit einem alten Freund...

Hintereinander erhoben sich die jungen Magier von ihren Plätzen, öffneten ihre Zauberbücher und trugen ihre Zaubersprüche vor. Wenn der Zauber »Magie bannen« nicht über dem Studierzimmer gelegen hätte, würden jetzt Feuerkugeln innerhalb seiner Wände explodieren und alles in ihrer Reichweite verbrennen, Phantomdrachen würden illusorisches Feuer ausatmen, furchterregende Wesen würden kreischend von anderen Existenzebenen kommen. Aber so wie die Dinge lagen, blieb das Zimmer in kerzenerleuchteter Ruhe, mit Ausnahme des Singsangs der Prüflinge und des Raschelns der Seiten in den Zauberbüchern.

Jeder Magier beendete seine Vorführung und nahm seinen Platz wieder ein. Alle waren bemerkenswert geübt. Das war auch nicht überraschend. Fistandantilus ließ nur sieben der geschicktesten, jungen, männlichen Zauberkundigen zu, die bereits die fürchterliche Prüfung im Turm der Erzmagier bestanden hatten, um ihre Studien bei ihm fortzusetzen. Aus dieser Anzahl suchte er sich dann einen Assistenten aus.

So vermuteten sie.

Die Hand des Erzmagiers berührte den Blutstein. Sein Blick ging zu Raistlin. »Du bist an der Reihe, Magier«, sagte er. In den alten Augen flackerte es auf. Die Falten an der Stirn des Zauberers vertieften sich leicht, als ob er versuchte, sich an das Gesicht des jungen Mannes zu erinnern.

Langsam erhob sich Raistlin, immer noch mit dem bitteren, zynischen Lächeln, als ob dies alles unter seiner Würde wäre. Mit einem lässigen Achselzucken schlug er sein Zauberbuch zu. Die anderen sechs Lehrlingen tauschten verbitterte Blicke aus. Fistandantilus runzelte die Stirn, aber seine dunklen Augen funkelten.

Gewandt und spöttisch begann Raistlin den komplizierten Zauber aus dem Gedächtnis aufzusagen. Die anderen Lehrlinge wanden sich bei dieser Darstellung seines Könnens, funkelten ihn voll Haß und offenem Neid an. Fistandantilus beobachtete ihn, sein finsterer Blick wurde so bösartig, daß Raistlins Konzentration fast beeinträchtigt wurde.

Der junge Magier zwang sich, sich nicht ablenken zu lassen, und beendete seinen Spruch, und plötzlich wurde das Studierzimmer von dem strahlenden Blitz eines vielfarbenen Lichtes erleuchtet, die Stille wurde von einer Explosion durchbrochen.

Fistandantilus schrak zusammen, das Lächeln verschwand

aus seinem Gesicht. »Wie hast du den Zauber ›Magie bannen‹ gebrochen?« verlangte Fistandantilus wütend zu wissen. »Welche seltsame Macht ist das?«

Als Antwort öffnete Raistlin seine Hände. Auf ihren Flächen hielt er eine blaue und grüne Flammenkugel, die in solcher Helligkeit erstrahlten, daß niemand sie ansehen konnte. Mit dem gleichen höhnischen Lächeln klatschte er in die Hände. Die Flamme verschwand.

Das Studierzimmer war wieder von Ruhe erfüllt, nur war es die Ruhe der Angst, als sich Fistandantilus erhob. Sein Zorn schimmerte um ihn wie ein Flammenring, als er sich dem siebten Lehrling näherte.

Raistlin schrak vor diesen Zorn nicht zurück. Er blieb gelassen stehen und beobachtete kühl den nahenden Zauberer.

»Wie hast du…« Fistandantilus' Blick fiel auf die schlanken Hände des jungen Magiers. Mit einem bösartigen Knurren ergriff der Zauberer Raistlins Handgelenk.

Raistlin schrie vor Schmerz auf, die Berührung des Erzmagiers war so kalt wie das Grab. Er lächelte weiter, obgleich ihm bewußt war, daß sein Grinsen wie das eines Totenkopfes wirken mußte.

»Blitzpuder!« Fistandantilus riß Raistlin nach vorne und hielt seine Hand unter das Kerzenlicht, so daß alle es sehen konnten. »Ein ganz gewöhnlicher Taschenspielertrick.«

»Auf diese Weise habe ich meinen Lebensunterhalt verdient«, erwiderte Raistlin. »Ich hielt es für angemessen angesichts der Amateure, die hier vertreten sind.«

Fistandantilus verstärkte seinen Griff. Raistlin würgte vor Schmerz, aber er wich dem Blick des Meisters nicht aus.

»Du glaubst also, du wärst besser als die anderen?« fragte Fistandantilus Raistlin mit sanfter, fast freundlicher Stimme, das zornige Gemurmel der Lehrlinge überhörend.

»Du weißt, daß es so ist!«

Finstandantilus starrte ihn an, seine Hand hielt immer noch Raistlins Handgelenk umklammert. Dieser bemerkte eine plötzliche Furcht in den Augen des alten Mannes, eine Furcht, die schnell durch den Blick unersättlichen Hungers ersetzt wurde. Fistandantilus lockerte seinen Griff um Raistlins Arm. Der junge Magier konnte einen Seufzer unendlicher Erleichterung nicht unterdrücken, als er auf seinen Stuhl sank und sein Handgelenk rieb. Die Hand des Erzmagiers war deutlich auf seiner Haut erkennbar – sie hatte seine Haut in ein eisiges Weiß verwandelt.

»Verschwindet!« schnappte Fistandantilus. Die sechs Magier erhoben sich, ihre schwarzen Roben raschelten. Auch Raistlin stand auf. »Du bleibst«, befahl der Erzmagier kühl.

Raistlin setzte sich wieder, immer noch sein verletztes Handgelenk reibend. Wärme und Leben kehrten wieder zurück. Als die anderen jungen Magier hintereinander hinausgingen, folgte ihnen Fistandantilus zur Tür. Dann drehte er sich um und sah seinem neuen Lehrling ins Gesicht. »Die anderen werden bald verschwunden sein, und wir werden das Schloß für uns allein haben. Komm zur Dunkelwacht in die unterirdischen geheimen Räume. Ich werde ein Experiment leiten, das deine... Mitarbeit erforderlich macht.«

Raistlin beobachtete mit einer Art entsetzter Faszination, wie die Hand des Zauberers zu dem Blutstein fuhr und ihn liebevoll streichelte. Raistlin konnte nicht antworten. Dann lächelte er höhnisch – dieses Mal galt es ihm selbst, seiner eigenen Angst. »Ich werde dort sein, Meister«, sagte er.

Raistlin lag auf der Steinplatte im Laboratorium, das sich tief unterhalb des Schlosses des Erzmagiers befand. Nicht einmal seine dicken schwarzen Samtroben konnten die Kälte abhalten, und Raistlin zitterte. Aber er konnte nicht sagen, ob Kälte, Furcht oder Aufregung schuld daran war.

Er sah Fistandantilus nicht, hörte ihn aber – das Rascheln seiner Roben, das sanfte Aufschlagen des Stabs auf dem Boden, das Wenden einer Seite im Zauberbuch. Auf der Platte liegend, unter dem Einfluß des Zauberers Hilflosigkeit vortäuschend, spannte sich Raistlin an.

Fistandantilus erschien in seinem Blickfeld und beugte sich

über den jungen Magier; der Blutsteinanhänger schwang an der Kette um seinen Hals. »Ja«, sagte er, »du bist geschickt, geschickter und mächtiger als jeder andere junge Lehrling, den ich seit vielen, vielen Jahren getroffen habe.«

»Was hast du mit mir vor?« fragte Raistlin heiser. Der verzweifelte Ton in seiner Stimme war nicht ganz unecht. Er mußte wissen, wie der Anhänger funktionierte.

»Spielt das eine Rolle?« entgegnete Fistandantilus kühl und legte seine Hand auf die Brust des jungen Magiers.

»Mein Ziel und Bestreben war, bei dir zu lernen«, sagte Raistlin, biß die Zähne zusammen und versuchte, sich bei der abscheulichen Berührung nicht zu krümmen. »Ich will lernen.«

»Löblich.« Fistandantilus nickte, seine Augen starrten in die Dunkelheit, seine Gedanken waren ganz woanders. Wahrscheinlich ging er den Zauber noch einmal durch, dachte Raistlin. »Ich werde bald in den Genuß kommen, in einem Körper und in einem wissensdurstigen Geist zu wohnen, und dazu noch in einem, der von Natur aus in der Kunst geschickt ist. Meine letzte Lektion, Lehrling! Lerne sie gut. Du kennst die Schrekken des Älterwerdens nicht, junger Mann. Wie gut erinnere ich mich an mein erstes Leben, und wie gut erinnere ich mich an das entsetzliche Gefühl des Zorns und der Enttäuschung, als ich erkannte, daß ich – der mächtigste Zauberkundige, der jemals gelebt hat – dazu bestimmt war, in einem schwachen und erbärmlichen Körper gefangen zu sein, der vom Alter aufgezehrt wird! Mein Geist war so gesund! In der Tat, geistig war ich stärker als je zuvor in meinem ganzen Leben. Aber all diese Kraft, all dieses umfangreiche Wissen würde umsonst sein – zu Staub verwandelt! Von Würmern zerfressen!... Damals trug ich die roten Roben... Du schrickst zusammen. Bist du überrascht? Meine Entscheidung für die roten Roben war eine bewußte, kaltblütige, da sie für meine Bestrebungen und Ziele am vorteilhaftesten waren. In der Neutralität lernt man besser, ist in der Lage, an beiden Enden zu ziehen, ohne einem verpflichtet zu sein. Ich trug Gilean, dem Herrn der Neutralität, meine Bitte vor, auf dieser Ebene bleiben und mein Wissen erweitern zu dürfen. Aber dabei konnte mir der Gott der Schriften nicht helfen. Menschen waren seine Schöpfung, und aufgrund meiner ungeduldigen menschlichen Natur und des Wissens über die Kürze meines Lebens hatte ich meine Studien so schnell vorangetrieben. Mir wurde geraten, mich mit meinem Schicksal abzufinden.« Fistandantilus zuckte die Achseln. »Ich sehe in deinen Augen Verständnis, Lehrling. In gewisser Weise tut es mir leid, dich zu zerstören. Ich glaube, wir könnten zu einem seltenen Einvernehmen gelangen. Aber kurz und gut, ich ging in die Dunkelheit hinaus. Den roten Mond verfluchend, bat ich um die Erlaubnis, zum schwarzen aufzusehen. Die Königin der Finsternis hörte mein Gebet und gewährte meine Bitte. Ich zog also die schwarzen Roben an und verschrieb mich ihren Diensten, und als Gegenleistung wurde ich auf ihre Existenzebene gebracht. Ich habe die Zukunft gesehen, ich habe in der Vergangenheit gelebt. Sie gab mir diesen Anhänger, damit ich in der Lage bin, während meines Aufenthaltes in dieser Zeit einen neuen Körper zu wählen. Und wenn ich mich entscheide, die Grenzen der Zeit zu überschreiten und in die Zukunft einzutreten, ist ein Körper vorbereitet und wartet darauf, meine Seele aufzunehmen.«

Raistlin konnte ein Schaudern nicht unterdrücken. Seine Lippen kräuselten sich vor Haß. Es war *sein* Körper, von dem der Zauberer sprach!

Fistandantilus hob den Blutsteinanhänger und wollte mit dem Zauber beginnen.

Als Raistlin den Anhänger ansah, der im blassen Licht einer Kugel inmitten des Laboratoriums glänzte, schlug sein Herz schneller. Seine Hände ballten sich zusammen. Seine Stimme zitterte vor Aufregung, und er hoffte, daß man es als Entsetzen verstehen würde, als er mühsam flüsterte: »Sag mir, wie er funktioniert! Sag mir, was mit mir geschehen wird!«

Fistandantilus lächelte, seine Hand drehte sich langsam um den Blutstein. »Ich werde ihn auf deine Brust legen, über dein Herz. Und langsam wirst du spüren, wie die Lebenskraft aus deinem Körper schwindet. Der Schmerz ist, glaube ich, recht qualvoll. Aber er wird nicht lange anhalten, Lehrling, wenn du dich nicht sträubst. Gib einfach nach, dann wirst du schnell das Bewußtsein verlieren. Aus meinen bisherigen Beobachtungen kann ich nur sagen, daß das Sträuben die Schmerzen verlängert.«

»Müssen keine Worte gesprochen werden?« fragte Raistlin bebend.

»Natürlich«, erwiderte Fistandantilus kühl, sein Körper beugte sich dicht über Raistlin, seine Augen waren fast auf gleicher Ebene wie die des jungen Magiers. Sorgfältig legte er den Blutstein auf Raistlins Brust. »Du wirst sie hören... Es wird das letzte sein, was du überhaupt hören wirst...«

Raistlin bekam eine Gänsehaut bei der Berührung, und einen Augenblick wäre er am liebsten geflohen. Nein, sagte er sich kalt, ballte die Hände und grub seine Nägel in sein Fleisch, damit der Schmerz ihn von seiner Angst ablenke. Ich muß die Worte hören!

Er zwang sich, liegen zu bleiben, aber er konnte sich nicht enthalten, die Augen zu schließen, um den Anblick des bösartigen, verhutzelten Gesichtes auszulöschen, das so dicht an seinem war, daß er den fauligen Atem riechen konnte...

»Das ist gut«, sagte eine sanfte Stimme, »entspann dich...« Fistandantilus stimmte einen Gesang an. Sich auf den Zauber konzentrierend, schloß er die Augen und wiegte sich hin und her, während er den Blutsteinanhänger in Raistlins Fleisch drückte. Er bemerkte nicht, daß seine Worte von seinem Opfer wiederholt wurden. Als er schließlich erkannte, daß etwas nicht stimmte, hatte er den Zauberspruch beendet und sich erhoben, um auf die erste Infusion neuen Lebens zu warten, die seine uralten Knochen wärmen sollte.

Nichts geschah.

Beunruhigt schlug Fistandantilus die Augen auf. Er starrte verblüfft auf den schwarzgekleideten jungen Magier, der auf der kalten Steinplatte lag, und taumelte in einer plötzlichen Furcht zurück, die er nicht verbergen konnte.

»Ich sehe, du erkennst mich doch wieder«, sagte Raistlin und richtete sich auf. Eine Hand ruhte auf der Steinplatte, aber die andere war in einer der Geheimtaschen seiner Roben. »So viel zu dem Körper, der in der Zukunft auf dich wartet.«

Fistandantilus antwortete nicht. Sein Blick glitt zu Raistlins Tasche. Schnell gewann er jedoch die Beherrschung wieder. »Hat der große Par-Salian dich hierhergeschickt, kleiner Magier?« fragte er spöttisch. Aber sein Blick verweilte auf der Tasche.

Raistlin schüttelte den Kopf, während er von der Steinplatte glitt. Die eine Hand immer noch in seiner Tasche, bewegte er die andere, um die schwarze Kapuze zurückzuziehen, und erlaubte Fistandantilus so, sein wahres Gesicht zu sehen und nicht die Illusion, die er in den vergangenen Monaten aufrechterhalten hatte. »Ich bin aus eigenem Antrieb hier. Ich bin jetzt der Herr des Turmes.«

»Das ist unmöglich«, knurrte der Zauberer.

Raistlin lächelte. »Das hast du gedacht. Aber du hast einen Fehler begangen. Du hast mich unterschätzt. Du hast mich vor dem Dunkelelf während der Prüfung beschützt, und als Gegenleistung hast du mir einen Teil meiner Lebenskraft entrissen. Du hast mich zu einem Leben ständigen Schmerzes in einem zerstörten Körper gezwungen, mich zur Abhängigkeit von meinem Bruder verurteilt. Du hast mich die Anwendung der Kugel der Drachen gelehrt und mich am Leben gehalten, sonst wäre ich in der Großen Bibliothek von Palanthas gestorben. Im Krieg der Lanze hast du mir geholfen, die Königin der Finsternis zurück in die Hölle zu treiben, wo sie keine Bedrohung für die Welt mehr darstellte – und für dich. Als du dann in dieser Zeit genügend Kraft gewonnen hattest, war deine Absicht, in die Zukunft zurückzukehren und meinen Körper zu beanspruchen! Du wärst ich geworden.«

Raistlin sah, wie sich Fistandantilus' Augen verengten. Aber der Zauberer sagte lediglich sanft: »Das ist alles richtig. Was ist jetzt deine Absicht? Mich umzubringen?«

»Nein«, erwiderte Raistlin sanft. »Ich beabsichtige, du zu werden!«

»Narr!« Fistandantilus lachte schrill auf. Er hob seine schrumpelige Hand und hielt den Blutsteinanhänger hoch. »Die einzige Möglichkeit ist, diesen Stein bei mir anzuwenden. Und er ist durch kraftvolle Zauber gegen alle Formen der Magie geschützt, von denen du dir keine Vorstellung machen kannst, kleiner Magier...«

Seine Stimme erstarb zu einem Wispern in Angst und Entsetzen, als Raistlin die Hand aus seinen Roben zog. In seiner Hand lag der Blutsteinanhänger. »Geschützt gegen alle Formen der Magie«, wiederholte er, und sein Grinsen war das eines Totenschädels, »aber nicht geschützt vor Taschenspielertricks.«

Der Zauberer wurde leichenblaß. Seine Augen glitten fieberhaft zu der Kette um seinen Hals. Da jetzt die Illusion aufgedeckt war, erkannte er, daß er nichts in der Hand hielt.

Ein berstendes, krachendes Geräusch zerriß die Stille. Der Steinboden unter Raistlins Füßen hob sich, ließ den jungen Magier auf seine Knie fallen. Die Grundmauern des Laboratoriums zerbrachen. Über dem Chaos erhob sich Fistandantilus' Stimme in dem kraftvollen Zauber »Monster herbeirufen«.

Raistlin, der den Zauber erkannte, reagierte darauf, indem er den Blutstein in seiner Hand umklammerte und einen Schildzauber um seinen Körper beschwor, um Zeit zu gewinnen. Er sah eine Gestalt durch die Grundmauern hervorplatzen; Form und Gesicht waren so entsetzlich, wie man sie nur in den schlimmsten Alpträumen sah.

»Ergreife ihn, pack ihn!« kreischte Fistandantilus und zeigte auf Raistlin. Das Monster drang über den zerbröckelnden Boden auf den jungen Magier zu und griff nach ihm.

Furcht überwältigte Raistlin, als die Kreatur aus dem Jenseits seine eigene schreckliche Magie gegen ihn anwendete. Der Schildzauber zerfiel unter dem Angriff. Das Monster würde seine Seele verschlingen und sich an seinem Fleisch weiden.

Beherrschung! Lange Stunden des Studiums, erprobte Stärke und strenge Selbstdiziplin legten die erforderlichen Worte des Zaubers in Raistlins Geist. Innerhalb kurzer Zeit war er bereit. Als der junge Magier die Worte des Bannes sang, fühlte er die

Ekstase der Magie durch seinen Körper strömen und ihn von der Furcht erlösen.

Das Monster zögerte.

Fistandantilus befahl ihm zornentbrannt, Raistlin anzugreifen.

Raistlin befahl ihm Einhalt.

Das Monster funkelte beide an. Beide Magier hielten es in Schach, beobachteten einander aufmerksam, warteten, daß ein Auge blinzelte, eine Lippe zuckte, sich ein Finger krampfhaft rührte, was sich als fatal erweisen würde.

Keiner bewegte sich, und es sah auch nicht danach aus, daß sich einer bewegen würde. Raistlins Ausdauer war stärker, aber Fistandantilus' Magie rührte aus uralten Quellen; er konnte unsichtbare Kräfte zu seiner Unterstützung aufrufen.

Schließlich war es das Monster, das nicht länger warten konnte. Gefangen zwischen zwei gleichwertigen, in Konflikt stehenden Kräften, in entgegengesetzte Richtungen hin- und hergezogen, konnte es sein magisches Sein nicht länger zusammenhalten. Mit einem strahlenden Blitz explodierte es.

Die Wucht schleuderte beide Magier nach hinten gegen die Wände. Ein entsetzlicher Geruch erfüllte die Kammer, und zerbrochenes Glas fiel wie Regen herab. Die Wände des Laboratoriums waren geschwärzt. Hier und dort brannten kleine Feuer in vielfarbenen Flammen, warfen ein gespenstisches Licht auf den Schauplatz der Zerstörung.

Raistlin rappelte sich schnell hoch und wischte Blut von einer Schnittwunde an seiner Stirn. Sein Feind war nicht weniger schnell, beide wußten, daß Schwäche den Tod bedeutete. Die zwei Magier standen sich im flackernden Licht gegenüber.

»So weit ist es also gekommen«, sagte Fistandantilus mit seiner zersprungenen, uralten Stimme. »Du hättest weitermachen, ein einfaches Leben führen können. Ich hätte dich vor den Schwächen, den Erniedrigungen des Alters bewahrt. Warum beschleunigst du deine eigene Zerstörung?«

»Du weißt es«, erwiderte Raistlin leise; sein Atem ging schwer, seine Kräfte waren fast verbraucht.

Fistandantilus nickte langsam, seine Augen blieben auf Raistlin gerichtet. »Wie ich schon sagte«, murmelte er leise, »es ist eine Schande, daß dies eintreten muß. Wir hätten vieles gemeinsam tun können, du und ich. Jetzt…«

»Einer wird leben, und der andere wird sterben«, unterbrach Raistlin. Er streckte seine Hand aus und legte den Blutsteinanhänger auf die kalte Platte. Dann hörte er die Zauberworte und hob seine Stimme, um den Zauber zu beantworten.

Die Schlacht währte lange. Die zwei Wächter des Turms, die ihren Verlauf beobachteten, den sie aus den Erinnerungen des schwarzgekleideten, in ihrer Gewalt befindlichen Magiers heraufbeschworen hatten, waren in Verwirrung verloren. Bis zu diesem Punkt hatten sie alles durch Raistlins Augen gesehen. Aber jetzt waren sich die zwei Zauberkundigen so nah, daß die Wächter des Turms die Schlacht durch die Augen beider Gegner sahen.

Blitze schossen aus Fingerspitzen, schwarzgekleidete Körper krümmten sich vor Schmerz, Schreie der Qual und des Zorns hallten wider, während Gestein und Holz zerbarsten.

Magische Feuerwände tauten Eiswände, heiße Winde bliesen mit der Kraft von Orkanen. Flammenstürme fegten durch die Korridore, Monster sprangen auf Befehl ihrer Meister aus der Hölle herbei, Elementargeister erschütterten die Grundfesten des Schlosses. Die große, dunkle Festung von Fistandantilus begann auseinanderzufallen, Steine stürzten von den Zinnen.

Und dann brach mit einem Aufschrei des Zornes und der Angst einer der schwarzgekleideten Magier zusammen, Blut floß aus seinem Mund.

Wer war gestürzt? Die Wächter versuchten das herauszufinden, aber es war unmöglich.

Der andere Magier ruhte sich kurz aus, dann schaffte er es, über den Boden zu kriechen. Seine zitternde Hand suchte und fand den Blutsteinanhänger. Mit letzter Kraft umklammerte der Magier den Anhänger und kroch zurück, um neben den immer noch lebenden Körper seines Opfers zu knien.

Der Magier auf dem Boden konnte nicht sprechen, aber seine Augen, die in die Augen seines Mörders starrten, drückten eine derart entsetzliche Verwünschung aus, daß die zwei Wächter des Turms die Eiseskälte ihrer qualvollen Existenz dagegen als warm empfanden.

Der schwarzgekleidete Magier mit dem Blutstein zögerte. Er war seinem Opfer so nah, daß er die unausgesprochene Botschaft in diesen Augen lesen konnte, und seine Seele schrak vor dem, was er sah, zurück. Aber dann zogen sich seine Lippen zusammen. Er schüttelte den Kopf und gab ein bitteres Lächeln des Triumphes von sich, dann drückte er den Anhänger bedachtsam auf die schwarzgekleidete Brust seines Opfers.

Der Körper auf dem Boden krümmte sich in qualvollem Schmerz, ein schriller Schrei sprudelte von seinen blutbefleckten Lippen. Dann plötzlich verstummte der Schrei. Die Haut des Magiers knitterte wie trockenes Pergamentpapier, seine Augen starrten blind in die Dunkelheit. Langsam vertrocknete er.

Mit einem Seufzer brach der andere Magier auf dem Körper seines Opfers zusammen, geschwächt, verwundet, dem Tod nahe. Aber in seiner Hand lag der Blutstein, und durch seine Adern floß frisches Blut, das ihm neues Leben schenkte und im Lauf der Zeit seine Gesundheit wieder vollständig herstellen würde. In seinem Geist befanden sich Erinnerungen aus Hunderten von Jahren der Macht, Zaubersprüche, Visionen von Wundern und entsetzlichen Dingen, die Generationen überspannten. Aber es gab auch Erinnerungen an einen Zwillingsbruder, Erinnerungen an einen zerstörten Körper und eine verlängerte schmerzvolle Existenz.

Als zwei Leben sich in ihm vermischten, als Hunderte von seltsamen, in Konflikt stehenden Erinnerungen durch ihn brausten, wurde dem Magier schwindelig. Sich neben dem Leichnam seines Rivalen krümmend, starrte er, der als Sieger hervorgegangen war, auf den Blutstein in seiner Hand. Dann flüsterte er voller Entsetzen: »Wer bin ich?«

4

Die Wächter entfernten sich von Raistlin und starrten ihn an.

Zu schwach, um sich zu bewegen, starrte der Magier zurück; seine Augen spiegelten die Dunkelheit wider. »Ich warne euch«, wies er sie an, ohne seine Stimme zu benutzen; aber sie verstanden ihn. »Wenn ihr mich noch einmal berührt, verwandle ich euch zu Staub – so wie ich es mit ihm getan habe!«

»Ja, Meister«, flüsterten sie, während ihre blassen Gesichter sich im Schatten auflösten.

»Was…«, murmelte Crysania verschlafen, »was hast du gesagt?« Als ihr bewußt wurde, daß sie mit ihrem Kopf an seiner Schulter geschlafen hatte, errötete sie vor Verlegenheit und richtete sich eilig auf. »Kann ich etwas für dich tun?« fragte sie.

»Heißes Wasser« – Raistlin legte sich schlaff zurück – »für meinen Zaubertrank.«

Crysania sah sich um und strich ihre dunkles Haar aus den Augen. Graues Licht sickerte durch die Fenster und brachte keinen Trost. Der Stab des Magus warf immer noch sein Licht, hielt die dunklen Dinge der Nacht fern. Aber er strahlte keine Wärme aus. Crysania rieb ihren schmerzenden Nacken. Sie war steif, und ihre Glieder schmerzten; sie wußte, daß sie stundenlang geschlafen haben mußte. Der Raum war immer noch eisig. Sie blickte zum kalten Kamin hin. »Holz ist da«, stammelte sie, »aber ich... ich habe keinen Zunder oder Feuerstein. Ich kann nicht...«

»Weck meinen Bruder!« fauchte Raistlin. Er versuchte, noch etwas zu sagen, konnte aber lediglich schwach gestikulieren. Sein Gesicht war von solcher Wut verzerrt, daß Crysania ihn verängstigt anstarrte und eine Eiseskälte spürte, die schlimmer als die der Luft war.

Raistlin schloß erschöpft die Augen, und seine Hand fuhr zu seiner Brust. »Bitte«, flüsterte er gequält, »der Schmerz...«

»Natürlich«, sagte Crysania sanft. Sie beugte sich vor, zog den Vorhang von ihren Schultern und legte ihn über Raistlin. Der Magier nickte dankbar, konnte aber nicht sprechen. Crysania ging mit Schaudern durch das Zimmer zu Caramon.

Sie wollte gerade seine Schulter berühren, als sie stockte. Was war, wenn er immer noch blind war, dachte sie, oder wenn er sehen konnte und sich entschließen würde, Raistlin zu töten?

Aber sie zögerte nur einen Augenblick. Entschlossen legte sie ihre Hand auf seine Schulter und schüttelte ihn. Wenn er sich dazu entschließt, sagte sie sich grimmig, werde ich ihn aufhalten. Ich habe es schon einmal getan, also kann ich es wieder.

Noch während sie ihn berührte, war sie sich der blassen Wächter bewußt, die im Dunkeln lauerten und jede Bewegung von ihr registrierten. »Caramon«, rief sie leise, »Caramon, wach auf. Bitte! Wir brauchen...«

»Was?« Caramon setzte sich schnell auf, seine Hand fuhr instinktiv zu seinem Schwert – das nicht da war. Seine Augen richteten sich auf Crysania, und sie stellte mit Erleichterung und einem Hauch Angst fest, daß er nicht mehr blind war. Er starrte sie jedoch ausdruckslos an, ohne sie zu erkennen, dann warf er einen flüchtigen Blick auf seine Umgebung.

Crysania gewahrte die Erinnerung, die seine Augen verdunkelte und mit Schmerz erfüllte. Sie sah Erinnerung in der Anspannung seiner Kiefermuskeln und dem kalten Blick, mit dem er sie betrachtete. Sie wollte gerade etwas sagen – sich entschuldigen, ihn rügen –, als seine Augen sanft und sein Gesicht vor Sorge weich wurde.

»Crysania«, sagte er, richtete sich auf und zog den Vorhang von sich, »du frierst ja! Hier, leg das um.« Bevor sie ein Wort des Protestes sagen konnte, legte Caramon den Vorhang über sie.

Sie bemerkte, daß er zu seinem Zwillingsbruder sah. Aber sein Blick glitt schnell über Raistlin hinweg, als ob er nicht existierte. Sie ergriff seinen Arm. »Caramon«, sagte sie, »er hat unser Leben gerettet. Er hat einen Zauber geworfen. Diese Dinge hier in der Dunkelheit lassen uns in Ruhe, weil er es ihnen befohlen hat!«

»Weil sie ihn als einen ihresgleichen wiedererkennen!« erwiderte Caramon barsch, senkte den Blick und versuchte, seinen Arm von ihr wegzuziehen.

Aber Crysania hielt ihn fest, eher mit ihren Augen als mit ihrer kalten Hand. »Du kannst ihn jetzt töten«, sagte sie wütend. »Sieh, er ist hilflos, schwach. Natürlich werden wir alle sterben, wenn du es tust. Aber du hattest es ja schon geplant, nicht wahr?«

»Ich kann ihn nicht töten«, sagte Caramon. Seine braunen Augen waren klar und kalt, und Crysania stellte wieder eine verblüffende Ähnlichkeit zwischen den Zwillingen fest. »Laß uns den Tatsachen ins Gesicht sehen, Verehrte Tochter. Wenn ich es versuchen würde, würdest du mich wieder blind machen.« Er schob ihre Hand von sich. »Zumindest einer von uns sollte klar sehen können«, sagte er.

Crysania errötete vor Scham und Zorn, sie hörte Loralons Worte in dem Sarkasmus des Kriegers widerhallen.

Caramon wandte sich von ihr ab und erhob sich schnell. »Ich werde ein Feuer machen«, sagte er mit kalter, harter Stimme, »falls diese Freunde meines Bruders nichts dagegen haben.«

»Ich glaube nicht«, sagte Crysania im gleichen kalten Ton, während sie aufstand. »Sie haben mich nicht gehindert, als ich die Vorhänge herunterriß.« Sie konnte ein Beben nicht unterdrücken, das sich bei der Erinnerung, von diesen Schatten des Todes eingeschlossen zu sein, in ihre Stimme schlich.

Caramon warf ihr einen flüchtigen Blick zu, und zum ersten Mal wurde sich Crysania ihres Äußeren bewußt. Sie war in einen vermoderten schwarzen Samtvorhang eingehüllt, ihre weißen Roben waren zerrissen und blutverschmiert und schwarz vom Staub des Bodens. Unwillkürlich fuhr ihre Hand zu ihrem Haar; es hing in zotteligen Strähnen über ihr Gesicht. Sie konnte die getrockneten Tränen an ihren Wangen, den Schmutz, das Blut spüren... »Nun, ich bin nicht mehr die marmorne Jungfrau, die du einst kennengelernt hast«, sagte sie hochmütig, »so wie du nicht mehr der aufgedunsene Trunkenbold bist. Es scheint, wir haben beide etwas auf unserer Reise erfahren.«

»Ich weiß, daß ich etwas erfahren habe«, antwortete Caramon ernst.

»Hast du?« gab Crysania zurück. »Das frage ich mich! Hast du erfahren – so wie ich –, daß die Magier mich in die Vergangenheit geschickt haben in dem Wissen, daß ich nicht zurückkehren würde?«

Caramon starrte sie an. Sie lächelte bitter.

»Nein. Diese kleine Tatsache war dir entgangen, wie dein Bruder mir sagte. Das Zeitgerät kann nur von einer Person benutzt werden – von der Person, der es gegeben wurde, nämlich dir! Die Magier haben mich zum Sterben in die Vergangenheit geschickt, weil sie mich fürchteten!«

Caramon runzelte die Stirn. Er öffnete den Mund, schloß ihn, dann schüttelte er den Kopf. »Du hättest Istar mit dem Elf verlassen können, der deinetwegen gekommen war.«

»Wärst du gegangen?« herrschte Crysania ihn an. »Würdest du dein Leben in unserer Zeit aufgegeben, wenn du es verhindern kannst? Nein! Bin ich so anders?«

Caramon wollte ihr antworten, als Raistlin hustete.

Mit einem flüchtigen Blick zu dem Magier seufzte Crysania und sagte: »Du machst lieber ein Feuer, sonst werden wir noch alle umkommen.« Sie wandte Caramon, der immer noch dastand und sie schweigend musterte, den Rücken zu, dann ging sie zu seinem Bruder.

Beim Anblick des Magiers fragte sich Crysania, ob er etwas gehört hatte. Sie fragte sich, ob er noch bei Bewußtsein war.

Er war bei Bewußtsein, aber wenn er das Gespräch zwischen den beiden mitbekommen hatte, dann schien er zu schwach, um irgendein Interesse zu nehmen. Crysania goß etwas Wasser in eine Schale und kniete sich zu ihm. Sie riß ein sauberes Stück von ihren Roben und wischte sein Gesicht ab, das selbst in diesem eisigen Zimmer wie im Fieber brannte. Hinter sich hörte sie Caramon, der Stücke von den zerbrochenen Möbelstücken aufsammelte und sie in den Kamin stapelte.

»Ich brauche etwas zum Anzünden«, murmelte der große Mann. »Ah, diese Bücher…«

In diesem Augenblick bewegte sich Raistlin und unternahm einen schwachen Versuch, sich zu erheben.

»Nicht, Caramon!« schrie Crysania beunruhigt.

Caramon, mit einem Buch in der Hand, hielt inne.

»Gefährlich, mein Bruder!« keuchte Raistlin matt. »Zauberbücher! Berühr sie nicht…«

Seine Stimme erstarb, aber seine glitzernden Augen waren mit einem Blick so offensichtlicher Sorge auf Caramon gerichtet, daß selbst dieser überrascht war. Etwas Unverständliches murmelnd, ließ er das Buch fallen und begann auf dem Boden zu wühlen. Crysania sah Raistlins Augen sich vor Erleichterung schließen.

»Hier – sieht wie Briefe aus«, sagte Caramon nach einer Weile, als er in Papieren auf dem Boden stöberte. »Würde… würde dir das recht sein?« fragte er schroff.

Raistlin nickte nur, und kurz darauf hörte Crysania das Knistern von Flammen. Das lackierte Holz der zerbrochenen Möbel fing schnell Feuer, und bald leuchtete der Kamin in hellem Licht. Crysania sah, wie sich die blassen Gesichter im Schatten zurückzogen, aber sie verließen das Zimmer nicht. »Wir müssen Raistlin zum Feuer bringen«, sagte sie und erhob sich, »er hat etwas von einem Zaubertrunk gesagt...«

»Ja«, antwortete Caramon tonlos. Er trat zu Crysania und starrte auf seinen Bruder. Dann zuckte er die Schultern. »Er kann sich ja mit seiner Magie dorthin begeben, wenn er es wünscht.«

Crysanias Augen blitzten vor Zorn auf. Sie wandte sich zu Caramon, vernichtende Worte lagen auf ihren Lippen, aber auf eine schwache Geste von Raistlin biß sie sich auf die Lippen und hielt den Mund.

»Du suchst dir eine unpassende Zeit zum Erwachsenwerden aus, mein Bruder«, flüsterte der Magier.

»Vielleicht«, sagte Caramon langsam. Kopfschüttelnd ging er zum Feuer zurück. »Vielleicht spielt es auch keine Rolle mehr.«

Crysania, die Raistlin beobachtete, war verblüfft, ihn plötzlich lächeln und zufrieden nicken zu sehen. Als er jedoch zu ihr aufsah, verschwand sein Lächeln. »Ich kann aufstehen«, sagte er, »mit deiner Hilfe.«

»Hier, du wirst deinen Stab brauchen«, sagte sie und wollte nach ihm greifen.

»Berühr ihn nicht«, befahl Raistlin. Er bekam ihre Hand zu fassen. »Nein«, wiederholte er sanfter. Er hustete, bis er kaum noch atmen konnte. »Andere Hände... ihn berühren... Licht verschwindet...«

Crysania erschauerte unwillkürlich, als sie sich im Zimmer umsah. Raistlin, der die schimmernden Formen bemerkte, die außerhalb des Lichtes des Stabes schwebten, schüttelte den Kopf. »Nein, ich glaube nicht, daß sie uns angreifen«, sagte er, während Crysania die Arme um ihn legte und ihm beim Aufstehen half. »Sie wissen, wer ich bin.« Seine Lippen kräuselten sich höhnisch. »Sie wissen, wer ich bin«, wiederholte er fester, »und sie wagen nicht, mir in die Quere zu kommen. Aber...« Er hustete wieder und stützte sich schwer auf Crysania; ein Arm lag um ihre Schulter, die andere Hand umklammerte seinen Stab. »Es wird sicherer sein, das Licht des Stabes brennen zu lassen.«

Der Magier taumelte beim Sprechen und stürzte fast zu Boden. Als Crysania das rauhe Rasseln von Raistlins Atem hörte, war sie von Mitleid für seine Schwäche erfüllt. Dennoch konnte sie die glühende Hitze des Körpers spüren, der so dicht an ihren gepreßt war. Sein Blick traf ihren, als sie dort standen; und einen Augenblick zerbrach die spiegelgleiche Oberfläche seiner Augen, und sie sah Wärme und Leidenschaft. Sein Arm zog sie näher zu sich.

Crysania errötete, wollte verzweifelt einerseits weglaufen und andererseits für immer in dieser warmen Umarmung verharren. Sie spürte, wie Raistlin sich versteifte. Wütend zog er seinen Arm zurück. Er schob sie zur Seite und klammerte sich hilfesuchend an seinen Stab.

Aber er war noch zu schwach. Er taumelte. Crysania wollte ihm helfen, aber plötzlich stellte sich ein riesiger Körper zwischen sie und den Magier. Starke Arme fingen Raistlin auf, als wäre er nichts weiter als ein Kind. Caramon trug seinen Bruder zu einem geschwärzten Stuhl mit dickem Polster, den er zum Feuer gezogen hatte.

Einen Augenblick konnte sich Crysania nicht von der Stelle rühren. Erst als sie erkannte, daß sie allein in der Dunkelheit stand, außerhalb des Lichts von Feuer und Stab, eilte sie zum Kamin.

»Setz dich, Crysania«, sagte Caramon, zog einen weiteren Stuhl herbei und klopfte den Staub und die Asche von ihm ab.

»Danke«, murmelte sie und versuchte aus irgendeinem Grund, dem Blick des großen Mannes auszuweichen. Sie sank auf den Stuhl, kauerte sich dicht ans Feuer, starrte in die Flammen, bis sie glaubte, ihre Beherrschung wiedergewonnen zu haben.

Als sie dann in der Lage war, sich umzublicken, sah sie Raistlin auf seinem Stuhl sitzen, die Augen geschlossen. Caramon erwärmte Wasser in einem zerbeulten Eisentopf, den er, so wie er aussah, aus der Asche des Kamins hervorgezogen hatte. Er stand vor dem Kamin und starrte aufmerksam in das Wasser. Das Licht des Feuers glänzte auf seiner goldenen Rüstung, auf seiner glatten, sonnengebräunten Haut. Seine Muskeln traten hervor, als er seine Arme anspannte, um sich zu wärmen.

Er ist ein gutgebauter Mann, dachte Crysania, dann erschauerte sie. Wieder konnte sie ihn sehen, wie er den Raum unterhalb des verdammten Tempels betrat, das blutige Schwert in der Hand, Tod in den Augen…

»Das Wasser ist fertig«, verkündete Caramon, und Crysania kehrte in die Gegenwart zurück. »Laß mich den Trank zubereiten«, sagte sie, dankbar, beschäftigt zu sein.

Raistlin öffnete die Augen, als sie zu ihm trat. Sie sah in ihnen nur eine Widerspiegelung ihrer selbst: blaß, fahl, zerzaust. Wortlos hielt er ihr einen kleinen Samtbeutel entgegen. Als sie ihn annahm, deutete er auf seinen Bruder, dann sank er erschöpft zurück.

Mit dem Beutel in der Hand wandte sich Crysania an Caramon, der sie beobachtete; sein Blick, vermischt mit Bestürzung und Traurigkeit, verlieh seinem Gesicht einen ungewohnten Ernst. Aber er sagte lediglich: »Gib ein paar Blätter in die Tasse und gieß heißes Wasser darüber.«

»Was ist das?« fragte Crysania neugierig. Als sie den Beutel öffnete, zog sie über den seltsamen, bitteren Geruch der Kräuter die Nase kraus.

Caramon goß Wasser in die Tasse, die sie hielt. »Ich weiß es nicht«, antwortete er mit einem Achselzucken. »Raistlin hat die Kräuter immer selbst gesammelt und gemischt. Par-Salian gab ihm das Rezept nach der Prüfung, als er so krank war. Ich weiß«, er lächelte sie an, »es riecht schrecklich und muß furchtbar schmecken.« Sein Blick ging fast liebevoll zu seinem Bruder. »Aber es wird ihm helfen.« Seine Stimme krächzte, er wandte sich ab.

Crysania trug das Getränk zu Raistlin, der die Tasse mit zitternden Händen umklammerte und sie gierig an seine Lippen führte. Er nippte daran, stieß einen Seufzer der Erleichterung aus und sank wieder in die Kissen des Stuhls zurück.

Eine unerträgliche Stille setzte ein. Caramon starrte wieder ins Feuer. Auch Raistlin sah in die Flammen und trank schweigend den Heiltrank. Crysania kehrte zu ihrem Stuhl zurück und tat das, womit auch die anderen beschäftigt waren: die Gedanken zu ordnen, zu verstehen, was sich ereignet hatte.

Stunden zuvor hatte sie noch in einer zum Untergang geweihten Stadt gestanden, die durch den Zorn der Götter zum Tod verurteilt war. Sie hatte am Rand eines totalen geistigen und körperlichen Zusammenbruches gestanden. Wie töricht sie gewesen war, sich einzubilden, daß ihre Seele von den Stahlmauern ihres Glaubens umgeben war! Es war kein Stahl, das erkannte sie jetzt mit Scham und Reue. Kein Stahl, sondern Eis. Das Eis war im grellen Licht der Wahrheit geschmolzen, ließ sie nackt und verwundbar zurück. Wäre Raistlin nicht da gewesen, wäre sie in Istar umgekommen.

Raistlin... Sie errötete. Das war etwas anderes, von dem sie niemals geglaubt hatte, damit kämpfen zu müssen – Liebe, Leidenschaft. Sie war vor Jahren mit einem jungen Mann verlobt gewesen, und sie hatte ihn recht gern gehabt. Aber sie hatte ihn niemals geliebt. Sie hatte in der Tat niemals wirklich an Liebe geglaubt – die Art der Liebe, wie sie in Kindergeschichten vorkam. In eine andere Person versunken zu sein schien eine Behinderung, eine Schwäche zu sein, die es zu vermeiden galt. Sie erinnerte sich an Tanis, den Halb-Elf, und wie er über seine Frau Laurana gesprochen hatte. »Wenn sie nicht da ist, ist es, als ob mein rechter Arm fehlte...«

Was für ein romantisches Gefasel, hatte sie damals gedacht. Aber jetzt fragte sie sich, ob sie nicht das gleiche für Raistlin fühlte. Ihre Gedanken wanderten zu dem letzten Tag in Istar: dem schrecklichen Sturm, den ständigen Blitzen, und wie sie sich plötzlich in Raistlins Armen wiederfand. Ihr Herz zog sich im plötzlichen Schmerz des Verlangens zusammen, als sie wieder seine innige Umarmung spürte. Aber da war auch eine starke Angst, ein seltsamer Abscheu. Unfreiwillig erinnerte sie sich an den fieberhaften Glanz in seinen Augen, sein Frohlokken über den Sturm – als ob er ihn selbst herbeigerufen hätte.

Caramons Magen knurrte laut. Als Crysania aufsah, errötete der große Mann tief vor Verlegenheit. Plötzlich fiel ihr der eigene Hunger ein – sie wußte nicht, wann sie das letzte Mal eine Mundvoll Essen hinuntergewürgt hatte –, und sie fing zu lachen an.

Caramon sah sie zweifelnd an, vielleicht hielt er sie für hysterisch. Bei dem verwirrten Blick Caramons lachte Crysania nur noch heftiger. Aber das Lachen tat gut. Die Dunkelheit in dem Zimmer schien zurückzutreten, die Schatten hoben sich von ihrer Seele. Sie lachte herzlich, und schließlich begann auch Caramon zu lachen.

»Auf diese Weise erinnern uns die Götter daran, daß wir menschlich sind«, sagte Crysania, als sie wieder sprechen konnte und die Tränen aus ihren Augen wischte. »Hier sind wir, an einem unvorstellbar entsetzlichen Ort, umgeben von Kreaturen, die gierig warten, uns vollständig zu verschlingen, und ich kann im Augenblick nur daran denken, wie furchtbar hungrig *ich* bin!«

»Wir brauchen etwas zu essen«, sagte Caramon plötzlich. »Und richtige Kleidung, falls wir hier lange bleiben.« Er sah zu seinem Bruder hin. »Wie lange werden wir hier noch bleiben?«

»Nicht lang«, erwiderte Raistlin. Er hatte ausgetrunken, und seine Stimme war wieder kräftiger. In sein blasses Gesicht war etwas Farbe zurückgekehrt. »Ich brauche Zeit zum Ausruhen, um meine Kraft wiederzuerlangen und um meine Studien zu vollenden. Diese Dame –« seine glitzernden Augen glitten zu Crysania hin, die bei dem plötzlichen unpersönlichen Ton in seiner Stimme erbebte – »muß mit ihrem Gott zu Rate gehen und ihren Glauben erneuern. Dann werden wir bereit sein, das Portal zu durchschreiten. Zu dieser Zeit, mein Bruder, kannst du hingehen, wo du möchtest.«

Crysania spürte Caramons zweifelnden Blick, aber sie hielt ihr Gesicht ruhig und ausdruckslos, obgleich ihr Herz gefror bei Raistlins kühler, gleichgültiger Ankündigung, das furchtbare Portal zu durchschreiten, in die Hölle zu gehen und der Königin der Finsternis die Stirn zu bieten. Sie starrte ins Feuer.

Der große Mann seufzte, dann räusperte sich. »Wirst du mich nach Hause schicken?« fragte er seinen Bruder.

»Wenn es das ist, was du möchtest.«

»Ja«, antwortete Caramon ernst. »Ich will zurück zu Tika und... mit Tanis sprechen.« Seine Stimme schlug um. »Ich muß... muß erklären, irgendwie, daß Tolpan tot ist...«

»Im Namen der Götter, Caramon«, schnappte Raistlin und machte eine verärgerte Bewegung mit seiner schlanken Hand. »Du wirst zweifellos zurückkehren und Tolpan in deiner Küche sitzend vorfinden, wie er Tika mit einer dummen Geschichte nach der anderen erfreut und dich in der Zwischenzeit völlig ausgeraubt hat!«

»Was?« Caramons Gesicht wurde blaß, seine Augen weiteten sich.

»Hör zu, mein Bruder!« zischte Raistlin. »Der Kender hat sich selbst verdammt, als er Par-Salians Zauber unterbrach. Es gibt einen guten Grund für das Verbot für Angehörige seiner Rasse und der Rasse der Zwerge und Gnome, in die Vergangenheit zu reisen. Da sie nur zufällig erschaffen wurden, durch die Sorglosigkeit des Gottes Reorx, befinden sich diese Rassen nicht im Fluß der Zeit, wie es bei Menschen, Elfen und Ogern der Fall ist – den Rassen, die zuerst von den Göttern erschaffen wurden. Der Kender hätte folglich die Zeit ändern können, wie er schnell feststellte, als mir unabsichtlich diese Tatsache herausrutschte. Das konnte ich nicht zulassen! Wenn er die Umwälzung aufgehalten hätte, wie es seine Absicht war, wer weiß, was dann geschehen wäre! Vielleicht wären wir alle in unsere Zeit zurückgekehrt, um die Königin der Finsternis in unanfechtbarer Herrschaft vorzufinden. Denn die Umwälzung erfolgte teilweise, um die Welt auf ihr Kommen vorzubereiten und ihr die Stärke zu geben, sie zu besiegen...«

»Du hast ihn also umgebracht!« unterbrach ihn Caramon heiser.

»Ich bat ihn, das Gerät zu nehmen, und ich lehrte ihn den Gebrauch und schickte ihn nach Hause!«

Caramon blinzelte. »Wirklich?« fragte er argwöhnisch.

Raistlin seufzte. »Wirklich, aber ich erwarte nicht, daß du mir glaubst, mein Bruder.« Seine Hände zupften schwach an seinen schwarzen Roben. »Warum solltest du auch, nach allem?«

»Wißt ihr«, sagte Crysania leise, »ich glaube mich zu erinnern, daß ich Tolpan in jenen letzten schrecklichen Augenblikken vor dem Erdbeben gesehen habe. Er war bei mir in der Geweihten Kammer...«

Sie sah, wie Raistlin die Augen einen Spalt öffnete. Sein funkelnder Blick bohrte sich durch ihr Herz und schreckte sie auf, lenkte sie ab.

»Fahr fort«, drängte Caramon.

»Ich... ich erinnere mich... Er hatte das magische Gerät. Zumindest glaube ich das. Er sagte etwas darüber.« Crysania legte ihre Hand an die Stirn. »Aber ich weiß nicht mehr, was es war. Aber ich bin sicher, er sagte, er habe das Gerät!«

Raistlin lächelte leicht. »Sicherlich wirst du Crysania glauben, mein Bruder.« Er zuckte die Achseln. »Eine Klerikerin Paladins lügt nicht.«

»Dann ist Tolpan zu Hause? Jetzt?« fragte Caramon und versuchte diese verblüffende Information zu begreifen. »Und wenn ich zurückkehre, werde ich ihn vorfinden...«

»...in Sicherheit und gesund und vollgepackt mit den meisten deiner persönlichen Besitztümer«, beendete Raistlin sarkastisch den Satz. »Aber jetzt müssen wir unsere Aufmerksamkeit auf dringlichere Angelegenheiten richten. Du hast recht, mein Bruder. Wir brauchen Nahrung und warme Kleidung, und wahrscheinlich werden wir hier nichts finden. Die Zeit, in der wir uns jetzt befinden, ist ungefähr hundert Jahre nach der Umwälzung. Dieser Turm war in all diesen Jahren verlassen. Er wird nun von den Kreaturen der Dunkelheit bewacht, die durch den Fluch des Magiers hervorgerufen wurden, dessen Körper immer noch an den Widerhaken der Tore unter uns aufgespießt ist. Der Eichenwald von Shoikan ist um den Turm gewachsen, und niemand auf Krynn wagt ihn zu betreten. Niemand außer mir natürlich. Nein, niemand kann eintreten. Aber die Wächter werden keinen von uns – dich, mein Bruder, beispielsweise – vom Gehen abhalten. Du wirst in der Stadt Palanthas Lebensmittel und Kleidung kaufen. Ich könnte das zwar mit meiner Magie bewerkstelligen, aber ich wage nicht, unnötig Energie zwischen jetzt und der Zeit zu verbrauchen, wenn ich… wenn ich mit Crysania das Portal durchschreite.«

Caramons Augen weiteten sich. Sein Blick ging zu dem rußgeschwärzten Fenster, seine Gedanken wanderten zu den entsetzlichen Geschichten über den Eichenwald von Shoikan.

»Ich werde dich mit einem Zauber ausrüsten, der dich beschützt, mein Bruder«, fügte Raistlin aufgebracht hinzu, als er den ängstlichen Gesichtsausdruck Caramons bemerkte. »Ein Zauber wird in der Tat notwendig sein, nicht nur um dir auf den Weg durch den Eichenwald zu helfen. Hier ist es bei weitem gefährlicher. Die Wächter gehorchen mir, aber sie sind gierig nach Blut. Du solltest deinen Fuß nicht ohne mich außerhalb dieses Raumes setzen. Vergiß das nicht. Du auch nicht, Crysania.«

»Wo ist dieses Portal?« fragte Caramon.

»Im Laboratorium über uns, unter dem Turm«, erwiderte Raistlin. »Die Portale wurden an dem sichersten Platz untergebracht, den sich die Zauberer ausdenken konnten, weil sie, wie du dir vorstellen kannst, äußerst gefährlich sind.«

»Es sieht Zauberern ähnlich, daß sie an Dingen herumpfuschen, die sie lieber in Ruhe lassen sollten«, knurrte Caramon. »Warum in Namen der Götter haben sie einen Weg zur Hölle geschaffen?«

Raistlin legte seine Fingerspitzen zusammen, starrte in das Feuer, sprach zu den Flammen, als ob sie die einzigen mit der Gabe wären, ihn zu verstehen. »Im Wissensdurst werden viele Dinge erschaffen. Einige sind gut und für uns alle nützlich. Ein Schwert in deinen Händen, Caramon, tritt für die Sache der Rechtschaffenheit und der Wahrheit ein und beschützt die Unschuldigen. Aber ein Schwert in den Händen beispielsweise unserer geliebten Schwester Kitiara würde die Köpfe der Unschuldigen abhauen, wenn es ihr gefällt. Ist das ein Fehler des Erfinders des Schwertes?«

»N…«, begann Caramon, aber sein Zwillingsbruder überhörte ihn.

»Vor langer Zeit, im Zeitalter der Träume, als Zauberkundige noch angesehen waren und die Magie auf Krynn blühte, erhoben sich die fünf Türme der Erzmagier wie Leuchttürme im dunklen Meer der Unwissenheit, die in der Welt herrschte. Hier wurde mit großartiger Magie zum Besten aller gearbeitet. Und es gab Pläne für noch Großartigeres. Wer weiß, vielleicht könnten wir jetzt in der Luft reisen, uns wie Drachen in den Himmel erheben, vielleicht sogar diese erbärmliche Welt verlassen und andere, weitentlegene Welten aufsuchen…« Er seufzte. »Aber das sollte nicht der Fall sein. In ihrem Wunsch, ihre großartigen Arbeiten zu beschleunigen, entschieden die Zauberer, daß sie untereinander in Verbindung stehen müßten, von einem Turm zum anderen, ohne die Notwendigkeit des lästigen Zaubers ›Teleportieren‹. Und so wurden die Portale gebaut.«

»Sie waren erfolgreich?« Crysanias Augen glänzten vor Verwunderung.

»Sie waren erfolgreich!« schnaubte Raistlin verächtlich. »Jenseits ihrer wildesten Träume und ihrer schlimmsten Alpträume. Denn die Portale ermöglichten nicht nur die Bewegung in einem Schritt zwischen den weit entfernten Türmen und Festungen der Magie, sondern auch in die Reiche der Götter, wie ein törichter Zauberer meines eigenen Ordens zu seinem Pech herausfand.« Er erbebte plötzlich und zog seine schwarzen Roben fester um sich. »Verführt von der Königin der Finsternis, wie nur sie einen Sterblichen verführen kann, wenn sie es möchte, benutzte er das Portal, um ihr Reich zu betreten und die Belohnung zu erhalten, die sie ihm nachts in seinen Träumen angeboten hatte.« Raistlin lachte, ein bitteres, höhnisches Lachen. »Narr! Keiner weiß, was mit ihm geschah. Aber er kehrte niemals durch das Portal zurück. Aber die Königin und mit ihr Legionen von Drachen…«

»Der erste Drachenkrieg!« rief Crysania.

»Ja, herbeigeführt durch einen Menschen meiner Art, ohne

Disziplin, ohne Selbstbeherrschung.« Raistlin starrte grübelnd ins Feuer.

»Aber davon habe ich nie etwas gehört!« sagte Caramon. »Nach den Legenden kamen die Drachen zusammen...«

»Deine Geschichtskenntnisse sind auf Gutenachtgeschichten begrenzt, mein Bruder!« sagte Raistlin ungeduldig. »Und sie zeigen lediglich, wie wenig du von Drachen weißt. Sie sind unabhängige Wesen, stolz, egoistisch und völlig unfähig, ein Abendessen zu kochen, geschweige denn eine Art von Kriegsanstrengung zu koordinieren. Nein, die Königin ist in jener Zeit vollständig in die Welt getreten, nicht nur als Schatten, wie es in unserem Krieg mit ihr war. Sie führte Krieg gegen die Welt, und nur durch Humas großes Opfer wurde sie zurückgetrieben.« Er machte eine Pause, führte seine Hände zu den Lippen und sann nach. »Einige sagen, daß Huma die Drachenlanze nicht verwendete, um sie körperlich zu vernichten, wie es in den Legenden heißt, sondern daß die Lanze über eine magische Eigenschaft verfügte, die es ihm erlaubte, sie zurück in das Portal zu treiben und es zu verschließen. Die Tatsache, daß er sie zurücktrieb, beweist, daß sie – in dieser Welt – verwundbar ist.« Er starrte in die Flammen. »Hätte jemand mit wahrer Kraft am Portal gestanden, als sie eintrat, jemand, der fähig gewesen wäre, sie völlig zu vernichten, anstatt sie zurückzutreiben, dann hätte die Geschichte neu geschrieben werden müssen.«

Niemand sprach. Crysania starrte in die Flammen, sah vielleicht die gleiche glorreiche Vision wie der Erzmagier. Caramon sah in das Gesicht seines Bruders.

Raistlins Blick wandte sich plötzlich von den Flammen ab, seine Augen blitzten in klarer, kalter Stärke auf. »Wenn ich morgen stärker bin, werde ich allein ins Laboratorium gehen und mit meinen Vorbereitungen beginnen. Du, Crysania, solltest anfangen, zu deinem Gott zu sprechen.«

Crysania schluckte nervös. Bebend zog sie ihren Stuhl näher zum Feuer. Aber plötzlich war Caramon auf den Füßen, stand vor ihr. Er reichte nach unten, seine starken Hände ergriffen ihre Arme, zwangen sie, in seine Augen zu sehen.

»Das ist Wahnsinn, Crysania«, sagte er; seine Stimme war sanft und mitfühlend. »Laß mich dich von diesem finsteren Ort wegführen! Du bist verängstigt – und du hast auch allen Grund, Angst zu haben. Vielleicht stimmt nicht alles, was Par-Salian über Raistlin sagte. Vielleicht stimmt auch alles nicht, was ich über ihn gedacht habe. Vielleicht habe ich ihn falsch eingeschätzt. Aber eins sehe ich deutlich, Crysania, du hast Angst. Laß Raistlin die Sache allein verfolgen! Laß ihn die Götter herausfordern – wenn es das ist, was er will! Aber du mußt nicht mit ihm gehen. Kommt mit nach Hause! Laß mich dich mitnehmen in unsere Zeit, weg von hier.«

Raistlin sagte nichts, aber seine Gedanken ertönten so deutlich in Crysanias Geist, als ob er sie gesprochen hätte. »Du hast den Königspriester gehört. Du hast selbst gesagt, daß du seine Fehler kennst. Paladin begünstigt dich. Selbst an diesem finsteren Ort hört er deine Gebete. Du bist seine Auserwählte. Du wirst erfolgreich sein, wo der Königspriester versagt hat. Komm mit mir, Crysania!«

»Ich habe Angst«, sagte Crysania und löste behutsam Caramons Hände von ihren Armen. »Und ich bin wirklich gerührt über deine Sorge. Aber meine Angst ist eine Schwäche, die ich bekämpfen muß. Mit Paladins Hilfe werde ich sie überwinden – bevor ich mit deinem Bruder das Portal durchschreite.«

»So soll es sein«, sagte Caramon mit schwerer Stimme und drehte sich um.

Raistlin lächelte; es war ein dunkles, geheimes Lächeln, das sich weder in seinen Augen noch in seiner Stimme zeigte. »Und jetzt, Caramon«, sagte er sarkastisch, »wenn du damit fertig bist, dich in Sachen einzumischen, die du nicht verstehst, bereitest du dich am besten auf deine Reise vor. Jetzt haben wir Vormittag. Die Märkte – wie es in diesen düsteren Zeiten der Fall ist – haben gerade geöffnet.« Er griff in eine Tasche in seinen schwarzen Roben, holte einige Münzen hervor und warf sie seinem Bruder zu. »Das sollte für unsere Bedürfnisse ausreichen.«

Caramon fing die Münzen auf, ohne zu denken. Dann starrte

er seinen Bruder mit dem gleichen Blick an, den Crysania auch im Tempel von Istar gesehen hatte, und sie erinnerte sich, gedacht zu haben: Welch schrecklicher Haß, welch schreckliche Liebe!

Schließlich senkte Caramon den Blick, stopfte das Geld in seinen Gürtel.

»Komm her zu mir, Caramon«, sagte Raistlin sanft.

»Warum?« brummte Caramon, plötzlich argwöhnisch.

»Nun, da ist das Eisenband um deinen Hals. Willst du mit dem Zeichen der Sklaverei durch die Straßen laufen? Und dann ist da noch der Zauber.« Raistlin sprach mit unendlicher Geduld. Als er Caramon immer noch zögern sah, fügte er hinzu: »Ich würde dir nicht empfehlen, das Zimmer ohne den Zauber zu verlassen. Aber es ist deine Entscheidung...«

Caramon warf den blassen Gesichtern, die immer noch im Schatten lauerten, einen Blick zu, dann ging er zu seinem Bruder und stellte sich vor ihm auf, seine Arme über der Brust verschränkt. »Was nun?« knurrte er.

»Knie vor mir nieder!«

Caramons Augen funkelten vor Zorn. Ein Fluch brannte auf seinen Lippen, seine Augen huschten verstohlen zu Crysania, er unterdrückte jedoch die Worte und verschluckte sie.

Raistlins blasses Gesicht wirkte plötzlich traurig. Er seufzte. »Ich bin erschöpft, Caramon. Ich habe nicht die Kraft, mich zu erheben. Bitte...«

Caramon ging langsam auf die Knie.

Raistlin sagte leise ein Wort. Das Eisenband zerbrach, fiel von Caramons Hals und landete klappernd auf dem Boden.

»Komm näher«, sagte Raistlin.

Seinen Hals reibend, kam Caramon dem Befehl nach. »Ich mache das für Crysania«, sagte er mit angespannter Stimme. »Wenn es nur mich und dich beträfe, würde ich dich an diesem üblen Platz verrotten lassen!«

Raistlin streckte beide Hände aus und legte sie sanft, fast liebkosend, an Caramons Kopf. »Würdest du das, mein Bruder?« fragte er so leise, daß es nicht lauter als ein Atemzug war.

»Würdest du mich verlassen? Dort in Istar – hättest du mich da wirklich getötet?«

Caramon starrte ihn an, unfähig zu antworten. Dann beugte sich Raistlin vor und küßte seinen Bruder auf die Stirn. Caramon zuckte zusammen, als ob er mit einem rotglühenden Eisen in Berührung gekommen wäre.

Raistlin löste seinen Griff.

Caramon starrte ihn voller Schmerz an. »Ich weiß es nicht!« murmelte er gebrochen. »Die Götter sollen mir helfen – ich weiß es nicht!« Mit einem Schluchzen bedeckte er sein Gesicht mit beiden Händen. Sein Kopf sank in den Schoß seines Bruders.

Raistlin streichelte über das braune, lockige Haar seines Bruders. »Nun, nun, Caramon«, sagte er sanft. »Ich habe dir einen Zauber gegeben. Die Dinge der Dunkelheit können dir nichts antun, solange ich hier bin.«

Caramon stand in der Türöffnung des Arbeitszimmers und spähte in die Dunkelheit des Korridors – eine Dunkelheit, die von Geflüster und Augen belebt war. Neben ihm war Raistlin, eine Hand ruhte auf dem Arm seines Bruders, die andere hielt den Stab des Magus.

»Es wird alles gut, mein Bruder«, sagte Raistlin leise. »Vertrau mir.«

Caramon sah seinen Bruder aus einem Augenwinkel an.

Raistlin lächelte daraufhin sarkastisch. »Einer von ihnen wird dich begleiten«, fuhr er fort.

»Lieber nicht!« brummte Caramon finster, als ein Paar körperloser Augen, das sich in seiner Nähe aufhielt, näher kam.

»Begleitet ihn«, befahl Raistlin den Augen. »Er steht unter meinem Schutz. Erkennt ihr mich? Ihr wißt, wer ich bin?«

Die Augen senkten sich ehrfürchtig, dann richteten sie ihren kalten, geisterhaften Blick auf Caramon. Der große Krieger erschauerte und sah Raistlin zum letzten Mal an.

»Die Wächter werden dich sicher durch den Eichenwald führen. Du wirst jedoch bei weitem mehr zu fürchten haben, wenn du ihn hinter dir gelassen hast. Sei vorsichtig, mein Bruder! Diese Stadt ist nicht der wunderschöne, friedliche Ort, wie es in zweihundert Jahren der Fall sein wird. Nun ist sie von Flüchtlingen voll, die in den Straßen, wo immer sie können, leben. Jeden Morgen rollen Karren über das Pflaster, um die Körper jener zu entfernen, die in der Nacht gestorben sind. Männer sind unterwegs, die dich wegen deiner Stiefel umbringen würden. Kauf dir zuerst ein Schwert und trag es offen in der Hand!«

»Ich werde mir schon Gedanken über die Stadt machen«, sagte Caramon. Er ging in den Korridor davon und versuchte dabei, ohne viel Erfolg, die blassen, glühenden Augen zu übersehen, die dicht an seiner Schulter schwebten.

Raistlin blieb stehen und beobachtete seinen Bruder und den Wächter, bis sie aus dem magischen Lichtkreis des Stabes verschwunden und von der Dunkelheit verschluckt waren. Er wartete noch, bis sich das Echo der schweren Schritte seines Bruders verlor, dann kehrte er in das Arbeitszimmer zurück.

Crysania saß auf einem Stuhl und versuchte erfolglos, mit den Fingern ihr wirres Haar zu kämmen. Raistlin ging lautlos über den Boden, um neben sie zu treten, ohne daß sie es merkte, griff in eine Tasche seiner Roben und zog eine Handvoll feinen weißen Sand hervor. Als er hinter ihr stand, hob er die Hand und ließ den Sand über das dunkle Haar der Frau rieseln.

»Ast tasark simiralan krynawi«, flüsterte Raistlin, und fast unverzüglich ließ Crysania den Kopf sinken, ihre Augen schlossen sich, und sie sank in einen tiefen magischen Schlaf. Er stellte sich vor sie und starrte sie lange an.

Obgleich sie ihr tränen- und blutverschmiertes Gesicht gewaschen hatte, waren die Zeichen der Reise durch die Dunkelheit an den Schatten unter ihren langen Wimpern, an einem Schnitt an ihrer Lippe und an ihrer blassen Hautfarbe sichtbar. Raistlin streckte die Hand aus und strich behutsam das Haar zurück, das in dunklen Strähnen über ihre Augen fiel.

Crysania hatte, als das Zimmer von dem Feuer erwärmt war, den Samtvorhang zur Seite geworfen, den sie als Decke benutzt hatte. Ihre weißen Roben, zerrissen und blutbeschmiert, hatten sich um ihren Hals gelöst.

Raistlin konnte die weichen Kurven ihres Busens unter dem weißen Stoff sehen. »Wäre ich wie andere Männer, würde sie mir gehören«, sagte er leise. Seine Hand verweilte dicht an ihrem Gesicht, ihr dunkles, lockiges Haar kräuselte sich um seine Finger. »Aber ich bin nicht wie andere Männer«, murmelte er und zog den Samtvorhang um ihre Schultern.

Crysania lächelte im Traum.

Als Raistlins Hand über die glatte Haut ihres Gesichtes strich, kamen ihm lebhafte Erinnerungen. Er begann zu zittern. Am liebsten hätte er den Schlafzauber rückgängig gemacht, sie in seine Arme genommen, sie gehalten, so wie er sie gehalten hatte, als er den Zeitreisezauber geworfen hatte, der sie zu diesem Ort gebracht hatte. Sie wären eine Stunde allein gewesen, bevor Caramon zurückkehrte... »Ich bin nicht wie andere Männer!« knurrte er und ging davon; sein mürrischer Blick begegnete den wachsamen Augen der Wächter. »Wacht über sie, während ich fort bin«, sagte er zu mehreren halb unsichtbaren, schwebenden Geistern, die im Schatten einer Ecke des Arbeitszimmers lauerten. »Ihr zwei«, befahl er den beiden, die bei ihm gewesen waren, als er wach wurde, »begleitet mich.«

»Ja, Meister«, murmelten sie. Als das Licht des Stabs auf sie fiel, wurden die Umrisse von schwarzen Roben sichtbar.

Als Raistlin in den Korridor trat, verschloß er sorgfältig die Tür zum Arbeitszimmer hinter sich. Er klammerte sich an den Stab, sprach leise einen Befehl und wurde unverzüglich in das Laboratorium oben im Turm der Erzmagier befördert.

Er hatte noch nicht einen Atemzug getan und materialisierte sich gerade aus der Dunkelheit, als er angegriffen wurde.

Zorniges Gekreisch und Geheul ertönte um ihn. Dunkle Formen schossen aus der Luft, trotzten dem Licht des Stabes, während knochenweiße Finger nach seiner Kehle griffen, seine Roben packten und den Stoff zerrissen.

Raistlin schwang den Stab in einen weiten Bogen und schrie heisere Worte der Magie, um die Geister zurückzutreiben. »Sprecht zu ihnen!« befahl er den zwei Wächtern, die bei ihm waren. »Sagt ihnen, wer ich bin!«

»Fistandantilus«, hörte er sie durch ein Tosen in seinen Ohren sagen, »obgleich seine Zeit noch nicht gekommen ist, wie vorhergesagt wurde...«

Geschwächt taumelte Raistlin zu einem Stuhl und ließ sich auf ihn fallen. Sich bitter verfluchend, daß er auf den Angriff nicht vorbereitet gewesen war, und seinen zerbrechlichen Körper verwünschend, der ihn im Stich ließ, wischte er Blut von einer Schnittwunde in seinem Gesicht und rang darum, das Bewußtsein nicht zu verlieren.

Das ist *dein* Tun, meine Königin! Seine Gedanken kamen durch einen Schmerzensnebel. Du wagst nicht, mich offen zu bekämpfen. Ich bin zu stark für dich auf dieser meiner Existenzebene. Du hast bereits den Fuß auf diese Welt gesetzt. Gerade jetzt erscheint der Tempel in seiner entstellten Form in Neraka. Du hast die bösen Drachen geweckt. Sie stehlen die Eier der guten Drachen. Aber die Tür bleibt verschlossen, der Grundstein wird durch eine sich selbst aufopfernde Liebe blockiert. Und das war dein Fehler. Denn jetzt, durch dein Eintreten auf unsere Ebene, hast du es uns ermöglicht, deine zu betreten! Ich kann dich noch nicht erreichen, du kannst mich nicht erreichen... Aber die Zeit wird kommen...

»Geht es dir nicht gut, Meister?« ertönte eine verängstigte Stimme neben ihm. »Es tut mir leid, daß wir sie nicht davon abbringen konnten, dir zu schaden, aber du hast dich zu schnell bewegt! Bitte, verzeih uns. Laß uns dir helfen...«

»Ihr könnt nichts tun!« fauchte Raistlin und hustete. Er fühlte den Schmerz in seiner Brust nachlassen. »Laßt mich in Frieden, laßt mich ausruhen! Vertreibt diese anderen von hier!«

»Ja, Meister.«

Raistlin schloß die Augen und wartete darauf, daß der fürchterliche Schwindel und Schmerz aufhörte. Er saß eine Stunde in der Dunkelheit und ging seine Pläne durch. Er brauchte zwei

Wochen der ungestörten Ruhe und des Studiums, um sich vorzubereiten. Diese Zeit würde er hier mühelos finden. Crysania gehörte ihm – sie würde ihm bereitwillig folgen und die Macht Paladins herabflehen, ihr beim Öffnen des Portals zu helfen und ihre schauderhaften Wächter zu bekämpfen.

Er verfügte über das Wissen von Fistandantilus, über das jahrhundertelang angehäufte Wissen des Magiers. Zusätzlich hatte er sein eigenes Wissen und die Stärke seines jüngeren Körpers. Wenn er zum Eintreten bereit war, hatte er den Gipfel seiner Kräfte erreicht – er war dann der größte Erzmagier, der jemals auf Krynn gelebt hatte!

Der Gedanke tröstete ihn und verlieh ihm erneute Energie. Der Schwindel löste sich schließlich auf, und der Schmerz schwand. Er erhob sich und warf einen schnellen Blick in das Laboratorium. Er erkannte es natürlich. Es sah genauso aus, wie er es damals in einer Vergangenheit betreten hatte, die jetzt zweihundert Jahre in der Zukunft lag. Dann würde er mit Macht kommen – wie vorausgesagt. Die Tore würden sich öffnen, die Wächter würden ihn ehrfürchtig grüßen und nicht angreifen.

Als er mit dem Stab des Magus in der Hand durch das Laboratorium ging, sah er sich neugierig um. Er bemerkte seltsame, verwirrende Veränderungen. Alles sollte genau so sein wie in der Zeit, wenn er zweihundert Jahre später eintreffen würde. Aber ein jetzt unversehrter Rechner war zerbrochen gewesen, als er ihn gefunden hatte. Ein Zauberbuch, das nun auf dem großen Steintisch ruhte, hatte er auf dem Boden entdeckt.

»Bringen die Wächter Dinge in Unordnung?« fragte er die zwei, die bei ihm waren. Seine Roben raschelten um seine Knöchel, als er zum äußersten Ende des riesigen Laboratoriums ging, zu der Tür, die niemals offen stand.

»O nein, Meister«, sagte einer schockiert. »Uns ist nicht gestattet, etwas anzurühren.«

Raistlin zuckte die Achseln. In zweihundert Jahren konnte eine Menge passieren. Vielleicht ein Erdbeben, sagte er sich und verlor das Interesse an dieser Angelegenheit, als er den

Schatten erreichte, der von dem riesigen Portal geworfen wurde.

Den Stab des Magus erhebend, ließ er das magische Licht über seinem Kopf leuchten. Die Schatten flüchteten in die weitentlegene Ecke des Laboratoriums, die Ecke, wo sich das Portal mit seinen Platinschnitzereien der fünf Drachenköpfe und seiner riesigen Silberstahltür befand, die sich von keinem Schlüssel auf Krynn aufschließen ließ.

Raistlin hielt den Stab hoch.

Lange Zeit konnte er lediglich starren, sein Atem kam pfeifend, seine Gedanken glühten und brannten. Dann riß sich sein schriller Schrei schäumenden Zornes durch die lebende Dunkelheit des Turms.

So furchterregend war der Schrei, der durch die dunklen Korridore des Turms hallte, daß die bösen Wächter in ihre Schatten zurückwichen und sich fragten, ob vielleicht ihre gefürchtete Königin angekommen sei.

Caramon hörte den Schrei, als er an die Tür unten am Turm trat. Vor plötzlichem Entsetzen erbebend, ließ er die Pakete fallen, die er trug, und mit zitternden Händen zündete er eine Fackel an, die er mitgebracht hatte. Mit der blanken Klinge seines neuen Schwertes in der Hand eilte der große Krieger die Stufen hinauf und nahm immer zwei auf einmal. Er stürzte in das Arbeitszimmer und sah Crysania, die sich ängstlich umblickte.

»Ich habe einen Schrei gehört...«, sagte sie, rieb sich die Augen und erhob sich.

»Ist alles mit dir in Ordnung?« keuchte Caramon.

»Ja«, sagte sie mit einem verwirrten Blick, als sie erkannte, was er gedacht hatte. »Ich war es nicht. Ich muß eingeschlafen sein. Ich bin von dem Geschrei wach geworden...«

»Wo ist Raist?« herrschte Caramon sie an.

»Raistlin?« wiederholte sie beunruhigt.

»Darum hast du geschlafen«, sagte er grimmig und strich feines, weißes Pulver aus ihrem Haar. »Schlafzauber.«

Crysania blinzelte. »Aber warum…«
»Das werden wir herausfinden.«
»Krieger«, sagte eine kalte Stimme fast in seinem Ohr.
Caramon wirbelte herum und hob sein Schwert, als eine Geistergestalt sich aus der Dunkelheit materialisierte.
»Du suchst den Zauberer? Er ist oben im Laboratorium. Er benötigt Beistand, und uns wurde befohlen, ihn nicht zu berühren.«
»Ich gehe«, sagte Caramon, »allein.«
»Ich komme mit dir«, sagte Crysania.
Caramon wollte Einwände erheben, aber als er sich dann erinnerte, daß sie eine Klerikerin Paladins war, zuckte er die Schultern und gab, wenn auch widerwillig, nach.
»Was ist mit ihm geschehen, wenn euch befohlen wurde, ihn nicht zu berühren?« fragte Caramon die Geistererscheinung schroff, als er und Crysania ihr aus dem Arbeitszimmer in den dunklen Korridor folgten. »Bleib dicht bei mir«, murmelte er Crysania zu.
Wenn die Dunkelheit zuvor lebendig zu sein schien, so pochte und pulsierte sie jetzt vor Leben, als die Wächter, aufgebracht durch den Schrei, durch die Korridore drängten. Obgleich er inzwischen warm angezogen war, da er auf dem Markt Kleidung gekauft hatte, zitterte Caramon krampfhaft von der Eiseskälte, die aus den untoten Körpern strömte.
Neben ihm schüttelte sich Crysania so, daß sie kaum laufen konnte. »Laß mich die Fackel halten«, sagte sie.
Caramon reichte ihr die Fackel, dann legte er seinen rechten Arm um sie. Beide fanden Trost in der Berührung, als sie hinter der Geistererscheinung die Stufen hinaufstiegen.
»Was ist geschehen?« fragte Caramon wieder, aber der Geist gab keine Antwort. Er zeigte lediglich auf die Wendeltreppe.
Sein Schwert in der linken Hand haltend, folgte Caramon mit Crysania dem Geist, der die Stufen hochschwebte; das Licht der Fackel tanzte und flackerte.
Nach einer scheinbar endlosen Kletterei erreichten die zwei die Spitze des Turms der Erzmagier.

»Wir müssen uns ausruhen«, sagte Caramon.

Crysania lehnte sich an ihn, ihre Augen waren geschlossen, ihr Atem kam mühsam: »Wo ist Raist – Fistandantilus?« stammelte sie, als sie wieder halbwegs normal atmen konnte.

»Hier drin.« Der Geist zeigte auf eine geschlossene Tür. Diese öffnete sich lautlos.

Kalte Luft strömte in einer dunklen Welle aus dem Zimmer, zerzauste Caramons Haar und wirbelte Crysanias Umhang beiseite. Einen Augenblick konnte sich Caramon nicht rühren. Das Gefühl des Bösen, das aus dieser Kammer kam, war überwältigend. Aber Crysania, die ihre Hand entschlossen um das Medaillon von Paladin hielt, begann weiterzugehen.

Caramon zog sie zurück. »Laß mich zuerst gehen.«

Crysania lächelte ihn erschöpft an. »In jeder anderen Situation, Krieger«, sagte sie, »würde ich dir dieses Vorrecht einräumen. Aber hier ist das Medaillon in meiner Hand eine ebenso furchteinflößende Waffe wie dein Schwert.«

»Ihr habt überhaupt keine Waffe nötig«, bemerkte der Geist kalt. »Der Meister hat uns befohlen, Sorge zu tragen, daß euch nichts zustößt. Wir gehorchen seinem Wunsch.«

»Was ist, wenn er tot ist?« fragte Caramon, der spürte, wie sich Crysania vor Angst versteifte.

»Wenn er tot wäre«, erwiderte der Geist mit glänzenden Augen, »wäre euer warmes Blut schon längst an unseren Lippen. Tretet nun ein!«

Zögernd betrat Caramon das Laboratorium; Crysania war dicht an seiner Seite. Sie hob die Fackel, und beide sahen sich um.

»Dort«, flüsterte Caramon. Die angeborene Verbundenheit der Zwillinge führte ihn zu der dunklen Gestalt, die kaum sichtbar auf dem Boden im hinteren Teil des Laboratoriums lag.

Ihre Angst vergessend, eilte Crysania voran, während Caramon langsamer folgte; seine Augen durchforschten wachsam die Dunkelheit.

Raistlin lag auf der Seite, seine Kapuze war über sein Gesicht gezogen. Der Stab des Magus lag etwas entfernt von ihm, sein

Licht war erloschen, als ob Raistlin ihn im bitteren Zorn von sich geschleudert hätte. Dabei war offensichtlich ein Becher zerbrochen und ein Zauberbuch auf den Boden geworfen worden.

Crysania überreichte Caramon die Fackel, kniete sich zu dem Magier und fühlte seinen Puls. Er war schwach und unregelmäßig, aber Raistlin lebte. Sie seufzte vor Erleichterung auf, dann schüttelte sie den Kopf. »Es geht ihm gut. Aber was ist mit ihm geschehen?«

»Er ist körperlich unversehrt«, erklärte der Geist, der in ihrer Nähe schwebte. »Er kam zu diesem Teil des Laboratoriums, als ob er etwas suchte. Er murmelte etwas von einem Portal. Den Stab hochhaltend, stand er dort, wo er jetzt liegt, und starrte geradeaus. Dann schrie er auf, schleuderte den Stab von sich und fiel auf den Boden. Er fluchte vor Zorn so lange, bis er das Bewußtsein verlor.«

Verwirrt hielt Caramon die Fackel hoch. »Ich frage mich, was passiert sein könnte«, murmelte er. »Nun, hier ist nichts. Nichts außer einer nackten, kahlen Wand!«

6

»Wie geht es ihm?« fragte Crysania leise, als sie den Raum betrat. Sie zog sich die weiße Kapuze vom Kopf, knöpfte ihren Umhang auf und erlaubte Caramon, ihn von ihren Schultern zu nehmen.

»Er ist unruhig«, erwiderte der Krieger mit einem Blick zu einer düsteren Ecke. »Er hat ungeduldig deine Rückkehr erwartet.«

Crysania seufzte und biß sich auf die Lippen. »Ich wünschte, ich hätte bessere Nachrichten«, murmelte sie.

»Ich freue mich darüber«, sagte Caramon bitter und legte Crysanias Umhang über einen Stuhl. »Vielleicht gibt er dann diesen verrückten Plan auf und kommt mit nach Hause.«

»Ich kann nicht...«, begann Crysania, wurde aber unterbrochen.

»Wenn ihr beide fertig seid mit dem, was ihr da in der Dunkelheit treibt, würdest du dann vielleicht zu mir kommen und mir erzählen, was du herausgefunden hast, Crysania?«

Crysania lief tiefrot an. Caramon einen verärgerten Blick zuwerfend, eilte sie durch den Raum zu Raistlin, der auf einem Lager neben dem Feuer ruhte.

Caramon hatte den Magier vom Laboratorium, wo sie ihn vor der blanken Steinwand liegend vorgefunden hatten, ins Arbeitszimmer getragen. Crysania hatte auf dem Boden ein Bett bereitet und dann hilflos zugesehen, wie Caramon seinen Bruder behutsam, wie eine Mutter ein krankes Kind, betreut hatte. Aber der große Mann konnte für seinen kranken Bruder nur wenig tun. Raistlin lag über einen Tag bewußtlos da und murmelte im Schlaf seltsame Worte. Einmal wurde er wach und schrie vor Entsetzen auf, sank aber unverzüglich in seine Dunkelheit zurück.

Des Lichtes des Stabes beraubt, den Caramon nicht zu berühren gewagt und gezwungenermaßen im Laboratorium zurücklassen mußte, hatten er und Crysania dicht bei Raistlin gekauert. Sie ließen das Feuer hell brennen, und beide waren sich der ständigen Gegenwart der Schatten der Wächter des Turms bewußt, die warteten, beobachteten.

Endlich erwachte Raistlin. Mit seinem ersten Atemzug befahl er Caramon, seinen Trank zu bereiten, und nachdem er ihn getrunken hatte, war er in der Lage, einen Wächter nach dem Stab zu schicken. Dann rief er Crysania zu sich. »Du mußt zu Astinus gehen«, flüsterte er.

»Astinus?« wiederholte Crysania verständnislos. »Dem Historiker? Aber warum – ich verstehe nicht...«

Raistlins Augen funkelten, ein Fleck brannte in seinen blassen Wangen in fieberhaftem Glanz. »Das Portal ist nicht hier!« knurrte er und knirschte dabei in ohnmächtiger Wut mit den Zähnen. Seine Hände ballten sich zusammen, und fast sofort begann er zu husten. Er warf Crysania einen finsteren Blick zu. »Verschwende meine Zeit nicht mit dummen Fragen! Geh!« befahl er in so entsetzlichem Zorn, daß sie erschrocken zurückwich.

Sie ging zu dem Schreibtisch und starrte auf einige der zerrissenen und geschwärzten Zauberbücher.

»Warte einen Augenblick, Crysania!« sagte Caramon leise, erhob sich und trat zu ihr. »Du ziehst doch nicht wirklich in Erwägung zu gehen? Wer ist dieser Astinus überhaupt? Und wie willst du ohne einen Zauber durch den Eichenwald gehen?«

»Ich habe einen Zauber«, murmelte Crysania. »Dein Bruder hat ihn mir gegeben, als... als ich ihn kennenlernte. Was Astinus betrifft, so betreut er die Große Bibliothek von Palanthas, er ist der Chronist der Geschichte Krynns.«

»Das ist er vielleicht in unserer Zeit, aber jetzt doch nicht!« entgegnete Caramon aufgebracht. »Denk doch mal nach!«

»Ich denke nach!« rief Crysania und warf ihm einen zornerfüllten Blick zu. »Astinus ist bekannt als der Zeitlose. Er war der erste, der seinen Fuß auf Krynn gesetzt hat, wie die Legende sagt, und er wird der letzte sein, der Krynn verläßt.«

Caramon musterte sie skeptisch.

»Er zeichnet die gesamte Geschichte auf, so wie sie verläuft. Er weiß alles, was in der Vergangenheit geschah und was in der Gegenwart geschieht. Aber er kann nicht in die Zukunft sehen. Darum bin ich mir nicht sicher, ob er uns helfen kann.«

Raistlins Zustand verschlimmerte sich, anstatt sich zu bessern. Seine Haut glühte im Fieber, er fiel in Zustände völliger Verwirrung, und wenn er wieder bei klarem Bewußtsein war, verlangte er zornig zu erfahren, warum Crysania Astinus noch nicht aufgesucht habe.

So hatte sie mutig dem entsetzlichen Eichenwald getrotzt und den gleichermaßen entsetzlichen Zuständen auf den Straßen von Palanthas. Jetzt kniete sie am Bett des Magiers.

»Erzähl mir alles!« befahl er heiser. »Laß nichts aus.«

Wortlos nickend, immer noch mitgenommen von dem furchterregenden Weg durch den Turm, zwang sich Crysania, ihre Gedanken zu sammeln. »Ich ging zur Großen Bibliothek und bat um Zutritt zu Astinus«, begann sie, nervös die Falten ihrer schlichten weißen Robe glättend, die Caramon ihr gekauft hatte. »Die Ästheten verwehrten mir zunächst den Einlaß, aber dann zeigte ich ihnen das Medaillon von Paladin. Das brachte sie in Verwirrung, wie du dir vorstellen kannst.« Sie lächelte.

»Zum ersten Mal seit hundert Jahren war ein Zeichen der alten Götter aufgetaucht, und schließlich eilte einer zur Berichterstattung zu Astinus. Nachdem ich einige Zeit gewartet hatte, wurde ich in seine Kammer geführt, in der er jeden Tag und häufig bis in die Nacht hinein sitzt und die Geschichte der Welt aufzeichnet.« Crysania hielt kurz inne, verunsichert von Raistlins ungeduldigem, eindringlichem Blick. »Ich betrat den Raum, und er saß einfach da, schrieb und übersah mich. Dann stellte mich der Ästhet vor, der bei mir war: ›Crysania aus dem Haus Tarinius‹, so wie du mich angewiesen hattest. Und dann...« Sie hielt inne und runzelte leicht die Stirn.

Raistlin rührte sich. »Was?«

»Dann hat Astinus aufgesehen«, sagte Crysania. »Er hörte tatsächlich mit dem Schreiben auf und legte seinen Federkiel nieder. Er sagte: ›Du!‹ mit so donnernder Stimme, daß ich erschrak und der Ästhet neben mir fast ohnmächtig wurde. Aber bevor ich etwas sagen oder fragen konnte, hob er seinen Federkiel, und die Wörter lesend, die er gerade geschrieben hatte, strich er sie durch!«

»Strich sie durch«, wiederholte Raistlin nachdenklich; seine Augen waren dunkel und abwesend. »Strich sie durch«, murmelte er und sank auf sein Bett zurück.

Als Crysania Raistlin in seine Gedanken vertieft sah, verhielt sie sich ruhig, bis er wieder zu ihr aufblickte.

»Was hat er dann getan?« fragte der Magier matt.

»Er schrieb etwas unter die Stelle, wo er den Fehler gemacht hatte, als ob es nicht weiter schlimm wäre. Dann richtete er seine Augen wieder auf mich, und ich hatte das Gefühl, er sei jetzt sehr wütend. Das dachte der Ästhet wohl auch, denn ich konnte ihn zittern spüren. Aber Astinus war ganz ruhig. Er entließ den Ästheten und bot mir einen Stuhl an. Dann fragte er nach dem Grund meines Kommens. Ich sagte ihm, daß wir das Portal suchten. Ich fügte hinzu, wie du mir aufgetragen hattest, daß uns gewisse Informationen zu dem Glauben geführt hätten, daß es sich im Turm der Erzmagier in Palanthas befinde, aber daß sich aufgrund unserer Nachforschungen die Unrichtigkeit dieser Information herausgestellt habe. Das Portal sei nicht dort. Er nickte, als ob ihn das nicht überrasche. ›Das Portal wurde an eine andere Stelle versetzt, als der Königspriester versucht hat, den Turm zu übernehmen. Natürlich aus Sicherheitsgründen. Im Lauf der Zeit wird es wohl zum Turm der Erzmagier in Palanthas zurückgebracht werden, aber es ist jetzt noch nicht dort.‹ – ›Wo ist es dann?‹ fragte ich. Lange Zeit antwortete er mir nicht. Und dann...« Hier stammelte Crysania und warf Caramon einen angsterfüllten Blick zu, als ob sie ihn bitten wollte, seinen Mut zusammenzunehmen.

Als er ihren Blick bemerkte, richtete sich Raistlin im Bett auf. »Sag es mir!« verlangte er barsch.

Crysania holte tief Atem. Sie wollte wegsehen, aber Raistlin ergriff ihr Handgelenk, und trotz seiner Schwäche hielt er sie so fest, daß sie sich nicht aus seinem Griff befreien konnte. »Er... er sagte, diese Information werde dich etwas kosten. Jeder Mensch habe seinen Preis, selbst er.«

»Mich etwas kosten!« wiederholte Raistlin unhörbar; seine Augen glühten.

Crysania versuchte erfolglos, sich zu befreien.

»Was ist der Preis?« herrschte Raistlin sie an.

»Er sagte, du wüßtest es!« keuchte Crysania.

Raistlin gab ihr Handgelenk frei. Crysania wich zurück, rieb sich den Arm, vermied Caramons mitleidigen Blick. Plötzlich erhob sich der große Mann. Raistlin sank auf sein Bett zurück.

Crysania stand auf und goß sich ein Glas Wasser ein. Aber ihre Hand zitterte so sehr, daß sie die Flüssigkeit auf den Scheibtisch verschüttete und gezwungen war, den Krug abzusetzen. Caramon trat hinter sie, goß Wasser ein und reichte ihr das Glas; ein ernster Ausdruck lag auf seinem Gesicht.

Als Crysania das Glas zu ihren Lippen führte, bemerkte sie plötzlich Caramons Blick auf ihr Handgelenk. Sie sah hinunter und erkannte die Male von Raistlins Hand auf ihrem Fleisch. Sie setzte das Glas auf dem Schreibtisch ab und zog schnell ihre Robe über den verletzten Arm. »Er wollte mir nicht weh tun«, sagte sie leise als Antwort auf Caramons ernsten, stummen

Blick. »Sein Schmerz macht ihn ungeduldig. Was ist unser Leiden im Vergleich zu seinem? Das mußt du doch von allen Leuten am besten verstehen! Er ist so gefangen in seiner großen Vision, daß er es nicht merkt, wenn er andere verletzt.« Sie wandte sich ab, ging zu Raistlin zurück und starrte ins Feuer, ohne etwas zu erkennen.

»Oh, er weiß es genau«, brummte Caramon. »Er wußte es schon immer!«

Astinus von Palanthas, der Historiker Krynns, saß schreibend in seinem Zimmer. Es war schon spät, in der Tat nach Spätwacht. Die Ästheten hatten schon lange vorher die Türen zur Großen Bibliothek verschlossen. Nur wenigen wurde tagsüber der Eintritt gewährt, keinem in der Nacht. Aber Riegel und Schlösser galten dem Mann nichts, der, eine Gestalt der Dunkelheit, die Bibliothek betreten hatte und nun vor Astinus stand.

Der Historiker sah nicht auf. »Ich begann mich schon zu fragen, was mit dir los ist«, sagte er weiterschreibend.

»Mir ging es nicht gut«, erwiderte die Gestalt; ihre schwarzen Roben raschelten.

»Ich hoffte, es geht dir besser.« Astinus hob immer noch nicht den Kopf.

»Ich genese langsam«, antwortete die Gestalt. »Viele Dinge nehmen meine Kraft in Anspruch.«

»Nimm Platz!« sagte Astinus und zeigte mit dem Ende seines Federkiels zu einem Stuhl; sein Blick war noch auf seine Arbeit gerichtet.

Die Gestalt ging zu dem Stuhl und setzte sich. Viele Minuten herrschte Schweigen im Zimmer, das nur von Astinus' kratzender Feder und dem gelegentlichen Husten des schwarzgekleideten Eindringlins unterbrochen wurde.

Schließlich legte Astinus den Federkiel nieder und hob den Blick. Sein Gast zog die schwarze Kapuze aus seinem Gesicht.

Astinus musterte ihn lang und schweigend, dann nickte er. »Ich kenne dieses Gesicht nicht, Fistandantilus, aber ich kenne deine Augen. In ihnen liegt jedoch etwas Seltsames. Ich sehe in ihren Tiefen die Zukunft. Du bist also Meister über die Zeit geworden, obgleich du noch nicht mit Macht zurückgekehrt bist, wie vorausgesagt wurde.«

»Mein Name lautet nicht Fistandantilus, Unsterblicher. Ich bin Raistlin, und das ist eine ausreichende Erklärung für das, was geschehen ist.« Raistlins Lächeln verschwand, seine Augen verengten sich. »Aber das wußtest du sicherlich?« Er machte eine Geste. »Die letzte Schlacht zwischen uns ist doch aufgezeichnet...«

»Ich zeichnete den Namen auf, so wie ich die Schlacht aufzeichnete«, unterbrach ihn Astinus kühl. »Möchtest du den Eintrag sehen, Fistandantilus?«

Raistlins Augen glitzerten gefährlich.

Aber Astinus blieb gelassen. Er lehnte sich auf seinem Stuhl zurück und betrachtete ruhig den Erzmagier. »Hast du mitgebracht, um was ich gebeten habe?«

»Das habe ich«, erwiderte Raistlin bitter. »Die Herstellung hat mich tagelangen Schmerz gekostet und meine Kraft geschwächt, sonst wäre ich früher gekommen.«

Jetzt erschien zum ersten Mal ein Hauch von Gefühl in Astinus' kaltem und zeitlosem Gesicht. Gespannt beugte er sich vor, seine Augen glänzten, als Raistlin langsam die Falten seiner schwarzen Roben öffnete und etwas enthüllte, das wie eine leere Kristallkugel aussah, die in seiner Brusthöhle wie ein klares, kristallines Herz schwebte.

Selbst Astinus konnte bei dem Anblick ein Zusammenschrecken nicht unterdrücken, aber es war offenbar nichts weiter als eine Illusion, denn mit einer Geste ließ Raistlin die Kugel nach vorne schweben. Mit der anderen Hand zog er das schwarze Gewebe wieder über seine schmale Brust.

Als die Kugel in seine Nähe trieb, legte Astinus seine Hände über sie, streichelte sie liebevoll. Bei der Berührung wurde die Kugel mit Mondlicht erfüllt, silbernem, rotem; sogar die seltsame Aura des schwarzen Mondes war sichtbar. Unterhalb der Monde wirbelte eine Vision nach der anderen auf.

»Du siehst die Zeit vergehen, noch während wir hier sitzen«, sagte Raistlin; in seiner Stimme lag ein Hauch unbewußten Stolzes. »Und folglich, Astinus, wirst du nicht länger auf deine unsichtbaren Boten von den jenseitigen Ebenen angewiesen sein, um das Wissen, was auf der Welt geschieht, zu erhalten. Von jetzt an werden deine eigenen Augen deine Boten sein.«

»Ja! Ja!« keuchte Astinus. Die Augen, die in die Kugel blickten, schimmerten von Tränen, die Wände, die sie hielten, zitterten.

»Und jetzt mein Lohn«, fuhr Raistlin kühl fort. »Wo ist das Portal?«

Astinus sah von der Kugel auf. »Kannst du dir das nicht denken, Mann der Zukunft und der Vergangenheit? Du hast die Geschichtsbücher gelesen...«

Raistlin starrte Astinus schweigend an, und sein Gesicht wurde blaß und eisig, bis es wie eine Totenmaske wirkte. »Du hast recht. Ich habe die Geschichtsbücher gelesen. Darum reiste Fistandantilus nach Zaman«, sagte er schließlich.

Astinus nickte stumm.

»Zaman, die magische Festung, gelegen in den Ebenen von Dergod, in der Nähe von Thorbadin, der Heimat der Bergzwerge. Und Zaman befindet sich in dem Gebiet, das von den Bergzwergen kontrolliert wird«, sprach Raistlin weiter; seine Stimme war ausdruckslos, als ob er aus einem Buch vorläse. »Und wohin gerade jetzt ihre Vettern, die Hügelzwerge, gehen – vertrieben von dem Bösen, das die Welt seit der Umwälzung verzehrt –, um Schutz in der uralten Gebirgsheimat zu finden...«

»Das Portal liegt...«

»...tief in den Verliesen von Zaman«, sagte Raistlin bitter. »Hier führt Fistandantilus den Großen Zwergenkrieg...«

»Wird führen...«, berichtigte Astinus.

»Den Krieg, der seinen eigenen Untergang herbeiführen wird.« Der Magier verstummte. Dann erhob er sich und ging zu Astinus' Schreibtisch. Er legte die Hände auf das Buch und drehte es zu sich.

Astinus beobachtete ihn mit kaltem, distanziertem Interesse.

»Du hast recht«, sagte Raistlin, der die immer noch nasse Schrift auf dem Pergament durchforschte. »Ich komme aus der Zukunft. Ich habe die ›Chroniken‹ gelesen, während du sie niedergeschrieben hast. Auf jeden Fall erinnere ich mich an Ausschnitte, wenn ich diesen Eintrag lese – einen, den du schreiben wirst.« Er zeigte auf eine leere Stelle, dann rezitierte er aus dem Gedächtnis: »›An diesem Tag nach Spätwacht, die auf dreißig gesunken ist, brachte mir Fistandantilus die Kugel der Gegenwart.‹«

Astinus erwiderte nichts.

Raistlins Hand begann zu zittern. »Du wirst das schreiben«, beharrte er, Zorn ließ seine Stimme heiser klingen.

Astinus hielt inne, dann gab er mit einem leichten Schulterzucken seine Einwilligung kund.

Raistlin seufzte. »Ich tue also nichts, was nicht zuvor getan wurde!« Seine Hand ballte sich plötzlich zusammen, und als er wieder sprach, klang seine Stimme angespannt vor Anstrengung. »Crysania besuchte dich vor mehreren Tagen. Sie erzählte mir, du habest bei ihrem Eintreten geschrieben und dann, als du sie gesehen hast, etwas durchgestrichen. Zeig mir die Stelle.«

Astinus' Blick verdüsterte sich.

»Zeig sie mir!« Raistlins Stimme brach; es war fast ein Kreischen.

Astinus legte die Kugel auf eine Seite des Schreibtisches, wo sie in seiner Nähe schwebte, und nahm widerstrebend die Hände von ihrer Kristalloberfläche. Das Licht flimmerte, die Kugel wurde dunkel und leer. Der Historiker griff hinter sich und zog einen riesigen, ledergebundenen Band hervor und fand, ohne zu zögern, die gewünschte Stelle. Er drehte das Buch um, damit Raistlin hineinsehen konnte.

Der Erzmagier las das Geschriebene, dann die Verbesserung. Als er sich erhob, war sein Gesicht leichenblaß, aber beherrscht. »Dies verändert die Zeit.«

»Dies verändert nichts«, entgegnete Astinus kühl. »Sie trat

an seine Stelle, das ist alles. Ein Austausch. Die Zeit fließt ungestört weiter.«

»Und trägt mich mit ihr?«

»Wenn du über die Macht verfügst, den Lauf der Flüsse zu verändern, indem du einen Kieselstein hineinwirfst«, erwiderte Astinus sarkastisch.

Raistlin sah ihn an und lächelte plötzlich. Dann zeigte er auf die Kugel. »Hüte dich, Astinus«, flüsterte er, »hüte dich vor dem Kieselstein! Lebwohl, Unsterblicher!«

Im Zimmer war plötzlich nur noch Astinus. Der Historiker saß still und nachdenklich da. Dann drehte er das Buch um und las noch einmal die Stelle, die er geschrieben hatte, als Crysania eingetreten war.

»An diesem Tag, wenn die Spätwacht auf 15 ansteigt, erscheint Denubis, ein Kleriker Paladins, von dem großen Erzmagier Fistandantilus geschickt, um den Verbleib des Portals herauszufinden. Für meine Hilfe wird Fistandantilus etwas herstellen, was er mir seit langem versprochen hat – die Kugel der Gegenwart...«

Denubis' Namen war durchgestrichen, Crysanias Name hineingeschrieben.

»Ich bin tot«, sagte Tolpan Barfuß. Einen Augenblick verharrte er erwartungsvoll. »Ich bin tot«, sagte er wieder. »Das muß das Leben nach dem Tod sein.« Wieder verstrich kurze Zeit. »Nun«, sagte er, »eins kann ich jedenfalls sagen – es ist auf alle Fälle dunkel.«

Es passierte immer noch nichts. Tolpans Interesse am Totsein begann zu schwinden. Er lag, wie er herausfand, mit dem Rükken auf etwas äußerst Hartem und Ungemütlichem, Kaltem und Steinigem. »Vielleicht liege ich auf einer Marmorplatte wie Huma«, sagte er. »Autsch!« Er spürte einen stechenden Schmerz in den Rippen und gleichzeitig einen im Kopf. Allmählich wurde ihm auch bewußt, daß er zitterte, ein scharfer Stein in seinen Rücken stach und er einen steifen Hals hatte.

»Nun, so etwas habe ich bestimmt nicht erwartet«, sagte er gereizt. »Ich meine, nach allem, was man hört, soll man, wenn man tot ist, nichts spüren.« Er sagte das ganz laut, für den Fall, daß jemand zuhörte. »Verdammt!« brummte er. »Vielleicht bin ich tot, und es hat sich noch nicht in meinem ganzen Körper herumgesprochen. Ich bin sicherlich noch nicht steif, und ich bin mir sicher, daß das eintritt. Ich warte also einfach weiter.«

Tolpan drehte sich in eine gemütlichere Lage, nachdem er den Stein unter seinem Rücken entfernt hatte, legte die Hände über die Brust und starrte in die undurchdringliche Dunkelheit. Nach einigen Minuten runzelte er die Stirn. »Wenn das Totsein so ist, dann steht fest, daß es auch nicht das Wahre ist«, bemerkte er streng. »Und jetzt bin ich nicht nur tot, sondern auch noch gelangweilt. Nun«, sagte er nach einigen weiteren Augenblicken, in denen er in die Dunkelheit starrte, »ich vermute, gegen das Totsein kann ich nicht viel ausrichten, aber gegen die Langeweile. Ich muß mich einfach nur mit jemandem darüber unterhalten.«

Er setzte sich auf und entdeckte, daß er offenbar auf einem Steinboden lag. »Wie primitiv!« bemerkte er beleidigt. »Warum mich nicht gleich in irgendeinem Wurzelkeller abladen!« Er stolperte auf die Füße, tat einen Schritt nach vorne und stieß gegen etwas Hartes und Festes. »Ein Stein«, stellte er düster fest, als er mit seinen Händen darüberfuhr. »Pah! Flint stirbt und bekommt einen Baum! Ich sterbe und bekomme einen Stein. Es ist klar, daß jemand alles vermasselt hat. He!« schrie er und tastete sich in der Dunkelheit herum. »Ist jemand... Na so was! Ich habe immer noch meine Beutel! Sie haben mich alles mitnehmen lassen, sogar das magische Gerät. Zumindest war das taktvoll. Dennoch«, Tolpans Lippen strafften sich entschlossen, »jemand sollte etwas gegen diesen Schmerz unternehmen. Damit werde ich mich auf keinen Fall abfinden.«

Da er in der Dunkelheit nichts erkennen konnte, tastete Tolpan neugierig über den großen Stein. Er schien mit geschnitzten Bildern verziert zu sein – vielleicht Runen? Und das kam ihm vertraut vor. Auch die Form des riesigen Steins war merkwürdig. »Es ist überhaupt kein Stein! Es ist anscheinend ein Tisch«, sagte er verwirrt. »Ein Steintisch mit Runen...« Dann kehrte seine Erinnerung zurück. »Ich weiß!« rief er triumphierend.

»Das ist der große Steintisch im Laboratorium, in das ich gelaufen bin, um Raistlin, Caramon und Crysania aufzuspüren, und wo ich herausgefunden habe, daß sie alle verschwunden waren und mich zurückgelassen hatten. Ich stand dort, als das feurige Gebirge direkt auf mich fiel. In der Tat ist das der Ort, an dem ich gestorben bin.«

Er fühlte an seinem Hals. Ja, das Eisenband war immer noch da – das Band, das sie ihm angelegt hatten, als er als Sklave verkauft wurde. Sich weiter durch die Dunkelheit tastend, trat er auf etwas. Er griff nach unten und schnitt sich an etwas Scharfem. »Caramons Schwert«, sagte er, als er den Griff befühlte. »Ich erinnere mich. Und das bedeutet«, sagte Tolpan mit wachsender Entrüstung, »daß sie mich nicht einmal begraben haben! Sie haben meinen Körper einfach dort liegen gelassen, wo ich gestorben bin. Ich bin im Keller dieses zerstörten Tempels.« Grübelnd saugte er an seinem blutenden Finger. Ein Gedanke kam ihm. »Und vermutlich haben sie auch noch entschieden, daß ich hinlaufen soll, wo das auch ist, wo ich im Leben nach dem Tod hinlaufen soll. Sie haben sich nicht einmal um Transportmittel gekümmert. Jetzt reicht es mir aber wirklich!« Er erhob seine Stimme zu einem Schrei. »Hört zu!« rief er und schüttelte seine kleine Faust. »Ich will mit der verantwortlichen Person reden, egal, wer das ist!«

Aber es kam keine Antwort.

»Kein Licht«, brummte er, als er wieder über etwas fiel. »Im Keller eines zerstörten Tempels festhängen – tot! Wahrscheinlich am Grund des Blutmeeres von Istar... Nun«, sagte er, »vielleicht treffe ich ein paar Meerelfen, von denen Tanis mir erzählt hat. Aber nein, ich bin tot, und dann kann man nicht, so weit ich in der Lage bin, das zu verstehen, Leute treffen. Soweit man kein Untoter wie Fürst Soth ist.«

Tolpan rappelte sich wieder auf und schaffte es, dorthin zu kommen, wo er den vorderen Teil des Zimmers unter dem Tempel vermutete. Er dachte gerade über das Blutmeer von Istar nach und wunderte sich über das fehlende Wasser, als ihm plötzlich etwas anderes einfiel. »O je!« murmelte er. »Der

Tempel ist nicht im Blutmeer untergetaucht! Er wurde nach Neraka gebracht! Ich war doch in dem Tempel, als ich die Königin der Finsternis besiegte.«

Er erreichte den Türeingang – und spähte in die Dunkelheit. »Neraka«, sagte er und fragte sich, ob das besser oder schlechter war, als sich am Grunde eines Meeres zu befinden.

Vorsichtig tat er einen Schritt nach vorne und spürte etwas unter seinem Fuß. Er streckte seine kleine Hand aus, sie schloß sich um etwas – »Eine Fackel! Das muß diejenige über dem Türeingang gewesen sein. Nun, irgendwo habe ich doch eine Zunderbüchse.« Er wühlte sich durch mehrere Beutel und fand schließlich eine. »Seltsam«, sagte er, als er sich im Korridor umschaute, während die Fackel im Licht erstrahlte. »Es sieht genauso aus, wie ich es verlassen habe – alles zerbrochen und zerstört nach dem Erdbeben. Man könnte doch annehmen, daß die Königin alles ein bißchen aufgeräumt hätte. Ich erinnere mich nicht, daß es so unordentlich war, als ich damals im Tempel in Neraka war. Ich frage mich, wie man hier rauskommt.«

Er sah zu den Stufen, die er auf seiner Suche nach Crysania und Raistlin hinuntergestiegen war. Lebhafte Erinnerungen an berstende Wände und einstürzende Säulen kamen ihm. »Das ist nicht gut, das steht fest«, murmelte er und schüttelte den Kopf. »Aber das war der einzige Weg nach draußen, soweit ich mich erinnere.« Er seufzte. Aber seine für Kender typische Fröhlichkeit gewann bald die Oberhand. »Es gibt sicherlich eine Menge von Spalten in den Wänden. Vielleicht bietet sich da eine Möglichkeit.«

Er trat langsam in den Korridor hinaus und überprüfte sorgfältig jede Wand, ohne etwas Vielversprechendes zu sehen, bis er das Ende des Flurs erreichte. Hier entdeckte er einen Spalt im Marmor, der, anders als die anderen, eine tiefere Öffnung aufwies.

Nur ein Kender konnte sich durch diesen Spalt quetschen, und selbst für Tolpan war er knapp bemessen. »Ich kann lediglich sagen, daß Totsein eine Menge Ärger bedeutet!« brummte er, während er sich durch den Spalt zwängte und sich ein Loch in seine blaue Hose riß. Einer seiner Beutel verfing sich an einem Stein, und er mußte anhalten und an ihm ziehen, bis er endlich frei war. Dann wurde der Spalt so eng, daß er sich überhaupt nicht mehr sicher war, daß er es schaffen würde. Er nahm seine Beutel ab, hielt sie und die Fackel über seinen Kopf, und nachdem er seinen Atem angehalten hatte, schlängelte er sich weiter durch. Aber alles tat ihm weh, ihm war heiß, und er war schlechter Laune.

Er verschnaufte kurz, um wieder Atem zu schöpfen und seine Beutel zu sortieren, und war entschieden froh, als er am anderen Ende des Spaltes Licht erspähte. Er leuchtete mit der Fackel umher und entdeckte, daß der Spalt breiter wurde. Er setzte seinen Weg fort und erreichte bald das Ende, die Quelle des Lichts.

Als er die Öffnung erreichte, spähte er hinaus, holte tief Luft und sagte: »Das entspricht eher dem, was ich mir vorgestellt habe!«

Solch eine Landschaft hatte er noch nie in seinem Leben gesehen. Sie war flach und öde, erstreckte sich immer weiter und ging schließlich in einen riesigen, leeren Himmel über, der von einer seltsamen Glut erleuchtet war, als ob die Sonne gerade untergegangen wäre oder ein Feuer in der Ferne brennt. Aber der ganze Himmel hatte eine seltsame Farbe, auch über ihm. Und trotz dieser Helligkeit war alles in Dunkelheit getaucht. Das Land schien aus schwarzem Papier geschnitten und unter den schaurig aussehenden Himmel geklebt zu sein. Und der Himmel selbst war leer – keine Sonne, keine Monde, keine Sterne. Nichts.

Tolpan tat vorsichtig einen oder zwei Schritte nach vorne. Der Boden fühlte sich nicht anders an als jeder andere Boden. Nur wies er die gleiche Farbe wie der Himmel auf, wie er beim Laufen bemerkte. Nach einigen weiteren Schritten hielt er an, um zu den Ruinen des großen Tempels zurückzublicken.

»Beim Barte des großen Reorx!« keuchte Tolpan und ließ fast seine Fackel fallen. Hinter ihm war nichts! Was es auch war, aus dem er gekommen war, es war verschwunden! Der Kender drehte sich im Kreis herum. Nichts war vor ihm, nichts hinter ihm, nichts, egal, in welche Richtung er sah.

»Das kann nicht das Leben nach dem Tod sein«, sagte der Kender jämmerlich. »Das kann nicht stimmen! Es muß ein Fehler vorliegen. He, ich sollte hier doch Flint treffen! Das hat Fizban gesagt. Fizban war wohl bei den anderen Dingen ein wenig durcheinander, aber bei diesem Punkt schien er nicht durcheinander zu sein!... Mal sehen – wie war das noch mal? Da ist ein großer Baum, ein wunderschöner Baum, und unter ihm sitzt ein mürrischer, alter Zwerg, der Holz schnitzt und – He! Da ist ja ein Baum! Nun, woher kommt der denn plötzlich?«

Der Kender blinzelte vor Verblüffung. Vor ihm, wo einen Augenblick zuvor nichts gewesen war, stand nun ein großer Baum. »Nicht genau meine Vorstellung von einem wunderschönen Baum«, murrte Tolpan, als er auf ihn zuging und bemerkte, daß der Boden eine merkwürdige Angewohnheit entwickelt hatte, nämlich zu versuchen, unter seinen Füßen wegzugleiten. »Aber Fizban hatte einen komischen Geschmack und, wenn wir schon dabei sind, Flint auch.«

Er näherte sich dem Baum, der schwarz – wie alles andere auch –, verkrümmt und zusammengekauert wie eine Hexe war, die er einmal gesehen hatte. Er trug keine Blätter. »Dieses Ding ist mindestens hundert Jahre alt!« Tolpan rümpfte die Nase. »Wenn Flint denkt, daß ich mein Leben nach dem Tod verbringe, indem ich mit ihm unter einem toten Baum sitze, muß er sich schon etwas anderes ausdenken. Ich... He, Flint!« schrie der Kender, als er an den Baum herantrat und sich umsah. »Flint, wo bist du? Ich... Oh, da bist du ja«, sagte er, als er eine kurze, bärtige Gestalt auf der anderen Seite des Baumes sitzen sah. »Fizban hat mir gesagt, daß ich dich hier finde. Ich wette, du bist überrascht, mich zu sehen! Ich...«

Der Kender ging um den Baum, dann blieb er stehen. »Donnerwetter«, schrie er wütend, »du bist nicht Flint, sondern Arak!« Er taumelte zurück, als der Zwerg, der der Meister der Spiele in Istar gewesen war, plötzlich den Kopf wandte und ihn mit einem so bösartigen Grinsen in dem entstellten Gesicht ansah, daß das Blut des Kenders gefror – eine ungewöhnliche Empfindung; er konnte sich nicht erinnern, so etwas erlebt zu haben.

Aber bevor er Zeit hatte, sich darüber Gedanken zu machen, sprang der Zwerg auf die Füße und stürzte sich mit einem Knurren auf den Kender.

Mit einem Aufschrei schwang Tolpan seine Fackel, um Arak zurückzuhalten, während er mit seiner anderen Hand nach dem kleinen Messer an seinem Gürtel suchte. Aber gerade als er sein Messer hervorzog, verschwand Arak. Der Baum verschwand. Wieder stand Tolpan inmitten des Nichts unter dem feuerhellen Himmel. »In Ordnung«, sagte er, und ein leises Beben schlich sich in seine Stimme, obgleich er sein Bestes tat, es zu verbergen. »Ich finde das alles gar nicht lustig. Es ist erbärmlich und entsetzlich, und auch wenn Fizban mir nicht genau versprochen hat, daß das Leben nach dem Tod eine niemals endende Party ist, bin ich mir sicher, daß er so etwas nie im Sinn hatte!« Er drehte sich mit gezogenem Messer langsam um und hielt die Fackel nach vorne. »Ich weiß, ich war nie besonders religiös«, fügte Tolpan schniefend hinzu, sah in die düstere Landschaft und versuchte, seine Füße auf dem unheimlichen Boden zu halten, »aber ich denke schon, daß ich ein recht gutes Leben geführt habe. Und ich habe die Königin der Finsternis besiegt. Natürlich mit ein wenig Hilfe«, ergänzte er, »und ich bin ein persönlicher Freund von Paladin und …«

»Im Namen Ihrer Dunklen Majestät«, ertönte eine leise Stimme hinter ihm, »was tust du hier?«

Tolpan sprang in die Luft – ein sicheres Zeichen, daß er völlig entnervt war – und wirbelte herum. Dort, wo einen Augenblick zuvor nichts gewesen war, stand eine Gestalt, die ihn stark an einen Kleriker Paladins, Elistan, erinnerte; nur trug diese Gestalt schwarze klerikale Roben statt weiße, und um seinen Hals hing statt des Medaillons von Paladin das Medaillon des Fünfköpfigen Drachen.

»Verzeihung, Herr«, stammelte Tolpan, »aber ich bin m' nicht so sicher, was ich hier tue. Ich bin mir überhaupt nic' cher, wo hier ist, um die Wahrheit zu sagen, und – oh, nebenbei, mein Name ist Tolpan Barfuß.« Er streckte höflich seine kleine Hand aus. »Wie heißt du?«

Aber die Gestalt übersah die Hand des Kenders, warf ihre schwarze Kapuze zurück und trat einen Schritt näher. Tolpan war ziemlich erschrocken, langes eisengraues Haar unter der Kapuze hervorfließen zu sehen; ein langer grauer Bart schien plötzlich aus dem Gesicht hervorzusprießen.

»Donnerwetter, das ist recht... bemerkenswert«, stotterte Tolpan; sein Mund war sperrangelweit geöffnet. »Wie hast du das geschafft? Vermutlich kannst du mir das nicht sagen, aber was hast du gesagt, wo ich bin? Du siehst...« Die Gestalt trat einen weiteren Schritt näher. »Ich... ich bin tot«, fuhr Tolpan fort und versuchte zurückzuweichen, aber aus einem unerklärlichen Grund hinderte ihn etwas daran, »und... übrigens« – Empörung machte sich immer besser als Angst – »bist du hier verantwortlich? Weil ich nämlich finde, daß die Sache mit dem Tod hier nicht gut gehandhabt wird. Ich bin verletzt!« sagte Tolpan und funkelte die Gestalt anklagend an. »Mein Kopf schmerzt und meine Rippen auch. Und dann mußte ich den ganzen Weg laufen, vom Keller des Tempels...«

Die Gestalt hielt nun an, nur einige Zentimeter von Tolpan entfernt. Ihr graues Haar schwebte umher, als ob es von einem heißen Wind berührt würde. Tolpan konnte nun erkennen, daß die Augen die gleiche rote Farbe wie der Himmel hatten, das Gesicht war grau wie Asche.

»Ja!« Tolpan schluckte. Abgesehen von allem anderen verbreitete die Gestalt auch noch den entsetzlichsten Gestank. »Ich... ich folgte Crysania, und sie folgte Raistlin und...«

»Raistlin!« Die Gestalt sprach den Namen in einen Tonfall aus, daß Tolpans Haar buchstäblich zu Berge stand. »Komm mit!«

Die Hand der Gestalt, eine höchst merkwürdig aussehende Hand, schloß sich um Tolpans Handgelenk.

»Aua!« quietschte Tolpan, als der Schmerz durch seinen Arm schoß. »Du tust mir weh...«

Aber die Gestalt schenkte ihm keine Beachtung. Sie schloß ihre Augen, wie in tiefer Konzentration verloren, hielt den Kender in festem Griff, und der Boden um ihn begann sich plötzlich zu heben und zu senken. Der Kender war erstaunt, als die Landschaft selbst in eine schnelle, fließende Bewegung geriet. »He«, sagte er leise, »was hast du gesagt, wo ich bin?«

»Du bist in der Hölle«, antwortete die Gestalt mit Grabesstimme.

»O je«, sagte Tolpan kummervoll, »ich habe nicht gedacht, daß ich so schlecht war. Das ist also die Hölle. Ich hoffe, es stört dich nicht, wenn ich dir sage, daß ich fürchterlich enttäuscht bin. Ich habe immer vermutet, die Hölle sei ein faszinierender Ort. Aber das ist sie nicht, nicht im geringsten. Es ist hier furchtbar langweilig und häßlich, und, ich will ja nicht grob sein, aber hier ist ein höchst merkwürdiger Geruch. Was hast du gesagt, wohin wir gehen?«

»Du wolltest die verantwortliche Person sprechen«, entgegnete die Gestalt, und ihre Knochenhand schloß sich um das Medaillon an ihrem Hals.

Die Landschaft veränderte sich. Es war, als erschiene jede Stadt, in der sich Tolpan aufgehalten hatte, und dann war sie es doch wieder nicht. Er konnte nichts sehen und hören, dennoch waren um ihn Geräusche und Bewegung.

Tolpan starrte auf die Gestalt neben sich, auf die sich bewegenden Ebenen, die sich im Jenseits oder über und unter ihm befanden, und er war völlig sprachlos.

Wenn jeder Kender auf dem Antlitz Krynns aufgefordert werden würde, die Plätze, die er am liebsten besuchen würde, aufzulisten, würde die Existenzebene, auf der die Königin der Finsternis lebte, auf vielen Listen zumindest an dritter Stelle rangieren. Aber nun war Tolpan Barfuß hier und stand im Warteraum der großen und schrecklichen Königin, befand sich an einem der interessantesten Plätze, die Menschen und Kendern bekannt waren, und er hatte sich in seinem ganzen Leben noch nie unglücklicher gefühlt.

Erstens war das Zimmer, in dem er bleiben sollte, wie der grauhaarige, schwarzgekleidete Kleriker ihm befohlen hatte, völlig leer. Es gab keine Tische mit interessanten kleinen Gegenständen, es gab keine Stühle, es gab nicht einmal Wände! In der Tat wußte er überhaupt nur, daß er sich in einem Zimmer befand, weil der Kleriker ihn angewiesen hatte, »im Wartezimmer zu bleiben«, und Tolpan plötzlich spürte, daß er in einem Zimmer war.

Aber soweit er es beurteilen konnte, stand er im völligen Nichts. Er war sich nicht einmal im klaren, wo es nach oben oder nach unten ging. Alles sah gleich aus – eine unheimliche, glühende, flammengleiche Farbe.

Er versuchte sich zu trösten, indem er sich immer wieder sagte, daß er die Dunkle Königin kennenlernen würde. Er rief sich Geschichten ins Gedächtnis, die ihm Tanis über seine Begegnung mit der Königin im Tempel von Neraka erzählt hatte.

»Ich war von unermeßlicher Dunkelheit umgeben«, hatte Tanis gesagt, und obgleich das Erlebnis schon Monate zurücklag, zitterte seine Stimme immer noch, »aber es schien sich mehr um eine Dunkelheit meiner eigenen Vorstellung zu handeln als um eine tatsächliche, körperliche Erscheinung. Ich konnte nicht atmen. Dann hob sich die Dunkelheit, und sie sprach zu mir, obgleich sie kein Wort sagte. Ich hörte sie in meinem Geist. Und ich sah sie in all ihren Gestalten – dem Fünfköpfigen Drachen, der Finsteren Kriegerin, der Schwarzen Verführerin der Nacht –, denn sie war auf der Welt noch nicht vollständig da. Sie hatte noch nicht die Kontrolle gewonnen.«

Tolpan erinnerte sich, wie Tanis den Kopf geschüttelt hatte. »Dennoch waren ihre Erhabenheit und ihre Macht groß. Sie ist immerhin eine Göttin, einer der Schöpfer der Welt. Ihre dunklen Augen starrten in meine Seele, und ich konnte nicht anders – ich sank auf die Knie und huldigte ihr...«

Und jetzt würde er, Tolpan Barfuß, die Königin kennenlernen, so wie sie auf ihrer eigenen Existenzebene war – stark und mächtig. »Vielleicht erscheint sie mir als Fünfköpfiger Drache«, sagte sich Tolpan, um sich aufzuheitern. Aber selbst diese wundervolle Aussicht half nicht, obwohl er noch niemals etwas Fünfköpfiges gesehen hatte, geschweige denn bei einem Drachen.

»Ich singe ein bißchen«, sagte er sich, nur um den Klang seiner eigenen Stimme zu hören. »Das hebt im allgemeinen meine Stimmung.«

Er begann das erste Lied zu summen, das ihm in den Sinn kam – eine Hymne an die Morgendämmerung, die Goldmond ihn gelehrt hatte. Er wollte gerade die zweite Strophe anstimmen, als er sich zu seinem Entsetzen bewußt wurde, daß dieses Lied zu ihm zurückhallte – nur waren die Worte jetzt verzerrt und furchterregend...

»Hört auf«, schrie er in das unheimliche Schweigen, das nach dem Lied einsetzte. »Ich habe es nicht so gemeint! Ich...«

Mit erschreckender Plötzlichkeit materialisierte sich der schwarzgekleidete Magier vor Tolpan, schien sich aus der düsteren Umgebung zu schälen. »Ihre Dunkle Majestät will dich jetzt sehen«, sagte er, und bevor Tolpan blinzeln konnte, fand er sich an einem anderen Ort wieder.

Er wußte, daß es ein anderer Ort war, nicht weil er sich einen Schritt bewegt hatte oder weil sich dieser Ort von dem anderen unterschied, sondern weil er spürte, daß er sich woanders befand. Hier war immer noch das gleiche unheimliche Glühen, die gleiche Leere, nur hatte er jetzt den Eindruck, nicht allein zu sein.

Als ihm das klar wurde, sah er einen schwarzen, glatten Holzstuhl erscheinen – mit dem Rücken zu ihm. Auf ihm saß eine schwarzgekleidete Gestalt; eine Kapuze war über ihr Gesicht gezogen.

Tolpan, der dachte, daß der Kleriker ihn an den falschen Ort gebracht hatte, umklammerte nervös seine Beutel und ging vorsichtig um den Stuhl herum, um das Gesicht der Gestalt zu sehen. Oder vielleicht drehte sich der Stuhl um, um sein, Tolpans, Gesicht zu sehen. Der Kender war sich nicht sicher. Aber als sich der Stuhl bewegte, wurde das Gesicht der Gestalt sichtbar.

Tolpan sah nicht einen Fünfköpfigen Drachen. Es war keine riesige Kriegerin in schwarzer, brennender Rüstung. Es war auch nicht die Schwarze Verführerin der Nacht, die Raistlin in seinen Träumen heimgesucht hatte. Es war eine Frau, völlig in Schwarz gekleidet, mit einer schwarzen, engsitzenden Kapuze über dem Haar, die ihr Gesicht einrahmte. Ihre Haut war weiß und glatt und zeitlos, ihre Augen groß und dunkel. Ihre Arme, eingehüllt in engen schwarzen Stoff, ruhten auf den Armlehnen des Stuhls, ihre weißen Hände lagen auf den Enden der Armlehnen.

Der Ausdruck ihres Gesichts war nicht entsetzlich, auch nicht beängstigend; in der Tat trug es überhaupt keinen Ausdruck. Dennoch war sich Tolpan bewußt, daß sie ihn aufmerksam musterte, in seine Seele tauchte, Teile von ihm studierte, von denen er keine Ahnung hatte, daß sie existierten.

»Ich… ich bin Tolpan Barfuß, Majestät«, sagte der Kender und streckte automatisch seine kleine Hand aus. Zu spät erkannte er seinen Fehler und wollte die Hand zurückziehen und sich verbeugen, als er die Berührung von fünf Fingern in seiner Hand spürte. Es war eine kurze Berührung, aber Tolpan hätte genauso gut in eine Handvoll Nesseln greifen können. Fünf stechende Schmerzkurven schossen durch seinen Arm und bohrten sich in sein Herz, ließen ihn aufkeuchen.

Aber so schnell, wie sie ihn berührt hatten, verschwanden sie auch wieder. Er stand auf einmal dicht bei der schönen, blassen Frau, und so mild war der Ausdruck in ihren Augen, daß Tolpan bestimmt bezweifelt hätte, daß sie die Ursache des Schmerzes war, wenn nicht das Zeichen eines fünfzackigen Sterns in seiner Handfläche gewesen wäre.

»Erzähl mir deine Geschichte!«

Schwitzend, seine Beutel nervös umklammernd, machte Tolpan Barfuß an diesem Tag Geschichte – zumindest was das Geschichtenerzählen der Kenderrasse betraf. Er erzählte die gesamte Geschichte seiner Reise nach Istar in weniger als fünf Sekunden. Und jedes Wort stimmte.

»Par-Salian hat mich zufällig mit meinem Freund Caramon

in die Vergangenheit zurückgeschickt. Wir wollten Fistandantilus umbringen, mußten aber entdecken, daß es Raistlin war. Darum haben wir es nicht getan. Ich wollte die Umwälzung mit einem magischen Gerät verhindern, aber Raistlin ließ es mich zerbrechen. Ich folgte einer Klerikerin namens Crysania in ein Laboratorium unterhalb des Tempels von Istar, um Raistlin zu finden und ihn zu veranlassen, das Gerät zu reparieren. Die Decke stürzte ein, und ich wurde bewußtlos. Als ich wieder erwachte, hatten sie mich alle verlassen. Dann kam die Umwälzung, und jetzt bin ich tot und wurde in die Hölle geschickt.«

Tolpan holte zitternd Luft und wischte sein Gesicht mit dem Ende seines langen Haarzopfs ab. Dann erkannte er, daß seine letzte Bemerkung wenig schmeichelhaft war, und fügte eilig hinzu: »Nicht, daß ich mich beklagen will, Majestät! Ich bin mir sicher, wer das getan hat, muß einen guten Grund gehabt haben. Immerhin habe ich eine Kugel der Drachen zerstört, und ich glaube mich zu erinnern, daß mir jemand einmal sagte, daß ich etwas genommen hätte, was mir nicht gehöre, und... und ich war gegenüber Flint nicht so respektvoll, wie ich hätte sein sollen, vermute ich, und einmal habe ich aus Spaß Caramons Kleider versteckt, während er ein Bad genommen hat, und er mußte völlig nackt nach Solace gehen. Aber« – Tolpan konnte ein Schniefen nicht unterdrücken – »ich habe Fizban immer geholfen, seinen Hut zu finden!«

»Du bist nicht tot«, sagte die Stimme, »noch bist du hierhergeschickt worden. Du solltest überhaupt nicht hier sein.«

Bei dieser verblüffenden Enthüllung sah Tolpan direkt in die dunklen Augen der Königin. »Bin ich nicht tot?« rief er. Unwillkürlich legte er eine Hand an seinen Kopf, der immer noch schmerzte. »Damit ist das erklärt! Ich war wirklich überzeugt, daß jemand die Sache verpfuscht hat...«

»Kender sind hier nicht erlaubt«, fuhr die Stimme fort.

»Das überrascht mich nicht«, erwiderte Tolpan traurig, der sich wieder wie er selbst fühlte, da er nicht tot war. »Es gibt recht viele Orte auf Krynn, an denen Kender nicht erlaubt sind.«

Die Stimme schien nicht einmal das zu hören. »Als du das Laboratorium von Fistandantilus betreten hast, wurdest du von dem magischen Zauber beschützt, der über dem Platz lag. Das übrige Istar wurde tief unter den Erdboden versenkt, als die Umwälzung erfolgte. Aber ich war in der Lage, den Tempel des Königspriesters zu retten. Wenn ich bereit bin, werde ich auf die Welt zurückkehren, als ich selbst.«

»Aber du wirst nicht gewinnen«, sagte Tolpan, ohne nachzudenken. »Ich... weiß... es«, stotterte er, als die dunklen Augen direkt durch ihn schossen. »Ich war dabei.«

»Nein, du warst nicht dort, denn das ist noch nicht eingetreten. Verstehst du, Kender, indem du Par-Salians Zauber unterbrochen hast, hast du die Veränderung der Zeit ermöglicht. Fistandantilus – oder Raistlin, wie du ihn kennst – hat dir das gesagt. Darum hat er dich in deinen Tod geschickt – das war jedenfalls seine Absicht. Er wollte die Zeit nicht verändert haben. Die Umwälzung war für ihn notwendig, damit er diese Klerikerin Paladins in eine Zeit in der Gegenwart bringen kann, in der er die einzige wahre Klerikerin im ganzen Land hat.«

Tolpan kam es vor, als sähe er zum ersten Mal ein Aufflakkern finsterer Belustigung in den Augen der Frau, und er erbebte, ohne den Grund zu verstehen.

»Wie bald wirst du schon diese Entscheidung bereuen, Fistandantilus, mein ehrgeiziger Freund! Aber es ist zu spät. Armer, kümmerlicher Sterblicher, dir ist ein Fehler unterlaufen – ein teurer Fehler. Du bist in deiner eigenen Zeitschleife gefangen. Du eilst auf deinen eigenen Untergang zu.«

»Ich verstehe nicht«, schrie Tolpan.

»Doch, du verstehst«, antwortete die Stimme gelassen. »Dein Kommen hat mir die Zukunft gezeigt. Du hast mir die Möglichkeit gegeben, sie zu verändern. Und in deiner Zerstörung hat Fistandantilus seine einzige Möglichkeit des Ausbrechens zerstört. Sein Körper wird wieder umkommen, so wie er vor langer Zeit umgekommen ist. Nur dieses Mal, wenn seine Seele einen anderen Körper sucht, werde ich ihn aufhalten. Also wird sich der junge Magier Raistlin in der Zukunft der Prüfung im Turm der Erzmagier unterziehen und dort sterben. Er wird nicht leben, um meine Pläne zu vereiteln. Die anderen werden einer nach dem anderen sterben. Denn ohne Raistlins Hilfe wird Goldmond nicht den blauen Kristallstab finden. Folglich ist das der Beginn des Endes der Welt.«

»Nein!« wimmerte Tolpan von Grauen gepackt. »Das – das kann nicht sein! Das war nicht meine Absicht. Ich wollte nur mit Caramon auf, auf dieses Abenteuer gehen. Er hätte es allein nicht geschafft. Er brauchte mich!«

Der Kender starrte hektisch umher, suchte eine Fluchtmöglichkeit. Aber obgleich es schien, daß man überallhin laufen konnte, gab es nichts, wo er sich hätte verbergen können. Er warf sich vor der schwarzgekleideten Frau auf die Knie und starrte zu ihr hoch. »Was habe ich getan? Was habe ich getan?« schrie er verzweifelt.

»Dein Handeln könnte selbst Paladin in Versuchung bringen, sich von dir abzuwenden, Kender.«

»Was wirst du mit mir anstellen?« Tolpan schluchzte jämmerlich. »Wohin werde ich gehen?« Er hob sein tränenverschmiertes Gesicht. »Glaubst du, daß du mich zu Caramon zurückschicken könntest? Oder zurück in meine Zeit?«

»Deine Zeit existiert nicht mehr. Und dich zu Caramon zu schicken, das ist völlig unmöglich, wie du sicher verstehen wirst. Nein, du wirst hier bei mir bleiben, auf diese Weise kann ich sicherstellen, daß nichts schief geht.«

»Hier?« Tolpan keuchte. »Wie lange?«

Die Frau begann vor seinen Augen zu verblassen, und schließlich löste sie sich in nichts auf. »Nicht lange, stelle ich mir vor, Kender. Nicht allzu lange. Oder vielleicht für immer...«

»Was... was meint sie?« fragte Tolpan den grauhaarigen Kleriker, der hervorplatzte, um die Leere zu füllen, die die Dunkle Majestät hinterlassen hatte. »Nicht lange oder immer?«

»Obwohl du nicht tot bist, befindest du dich im Sterben. Deine Lebenskraft schwindet, so wie es jedem Lebewesen ergeht, das sich irrtümlicherweise auf diese Ebene wagt und nicht die Kraft hat, das Böse zu bekämpfen, von dem es innerlich verschlungen wird. Wenn du tot bist, werden die Götter über dein Schicksal entscheiden.«

»Ich verstehe«, sagte Tolpan. Er ließ den Kopf hängen. »Ich vermute, das verdiene ich. O Tanis, es tut mir so leid! Ich habe das wirklich nicht beabsichtigt...«

Der Kleriker ergriff Tolpans Arm. Die Umgebung veränderte sich, der Boden bewegte sich unter ihren Füßen. Aber Tolpan bemerkte es nicht. Seine Augen füllten sich mit Tränen, er gab sich düsterer Verzweiflung hin und hoffte, daß sein Tod schnell eintreten werde.

8

»Hier bitte«, sagte der dunkle Kleriker.

»Wo?« fragte Tolpan teilnahmslos.

Der Kleriker hielt inne, dann zuckte er die Schultern: »Gäbe es in der Hölle ein Gefängnis, dann würdest du dich jetzt darin befinden.«

Tolpan sah sich um. Wie gewöhnlich gab es nichts – nur einen unermeßlichen, öden Fleck unheimlicher Leere. Es gab keine Wände, keine Zellen, keine Gitterfenster, keine Türen, keine Schlösser, keinen Gefängniswärter. Und er wußte mit vollkommener Sicherheit, daß es – dieses Mal – kein Entkommen gab. »Soll ich jetzt einfach herumstehen, bis ich umfalle?« fragte er leise. »Ich meine, könnte ich nicht zumindest ein Bett und einen Schemel haben?«

Während er sprach, materialisierte sich ein Bett vor seinen Augen und dann ein dreibeiniger Holzschemel. Aber selbst diese vertrauten Gegenstände wirkten beängstigend. Tolpan konnte ihren Anblick nicht lange ertragen bei der Vorstellung, mitten im Nichts zu sitzen. »D... danke«, stammelte er, ging zu dem Schemel und setzte sich mit einem Seufzer. »Und wie sieht es mit Essen und Wasser aus?«

Er wartete, um zu sehen, ob sich jetzt auch diese Wünsche materialisieren würden.

Aber das traf nicht ein. Der Kleriker schüttelte den Kopf, sein graues Haar flog umher wie eine wirbelnde Wolke. »Die Bedürfnisse deines sterblichen Körpers werden während deines Aufenthaltes hier ruhen. Du wirst weder Hunger noch Durst verspüren. Ich habe auch deine Wunden geheilt.«

Tolpan bemerkte plötzlich, daß die Schmerzen in den Rippen und im Kopf verschwunden waren. Und auch das Eisenband um seinen Hals war nicht mehr da.

»Du brauchst dich nicht zu bedanken«, fuhr der Kleriker fort, als Tolpan den Mund öffnen wollte. »Wir haben uns nur darum gekümmert, damit du uns nicht bei der Arbeit störst. Und nun, lebe wohl...« Er erhob die Hände, offensichtlich wollte er aufbrechen.

»Warte!« schrie Tolpan, sprang von seinem Schemel auf und klammerte sich an die schwarzen, fließenden Roben. »Sehe ich dich wieder? Laß mich nicht allein!« Aber er hätte ebenso gut versuchen können, Rauch festzuhalten. Die fließenden Roben glitten zwischen seinen Fingern hindurch, und der dunkle Kleriker war verschwunden.

»Ich bin allein!« sagte Tolpan und sah sich verzweifelt in seiner düsteren Umgebung um. »Wirklich allein... allein, bis ich sterbe... Was nicht lange dauern wird«, fügte er traurig hinzu. Er setzte sich wieder auf seinen Schemel. »Ich könnte genauso gut so schnell wie möglich sterben und alles hinter mich bringen. Zumindest gehe ich dann wohl an einen anderen Ort – hoffe ich.« Er sah hinaus in die unendliche Leere. »Fizban«, sagte er leise, »du kannst mich von hier unten wahrscheinlich nicht hören. Und vermutlich kannst du auch nichts für mich tun, aber bevor ich sterbe, möchte ich dir eins sagen. Es war nicht meine Absicht, diesen ganzen Ärger zu verursachen, Par-Salians Zauber zu unterbrechen und in die Vergangenheit zurückzureisen.« Einen Seufzer ausstoßend, preßte Tolpan seine kleinen Hände zusammen, seine Unterlippe bebte. »Vielleicht hat das keine große Bedeutung mehr... Ich vermute, daß ein Teil von mir mit Caramon ging, weil« – er schluckte die Tränen hinunter – »weil es sich nach sehr viel Spaß anhörte! Aber ein anderer Teil von mir ging mit ihm, weil er zu fertig war, um allein in die Vergangenheit zu reisen! Er war von dem Zwergenspiritus völlig besoffen, verstehst du. Und ich habe Tika versprochen, mich um ihn zu kümmern. O Fizban, wenn es nur einen Weg aus diesem Schlamassel gäbe, würde ich mein Bestes versuchen, um alles wieder in Ordnung zu bringen. Ehrlich...«

»Hallo!«

»Was?« Tolpan fiel fast vom Schemel. Er wirbelte herum, dachte fast, vielleicht Fizban zu sehen, statt dessen war es eine kleine Gestalt – kleiner als er selbst – in brauner Hose, grauer Tunika und brauner Lederschürze.

»Ich sagte: Hallo«, wiederholte die Stimme ziemlich gereizt.

»Oh, hallo«, stotterte Tolpan, auf die Gestalt starrend. Sie sah gewiß nicht wie ein dunkler Kleriker aus, zumindest hatte Tolpan nie gehört, daß sie braune Lederschürzen trugen. Dennoch hatte diese Gestalt große Ähnlichkeit mit einer Person, die er kannte... »Gnosch!« rief er plötzlich aus und schnalzte mit den Fingern. »Du bist ein Gnom! Oh, entschuldige bitte, eine persönliche Frage – aber bist du tot?«

»Bist du es?« fragte der Gnom und beäugte den Kender argwöhnisch.

»Nein«, sagte Tolpan ziemlich beleidigt.

»Nun, ich auch nicht!« erwiderte der Gnom.

»Wie ist dein Name?« fragte der Gnom.

»Tolpan Barfuß.« Der Kender streckte seine kleine Hand aus, die der Gnom nahm und herzlich schüttelte. »Wie ist deiner?«

»Gnimsch.«

»Danke schön. Schön, dich kennenzulernen, Gnimsch«, sagte Tolpan.

»Nett, dich kennenzulernen, Barfuß«, sagte der Gnom, und sie schüttelten einander wieder die Hände.

»Möchtest du Platz nehmen?« fragte Tolpan, setzte sich auf das Bett und wies höflich auf den Schemel. Aber Gnimsch warf dem Schemel einen vernichtenden Blick zu und setzte sich auf einen Stuhl, der sich unter ihm materialisierte. Es war ein bemerkenswerter Stuhl – er hatte eine Fußstütze, die sich auf und ab bewegte, und Kufen, um im Stuhl schaukeln zu können, und er ließ sich sogar ganz nach hinten verstellen, so daß man sich auch hinlegen konnte.

Als Gnimsch Platz genommen hatte, kippte unglücklicherweise der Stuhl so weit nach hinten, daß der Gnom mit einem Ruck auf den Kopf fiel. Brummend bewegte er einen Hebel. Dieses Mal flog die Fußstütze hoch und schlug auf seine Nase. Gleichzeitig ging die Rücklehne nach vorne, und Tolpan mußte Gnimsch aus dem Stuhl befreien, der ihn zu verschlingen drohte.

»Verdammt«, sagte der Gnom; mit einer Handbewegung schickte er den Stuhl dahin zurück, woher er gekommen war, und setzte sich auf Tolpans Schemel.

»Wenn es dich nicht stört, darf ich wissen, was du hier tust, wenn du nicht – tot bist?« fragte Tolpan.

»Wirst du mir sagen, was *du* hier tust?« entgegnete Gnimsch.

»Natürlich«, sagte Tolpan, dann hatte er plötzlich einen Gedanken. Er sah sich vorsichtig um und beugte sich vor. »Es stört doch niemanden, oder?« fragte er. »Daß wir uns unterhalten, meine ich? Vielleicht dürfen wir nicht...«

»Oh, es kümmert sie nicht«, unterbrach ihn Gnimsch verächtlich. »Solange wir sie in Ruhe lassen, können wir überall hingehen. Natürlich«, fügte er hinzu, »sieht hier alles gleich aus, von daher ist es ziemlich uninteressant.«

»Ich verstehe«, sagte Tolpan interessiert. »Wie reist du?«

»Mit dem Geist. Hast du das noch nicht kapiert? Nein, wahrscheinlich nicht.« Der Gnom schnaufte verächtlich. »Kender waren wegen ihrer Intelligenz noch nie berühmt.«

»Gnome und Kender sind verwandt«, meinte Tolpan beleidigt.

»Das habe ich auch gehört«, erwiderte Gnimsch skeptisch.

Tolpan beschloß, im Interesse des Friedens, das Thema zu wechseln. »Also wenn ich irgendwohin will, denke ich an den Platz, und ich bin dort?«

»In begrenztem Rahmen natürlich«, sagte Gnimsch. »Du kannst beispielsweise nicht die heiligen Bereiche betreten, zu denen die dunklen Kleriker Zugang haben...«

»Oh.« Tolpan seufzte, denn dieses Ziel hatte an erster Stelle seiner Wünsche gestanden. »Du hast diesen Stuhl aus dem Nichts kommen lassen, und wenn ich jetzt darüber nachdenke, ließ ich dieses Bett und diesen Schemel kommen. Wenn ich an etwas denke, wird es einfach erscheinen?«

»Versuch es«, schlug Gnimsch vor.

Tolpan dachte an etwas.

Gnimsch schnaufte verächtlich, als ein Hutständer am Bettende erschien. »Nun, das ist nützlich.«

»Ich übe doch noch«, sagte Tolpan verletzt.

»Paß besser auf«, sagte der Gnom. »Manchmal erscheinen Dinge nicht so, wie du es erwartest.«

»Ja.« Tolpan erinnerte sich plötzlich an den Baum und den Zwerg. Er erbebte. »Du hast wohl recht. Nun, zumindest haben wir uns gefunden. Jemanden, mit dem man sich unterhalten kann. Du kannst dir nicht vorstellen, wie langweilig es war.« Er machte es sich auf dem Bett gemütlich. »Nun, schieß los. Erzähl mir deine Geschichte.«

»Du fängst an.« Gnimsch warf Tolpan aus dem Augenwinkel einen Blick zu.

»Nein, du bist mein Gast.«

»Du. Immerhin bin ich schon länger hier.«

»Woher willst du das wissen?«

»Tue ich einfach... Fang an.«

»Aber...« Tolpan erkannte, daß dies zu nichts führen würde, und obgleich sie über die ganze Ewigkeit verfügten, plante er nicht, sie im Streit mit einem Gnom zu verbringen. Außerdem gab es keinen wahren Grund, warum er nicht seine Geschichte erzählen sollte. Er erzählte sowieso gerne Geschichten. Er lehnte sich also behaglich zurück und begann. Gnimsch lauschte mit Interesse, obgleich er Tolpan ziemlich verärgerte, da er ihn besonders an den aufregendsten Stellen unterbrach und dann aufforderte: »Erzähl weiter!«

Schließlich kam Tolpan zum Ende. »Und so bin ich also hier. Jetzt bist du dran«, sagte er, froh, Atem holen zu können.

»Nun«, sagte Gnimsch zögernd und sah sich düster um, als ob er Angst hätte, jemand könnte lauschen, »es begann alles vor vielen, vielen Jahren mit der Lebensaufgabe meiner Familie. Weißt du«, er funkelte Tolpan an, »was eine Lebensaufgabe ist?«

»Sicher«, erwiderte Tolpan schlagfertig. »Mein Freund Gnosch hatte eine Lebensaufgabe. Bei seiner ging es um die Kugeln der Drachen. Jedem Gnom wird ein bestimmtes Projekt zugeteilt, das er erfolgreich abschließen muß, oder er tritt niemals in das Leben nach dem Tod ein.« Ihm fiel plötzlich etwas ein. »Das ist doch nicht der Grund, warum du hier bist, oder?«

»Nein.« Der Gnom schüttelte den Kopf. »Die Lebensaufgabe meiner Familie besteht darin, eine Erfindung zu entwickeln, die uns von einer Existenzebene zu einer anderen befördert. Und« – Gnimsch seufzte – »meine hat funktioniert.«

»Sie hat funktioniert?« fragte Tolpan und richtete sich verblüfft auf.

»Perfekt«, antwortete Gnimsch mit zunehmender Verzweiflung.

Tolpan war sprachlos. So etwas hatte er noch nie gehört – eine Gnomenerfindung, die funktionierte, und dazu noch perfekt!

Gnimsch warf ihm einen Blick zu. »Oh, ich weiß, was du jetzt denkst«, sagte er. »Ich bin ein Versager. Aber du weißt nur die Hälfte. Verstehst du – *alle* meine Erfindungen funktionieren. Jede einzelne.«

»Und warum bist du dann ein Versager?« fragte Tolpan verwirrt.

Gnimsch starrte ihn an. »Nun, was kommt denn Gutes dabei heraus, etwas zu erfinden, das auch noch funktioniert? Weißt du«, sagte er mit steigender Düsterkeit, »wenn ich nicht hierhergekommen wäre, hätten sie mich verbannt. Sie sagten, ich stellte für die Gesellschaft eine ausgesprochene Gefahr dar. Ich würfe die wissenschaftliche Forschungsarbeit um hundert Jahre zurück. Darum stört es mich nicht, hier zu sein. Wie du verdiene ich es. Hier wäre ich sowieso gelandet.«

»Wo ist dein Gerät?« fragte Tolpan in plötzlicher Aufregung.

»Oh, das haben sie mir abgenommen«, antwortete Gnimsch.

»Nun«, sinnierte der Kender, »kannst du dir nicht eins vorstellen? Du hast dir doch den Stuhl vorgestellt.«

»Und du hast gesehen, was er mit mir angestellt hat«, erwiderte Gnimsch. »Wahrscheinlich werde ich wegen der Erfindung meines Vaters draufgehen. Mit ihr ist er zu einer anderen Existenzebene gelangt. Der Untersuchungsausschuß für Erfindungen untersucht sie jetzt, zumindest haben sie es getan, als ich hier steckengeblieben bin. Was willst du versuchen? Einen Weg aus der Hölle finden?«

»Ich muß«, sagte Tolpan entschlossen. »Die Königin der Finsternis wird ansonsten den Krieg gewinnen, und das wird alles meine Schuld sein. Außerdem habe ich einige Freunde, die in schrecklicher Gefahr sind. Nun, einer von ihnen ist nicht genau mein Freund, aber er ist eine interessante Persönlichkeit, und obwohl er versucht hat, mich zu töten, indem er mich das magische Gerät zerstören ließ, bin ich sicher, daß es keine persönliche Angelegenheit war. Er hatte einen triftigen Grund...« Er hielt inne. »Ich hab's!« sagte er und sprang vom Bett. »Ich hab's!« schrie er so aufgeregt, daß ein ganzer Wald von Hutständern um das Bett herum auftauchte, sehr zur Beunruhigung des Gnomen.

Dieser glitt von seinem Schemel und beäugte Tolpan argwöhnisch. »Was denn?« verlangte er zu wissen.

»Sieh mal!« sagte Tolpan, während er in seinen Beuteln wühlte. Er öffnete einen, dann einen anderen. »Hier ist es!« sagte er und hielt einen Beutel auf, um ihn Gnimsch zu zeigen. Aber gerade als der Gnom hineinblicken wollte, verschloß Tolpan ihn wieder. »Warte!«

»Wieso?« fragte Gnimsch.

»Beobachten sie uns?« fragte Tolpan. »Werden sie es erfahren?«

»Was erfahren?«

»Nur so – werden sie es erfahren?«

»Nein, ich glaube nicht«, antwortete Gnimsch. »Ich kann es nicht mit Sicherheit sagen, da ich nicht weiß, was es ist, was sie nicht erfahren sollen. Aber ich weiß, daß sie recht beschäftigt sind, gerade jetzt, wie ich mitbekommen habe. Böse Drachen wecken und all diese Sachen. Nimmt viel Zeit in Anspruch.«

»Gut«, sagte Tolpan grimmig und setzte sich aufs Bett. »Nun, dann sieh dir das an.« Er öffnete den Beutel und kippte den Inhalt aus. »Woran erinnert dich das?«

»An das Jahr, in dem meine Mutter das Gerät zum Geschirrspülen erfand«, sagte der Gnom. »Die Küche war knietief mit zerbrochenem Geschirr bedeckt. Wir mußten...«

»Nein!« rief Tolpan gereizt. »Sieh doch mal, halte dieses Stück zu diesem und...«

»Mein Reisegerät!« Gnimsch keuchte. »Du hast recht! Es sieht ungefähr so aus. An meinem waren nicht all diese protzigen Juwelen, aber... Paß auf! Du machst es falsch. Ich glaube, das kommt hierhin, nicht dort. Verstehst du? Und diese Kette wird hier eingehakt und wickelt sich so herum. Dieses Stück muß hierhin.« Gnimsch hatte sich aufs Bett gesetzt, nahm ein Juwel und legte es an seinen Platz. »Jetzt brauche ich noch mehr von diesen roten Dingern.« Er begann unter den Juwelen zu wühlen. »Was hast du denn überhaupt damit angestellt?« brummte er. »Hast du sie durch einen Fleischwolf gedreht?« Aber der Gnom, in seine Aufgabe völlig vertieft, überhörte Tolpans Antwort.

Der Kender nutzte die Gelegenheit, seine Geschichte noch einmal vorzutragen. Auf dem Schemel hockend, erzählte er, ohne unterbrochen zu werden, während Gnimsch, der die Existenz des Kenders völlig vergessen hatte, die unzähligen Juwelen und die kleinen goldenen und silbernen Teile und Ketten zu ordnen begann und sie zu kleinen Häufchen schichtete.

Während Tolpan erzählte, beobachtete er jedoch Gnimsch. Hoffnung erfüllte sein Herz. Natürlich, dachte er, er hatte zu Fizban gebetet, und es bestand jede Möglichkeit, daß das Gerät sie zum Mond entführte oder sie in Hühner oder sonst etwas verwandelte, wenn Gnimsch es gelang, es zu reparieren. Aber Tolpan meinte, daß er diese Gelegenheit nutzen müsse. Immerhin hatte er versprochen zu versuchen, die Dinge wieder gerade zu biegen, und obgleich es nicht seinen Wünschen entsprach, einen Gnom zu finden, der ein Versager war, war alles besser, als herumzusitzen und auf den Tod zu warten.

In der Zwischenzeit hatte Gnimsch eine kleine Tafel und ein Stück Kreide herbeigerufen und zeichnete Diagramme, während er murmelte: »Stecke Juwel A in das goldene Ding B...«

9

»Ein elender Ort, mein Bruder«, bemerkte Raistlin leise, als er steif von seinem Pferd stieg.

»Wir waren an schlimmeren«, entgegnete Caramon, der Crysania von ihrem Pferd half. »Innen ist es warm und trocken, also hundertmal besser als draußen. Außerdem«, fügte er mit einem Blick auf seinen Bruder hinzu, der an der Seite seines Pferdes zusammenbrach, »kann keiner von uns ohne Pause weiterreiten. Ich kümmere mich um die Pferde. Ihr beide könnt schon hineingehen.«

Crysania stand in ihrem durchnäßten Umhang im Schlamm und starrte teilnahmslos auf das Wirtshaus. Es war, wie Raistlin sagte, ein elender Ort.

Den Namen wußte niemand, denn über der Tür hing kein Schild. Das einzige Kennzeichen, daß es sich um ein Wirtshaus handelte, war eine Tafel, die an der Tür befestigt und mit »Wandersmann, willkommen!« beschriftet war.

Raistlin war vorausgegangen. Nun stand er in der geöffneten Tür und sah zu Crysania zurück. Von innen kam Licht, und der Geruch von brennendem Holz versprach ein Feuer. Mit einem Seufzer watete Crysania durch den Schlamm und erreichte die Tür.

»Willkommen, Herr. Willkommen, die Dame.«

Crysania zuckte bei der Stimme zusammen, die neben ihr ertönte. Sie hatte niemanden gesehen. Die Tür schlug zu, und als sie sich umsah, erblickte sie einen häßlichen Mann, der im Schatten hinter der Tür kauerte.

»Ein rauher Tag, Herr«, sagte der Mann und rieb sich unterwürfig die Hände. Diese Geste, ein fettverschmierter Kittel und ein zerrissener Lappen über seinem Arm kennzeichneten ihn als den Gastwirt. Als sich Crysania in dem schmutzigen, schäbigen Gasthaus umblickte, dachte sie, daß es genügte. Der Mann kam auf sie zu, immer noch seine Hände reibend, bis er so dicht bei Crysania stand, daß sie den üblen Biergeruch seines Atems riechen konnte. Ihr Gesicht mit dem Umhang bedeckend, trat sie von ihm zurück. Er schien darüber zu grinsen; es war ein betrunkenes Grinsen, das dümmlich gewirkt hätte, wäre da nicht der listige Ausdruck in seinen Augen gewesen.

Als Crysania ihn betrachtete, verspürte sie den Wunsch, lieber wieder in den Sturm hinaus zu gehen. Aber Raistlin, der dem Gastwirt einen durchdringenden Blick zuwarf, sagte kalt: »Einen Tisch am Feuer.«

»Natürlich, Herr, natürlich. Einen Tisch am Feuer, natürlich. Kommt, mein Herr, meine Dame, hier entlang.« Mit schmeichlerischen Verbeugungen, die dem Ausdruck in seinen Augen widersprachen, schlufte der Mann über den Boden, niemals seinen Blick von ihnen abwendend, und führte sie zu einem schmutzigen Tisch.

»Ein Zauberer seid Ihr, Herr?« fragte der Gastwirt und streckte die Hand aus, um Raistlins schwarze Roben zu berühren, zog sie aber bei dem stechenden Blick des Magiers zurück. »Auch noch einer von den Schwarzen. Es ist schon eine Weile her, daß wir so einen gesehen haben«, fuhr er fort.

Raistlin gab keine Antwort. Von einem Hustenanfall übermannt, stützte er sich schwer auf seinen Stab. Crysania half ihm auf einen Stuhl in der Nähe des Feuers. Er sank darauf nieder und kauerte sich dankbar der Wärme entgegen.

»Heißes Wasser«, befahl Crysania und öffnete ihren nassen Umhang.

»Was ist mit ihm los?« fragte der Gastwirt argwöhnisch und wich zurück. »Doch nicht Gelbfieber, oder? Wenn ja, dann kann er nämlich gehen ...«

»Nein!« rief Crysania und warf den Umhang von sich. »Seine Krankheit schadet keinem.« Sie warf dem Gastwirt einen befehlenden Blick zu. »Ich habe heißes Wasser bestellt«, sagte sie.

»Natürlich.« Seine Lippen kräuselten sich. Er rieb sich nicht länger die Hände, sondern schob sie unter die fettige Schürze, bevor er wegschlurfte.

Ihr Ekel verlor sich in ihrer Sorge um Raistlin, und Crysania vergaß den Gastwirt, als sie versuchte, es dem Magier bequemer zu machen. Sie öffnete seinen Reiseumhang und half ihm beim Ausziehen, dann legte sie den Umhang zum Trocknen vor den Kamin. Als sie sich im Gasthaus umsah, entdeckte sie mehrere Stuhlkissen. Sie holte einige und steckte sie hinter Raistlins Rücken, damit er sich bequemer zurücklehnen und leichter atmen konnte.

Sie kniete sich vor ihn und half ihm beim Ausziehen seiner nassen Stiefel, als sie seine Hand spürte, die ihr Haar berührte.

»Ich danke dir«, flüsterte Raistlin, als sie aufsah.

Crysania errötete vor Freude. Seine braunen Augen schienen wärmer als das Feuer zu sein, und seine Hand strich sanft das nasse Haar aus ihrem Gesicht. Sie konnte weder sprechen noch sich bewegen, sondern blieb vor ihm knien, von seinem Blick gefangengehalten.

»Bist du seine Frau?«

Die rauhe Stimme des Gastwirts, die hinter ihr ertönte, ließ Crysania aufschrecken. Sie hatte ihn weder gesehen noch seine schlurfenden Schritte gehört. Sie erhob sich, unfähig, Raistlin anzusehen, wandte ihr Gesicht zum Feuer und schwieg.

»Sie ist eine Dame aus einem fürstlichen Hause von Palanthas«, erklärte eine tiefe Stimme, die von der Tür kam. »Und ich wäre dir sehr dankbar, wenn du sie mit Respekt behandelst, Gastwirt.«

»Natürlich, Herr, natürlich«, murmelte der Gastwirt, scheinbar eingeschüchtert von Caramon, als dieser eintrat. »Sicherlich habe ich keine Respektlosigkeit beabsichtigt, und hoffentlich wurde das auch nicht so aufgefaßt.«

Crysania sagte mit gedämpfter Stimme: »Stell das Wasser auf den Tisch.«

Als Caramon die Tür schloß und sich zu ihnen gesellte, zog Raistlin den Beutel mit der Kräutermischung für seinen Trank hervor. Er warf ihn auf den Tisch und befahl Crysania mit einer Handbewegung, sein Getränk zu bereiten. Dann sank er in die Kissen zurück und starrte mit pfeifendem Atem ins Feuer. Caramons besorgten Blick spürend, hielt Crysania ihre Augen auf die Kräuter gerichtet.

»Die Pferde sind versorgt. Wir haben sie nicht überanstrengt und können also in einer Stunde weiterreiten. Ich will Solantus vor Einbruch der Nacht erreichen«, sagte Caramon nach einem Augenblick unbehaglichen Schweigens. Er breitete seinen Umhang vor dem Kamin aus. »Hast du etwas zu essen bestellt?« fragte er Crysania.

»Nein, nur heißes Wasser«, murmelte sie und reichte Raistlin seinen Trank.

»Gastwirt, Wein für die Dame und den Magier, Wasser für mich und etwas zu essen, egal, was du hast«, sagte Caramon und setzte sich ans Feuer, seinem Bruder gegenüber. Nach wochenlanger Reise durch dieses verödete Land hatten sie gelernt, das zu essen, was in den Wirtshäusern zur Verfügung stand.

»Das ist nur der Anfang der Herbststürme«, sagte Caramon gelassen zu seinem Bruder, als der Gastwirt wieder aus dem Raum schlurfte. »Sie werden schlimmer werden, je südlicher wir reisen. Willst du trotzdem deinen Plan durchführen? Es könnte dein Tod sein.«

»Wie meinst du das?« Raistlins Stimme klang erregt.

»Beruhige dich, Raistlin«, antwortete Caramon, der vor dem stechenden Blick seines Bruders zurückwich. »Nur, dein Husten wird bei dieser Feuchtigkeit immer schlimmer.«

Nachdem Raistlin seinen Bruder gemustert und erkannt hatte, daß er offenbar wirklich nichts anderes gemeint hatte, lehnte er sich wieder in seine Kissen zurück. »Ja, ich bin immer noch dazu entschlossen. Ich würde dir das Gleiche empfehlen, mein Bruder. Denn für dich ist es die einzige Möglichkeit, dein Zuhause wiederzusehen.«

»Es würde mir sehr gut tun, wenn du unterwegs sterben würdest«, knurrte Caramon.

Crysania sah Caramon entsetzt an, aber Raistlin lächelte nur bitter. »Deine Sorge rührt mich tief, Bruder. Aber fürchte nicht für meine Gesundheit. Meine Kraft wird ausreichen, um ans Ziel zu kommen, falls ich mich in der Zwischenzeit nicht übermäßig anstrenge.«

»Offenbar hast du jemand, der Sorge trägt, daß das nicht eintritt«, erwiderte Caramon ernst mit einem Blick auf Crysania.

Sie errötete wieder und wollte gerade etwas erwidern, als der Gastwirt zurückkam.

Er trat zu ihnen, einen dampfenden Kessel in einer Hand und einen Krug in der anderen, und musterte sie mißtrauisch. »Entschuldigt meine Bitte, meine Herren«, winselte er, »aber ich will erst Euer Geld sehen. Die Zeiten sind so...«

»Hier«, sagte Caramon, nahm eine Münze aus seiner Geldbörse und warf sie auf den Tisch. »Reicht das?«

»Natürlich, meine Herren, natürlich.« Der Gastwirt stellte Kessel und Krug ab, verschüttete dabei den Eintopf auf dem Tisch, ergriff gierig die Münze und beäugte dann den Magier, als ob er befürchtete, er könnte sie verschwinden lassen.

Die Münze in seine Tasche werfend, schlufte der Gastwirt hinter die Theke und kehrte mit drei Schüsseln, drei Hornlöffeln und drei Bechern zurück. Diese stellte er auf den Tisch, dann trat er zurück und rieb sich wieder die Hände. Crysania nahm die Schüsseln, starrte sie voller Ekel an und wusch sie sofort mit dem Rest des heißen Wasssers ab.

»Habt Ihr weitere Wünsche, meine Herren, meine Dame?« fragte der Gastwirt in derart schmeichlerischem Ton, daß Caramon eine Grimasse zog.

»Hast du Brot und Käse?«

»Ja, Herr.«

»Dann pack es in einen Korb.«

»Ihr wollt… weiterreisen?« fragte der Gastwirt.

Crysania, die die Schüsseln auf den Tisch zurückstellte, sah auf, nahm eine leichte Veränderung in der Stimme des Mannes wahr. Sie blickte zu Caramon hin, ob er auch etwas bemerkt hatte, aber der große Mann rührte hungrig den Eintopf um. Raistlin, der nichts gehört zu haben schien, starrte ins Feuer, seine Hände hielten den leeren Becher fest.

»Wir werden hier sicherlich nicht die Nacht verbringen«, sagte Caramon, während er den Eintopf in die Schüsseln schöpfte.

»Ihr werdet keine besseren Unterkünfte in… Was habt Ihr gesagt, wohin Ihr wollt?« fragte der Gastwirt.

»Das geht dich nichts an«, erwiderte Crysania kühl. Sie nahm eine Schüssel Eintopf und reichte sie Raistlin. Aber der Magier winkte nach einem Blick auf das fettüberzogene Essen ab. Trotz ihres Hungers konnte Crysania nur wenige Löffel hinunterwürgen. Sie schob die Schüssel beiseite, zog den immer noch feuchten Umhang über, schloß die Augen und versuchte nicht daran zu denken, daß sie in einer Stunde wieder auf ihrem Pferd sitzen und durch das düstere, sturmgepeitschte Land reiten würde.

Raistlin war bereits eingeschlafen. Die einzigen Geräusche kamen von Caramon, der seinen Eintopf aß, und vom Gastwirt, der in die Küche zurückging, um den bestellten Lebensmittelkorb zu packen.

Nach einer Stunde holte Caramon die Pferde aus dem Stall, drei Reitpferde und ein schwerbeladenes Packpferd. Er half seinem Bruder und Crysania beim Aufsteigen, und als sie beide in ihren Sätteln saßen, bestieg Caramon sein eigenes riesiges Pferd. Der Gastwirt stand mit dem Korb barhäuptig im Regen.

Er überreichte ihn Caramon, grinste und verbeugte sich, während der Regen seine Kleidung durchnäßte.

Caramon bedankte sich knapp und warf dem Gastwirt eine Münze zu, dann ergriff er die Zügel des Packpferdes und ritt los. Crysania und Raistlin, gegen den Regenguß schmer in ihre Umhänge eingemummt, folgten.

Der Gastwirt, der offenbar den Regen vergessen hatte, hob die Münze auf und beobachtete die Drei beim Wegreiten. Plötzlich tauchten zwei Gestalten hinter den Ställen auf und traten zu ihm.

Die Münze in die Luft werfend, sah der Gastwirt sie an. »Sagt ihnen Bescheid – sie reisen auf der Straße nach Solantus.«

Dem Hinterhalt fielen sie mühelos zum Opfer.

Im schwindenden Licht des trostlosen Tages unter Bäumen reitend, von deren Zweigen Regen tropfte, war jeder in seine düsteren Gedanken verloren. Sie hörten erst das Galoppieren der Hufe und das Rasseln von hellem Stahl, als es zu spät war.

Bevor sie wußten, was geschah, stürzten dunkle Gestalten herbei. Der Überfall verlief routiniert.

Einer schlug den Magier ohnmächtig, bevor er sich umdrehen konnte. Ein anderer stürzte sich auf Crysania, schlug die Hand über ihren Mund und hielt die Spitze seines Dolches an ihre Kehle. Aber drei waren nötig, um Caramon von seinem Pferd zu ziehen und den großen Mann auf dem Boden zu überwältigen, und als der Kampf endlich vorbei war, kam einer der Räuber nicht mehr auf die Füße. Er lag reglos im Schlamm.

Caramons Arme wurden mit Bogensehnen zusammengebunden. Er blutete aus einer Kopfwunde.

Der Anführer, der seine Muskeln bemerkte, die sich unter den Bogensehnen spannten, schüttelte vor Bewunderung den Kopf.

Zwanzig bis dreißig schwerbewaffnete Männer hatten die Reisenden umzingelt. Als Caramon zu dem Anführer aufsah, fluchte er leise. Er hatte noch nie einen so großen Mann gesehen!

Seine Gedanken kehrten sofort zu Raag und der Gladiotorenarena in Istar zurück. »Ein halber Oger«, sagte er sich und spuckte einen Zahn aus, der ihm im Kampf locker geschlagen worden war. Sich lebhaft an den riesigen Oger erinnernd, der Arak bei der Ausbildung der Gladiatoren geholfen hatte, sah Caramon, daß dieser Mann, der auf dem ersten Blick ein Mensch zu sein schien, eine gelbliche, für Oger typische Hautfärbung hatte und die gleiche flache Nase. Auch war er größer als die meisten Menschen und hatte Arme wie Baumstämme. Aber seine Gangart war merkwürdig, und er trug einen langen Umhang, der am Boden schleifte und seine Füße verborgen hielt.

Da er in der Arena gelernt hatte, einen Feind abzuschätzen und nach jeder Schwäche zu suchen, beobachtete Caramon den Mann gründlich. Als der Wind den dicken Fellumhang zur Seite blies, sah Caramon erstaunt, daß der Mann nur ein Bein hatte. Das andere war ein künstliches Eisenbein.

Als der Halboger Caramons Blick bemerkte, grinste er breit und trat einen Schritt näher zu dem großen Mann. Er streckte eine Riesenhand aus und tätschelte Caramon leicht an der Wange.

»Ich bewundere Männer, die einen guten Kampf liefern«, sagte er mit sanfter Stimme. Dann ballte er mit überraschender Schnelligkeit seine Hand zur Faust und schlug Caramon an den Kiefer. Die Wucht des Schlages stieß den großen Krieger nach hinten und rieß beinahe seine Wächter mit ihm zusammen um. »Aber du wirst für den Tod meines Mannes bezahlen.«

Der Halboger raffte seinen langen Fellumhang zusammen und stapfte zu Crysania, die von einem Räuber festgehalten wurde. Dieser hielt immer noch seine Hand über ihren Mund, aber obgleich ihr Gesicht blaß war, waren ihre Augen dunkel und zornerfüllt.

»Ist das nicht nett?« sagte der Halboger sanft. »Ein Geschenk, und es ist noch nicht der Heilige Abend.« Sein Gelächter dröhnte durch die Bäume. Er ergriff ihren Umhang und riß ihn am Hals auf. Sein Blick überflog die Wölbungen ihres Körpers, die gut sichtbar wurden, als der Regen sich in ihre weißen Roben sog. Sein Lächeln verstärkte sich, und seine Augen glitzerten. Er streckte seine Riesenhand aus.

Crysania schrak vor ihm zurück, aber der Halboger bekam sie mühelos zu fassen und lachte. »Nun, nun, was trägst du denn da für einen Klunker, Süße?« fragte er, als sein Blick auf das Medaillon von Paladin fiel, das sie um ihren schlanken Hals trug. »Ich finde es... unkleidsam. Reines Platin!« Er stieß einen Pfiff aus. »Am besten, ich bewahre es für dich auf, meine Liebe. Es könnte nämlich in den Freuden unserer Leidenschaft verlorengehen...«

Caramon hatte sich inzwischen soweit erholt, daß er sehen konnte, wie der Halboger das Medaillon in seiner Hand hielt. In Crysanias Augen funkelte ein grimmiges Vergnügen auf, obgleich sie vor der Berührung des Mannes sichtlich erbebte. Ein Blitz reinen weißen Lichtes zischte durch den stürmischen Regen. Der Halboger ließ mit einem Knurren Crysania los.

Unter den Männern, die den Vorfall beobachtet hatten, erhob sich ein Gemurmel. Der Räuber, der Crysania festgehalten hatte, lockerte seinen Griff, und sie riß sich los, funkelte ihn wütend an und zog ihren Umhang wieder über.

Der Halboger hob seine Hand, sein Gesicht war zornverzerrt. Caramon fürchtete, daß er Crysania schlagen würde, als ein Mann aufschrie.

»Der Zauberer, er kommt wieder zu sich!«

Die Augen des Halbogers waren noch auf Crysania gerichtet, aber er senkte seine Hand. Dann lächelte er. »Nun, Hexe, die erste Runde hast du anscheinend gewonnen.« Er blickte zu Caramon zurück. »Ich genieße Wettkämpfe, sowohl in der Schlacht als auch in der Liebe. Dies verspricht für alle eine vergnügliche Nacht zu werden.« Mit einer Handbewegung befahl er dem Mann, der Crysania losgelassen hatte, diese wieder zu packen, und ging zu Raistlin, der vor Schmerzen stöhnend auf dem Boden lag. »Der Zauberer ist am gefährlichsten. Bindet seine Hände hinter dem Rücken zusammen und knebelt ihn«, befahl der Anführer. »Falls er auch nur einen Ton von sich gibt, schneidet seine Zunge ab. Das wird seine Zauberkraft für immer zerstören.«

»Warum töten wir ihn nicht?« knurrte einer der Männer.

»Dann mach es, Brack«, erwiderte der Halboger vergnügt. »Nimm dein Messer und schlitz ihm die Kehle auf.«

»Ich tue das nicht«, brummte der Mann und trat einen Schritt zurück.

»Nein? Wäre es dir lieber, wenn ich derjenige wäre, der für den Mord an einer Schwarzen Robe verflucht wird?« fuhr der Anführer fort. »Würdest du es genießen, wenn meine Schwerthand verkümmern und abfallen würde?«

»Das habe ich natürlich nicht gemeint, Stahlfuß. Ich habe nicht gedacht, das ist alles.«

»Dann fang mal an zu denken. Er kann uns jetzt nichts anhaben. Sieh ihn dir an.« Stahlfuß zeigte auf Raistlin.

Der Magier lag auf dem Rücken, seine Hände waren über seiner Brust gefesselt. Ein Knebel war um seinen Mund gebunden. Aber seine Augen funkelten aus dem Schatten seiner Kapuze in einem bösartigen Zorn, und seine Hände ballten sich in solcher Wut zusammen, daß mehr als einer der Räuber sich unbehaglich fragte, ob diese Maßnahmen ausreichten.

Vielleicht hatte Stahlfuß das gleiche Gefühl, als er zu Raistlin hinkte, der ihn voll Haß anstarrte. Als er neben dem Magier stehen blieb, erschien ein Lächeln in dem gelblichen Gesicht des Halbogers, und plötzlich stieß er sein Eisenbein gegen Raistlins Kopf. Der Magier erschlaffte. Crysania schrie auf, aber ihr Bewacher hielt sie fest. Caramon war verblüfft, als ein stechender Schmerz sein Herz zusammenzog, weil er die Gestalt seines Bruders im Schlamm liegen sah.

»Das wird ihn eine Weile ruhig halten. Wenn wir unser Lager erreichen, werden wir seine Augen verbinden und ihn zu einem Spaziergang auf den Berg mitnehmen. Wenn er ausrutscht und über den Abhang stürzt, nun, das ist der Lauf der Dinge, nicht wahr, Männer?«

Vereinzeltes Gelächter erhob sich, aber Caramon sah, daß viele nervöse Blicke austauschten und die Köpfe schüttelten.

Stahlfuß wandte sich von Raistlin ab, um mit glänzenden Augen das schwerbeladene Packpferd zu untersuchen. »Wir haben heute einen guten Fang gemacht, Männer«, stellte er zufrieden fest. Er stapfte zurück und hielt bei Crysania an.

»In der Tat ein guter Fang«, murmelte er. Seine Riesenhand packte grob Crysanias Kinn. Er beugte sich zu ihr und preßte seine Lippen auf die ihren. In den Armen ihres Bewachers gefangen, konnte Crysania sich nicht wehren. Sie sträubte sich auch nicht; vielleicht sagte ihr ein inneres Gefühl, daß genau das den Erwartungen des Mannes entsprechen würde. Sie stand mit steifem Körper aufrecht da. Aber Caramon sah ihre Hände sich zusammenballen.

»Ihr kennt meine Vorgehensweise, Männer«, sagte Stahlfuß und streichelte grob über ihr Haar. »Die Beute teilen wir unter uns auf – natürlich nachdem ich meinen Anteil erhalten habe.«

Über diese Bemerkung wurde gelacht, und hier und dort gab es vereinzelten Jubel. Caramon hatte keinen Zweifel an der Bedeutung dieser Erklärung, und es war vermutlich nicht das erste Mal, daß »Beute aufgeteilt« wurde.

Aber einige junge Gesichter verdüsterten sich, sahen einander beunruhigt an und schüttelten den Kopf. Und es gab auch einige Bemerkungen, wie: »Mit einer Hexe will ich nichts zu schaffen haben!« und: »Ich würde eher mit dem Zauberer ins Bett gehen!«

Hexe! Verschwommene Erinnerungen regten sich in Caramon – Erinnerungen aus der Zeit, als er und Raistlin mit Flint, dem Zwergenschmied, gereist waren, in der Zeit vor der Rückkehr der wahren Götter. Caramon erbebte. Plötzlich fiel ihm mit lebhafter Deutlichkeit ein, daß sie einmal in einer Stadt gewesen waren, in der eine alte Frau wegen Hexerei verbrannt werden sollte. Er erinnerte sich, wie sein Bruder und Sturm, der immer ehrenhafte Ritter, ihr Leben riskiert hatten, um das alte Weib zu retten. Er schauderte, dann zwang er sich, mit kalter Logik zu denken. Verbrennen war ein furchtbarer Tod, aber es war ein schnellerer als…

»Bringt mir die Hexe.« Stahlfuß humpelte zu dem Pfad, wo

einer der Männer sein Pferd hielt. Er stieg auf und machte eine Handbewegung. »Dann folgt mit den anderen.«

Crysanias Bewacher zog sie zu Stahlfuß. Dieser griff nach unten, bekam sie unter den Armen zu fassen und hob sie vor sich aufs Pferd. Crysania saß da und starrte geradeaus, ihr Gesicht war kalt und ausdruckslos.

Weiß sie Bescheid? fragte sich Caramon, der hilflos zusah, wie Stahlfuß an ihm vorbeiritt. Das gelbliche Gesicht des Mannes hatte sich zu einem anzüglichen Grinsen verzerrt. Sie war immer behütet gewesen, vor derartigen Dingen beschützt. Vielleicht war ihr gar nicht bewußt, zu welch furchtbaren Dingen diese Männer in der Lage waren.

Und dann warf Crysania Caramon einen Blick zu. Ihr Gesicht war ruhig und blaß, aber in ihren Augen lag ein Ausdruck, der so viel Entsetzen, Angst und Flehen enthielt, daß er es nicht ertragen konnte und den Kopf neigte. Sie weiß Bescheid... Mögen die Götter ihr beistehen. Sie weiß Bescheid, dachte er.

Jemand stieß Caramon von hinten an. Einige Männer ergriffen ihn und warfen ihn auf den Sattel seines Pferdes. Über den Sattel hängend, seine starken Arme mit Bogensehnen gefesselt, die in sein Fleisch schnitten, sah Caramon, wie Männer den schlaffen Körper seines Bruders aufhoben und ihn über den Sattel seines Pferdes warfen. Dann bestiegen die Banditen ihre Pferde und führten ihre Gefangenen tief in den Wald.

Der Regen ergoß sich über Caramons bloßen Kopf, als das Pferd durch den Schlamm stapfte und ihn grob durchschüttelte. Während des ganzen Ritts konnte er vor seinem geistigen Auge nur diese dunklen, von Entsetzen erfüllten Augen sehen, die ihn hilfesuchend anflehten.

Aber Caramon wußte, daß es keine Hilfe geben würde.

Raistlin ging durch eine brennende Wüste. Vor ihm im Sand zeigten sich Fußstapfen, und er folgte ihnen. Die Spur führte ihn immer weiter die strahlendweißen Sanddünen auf und ab, die in der Sonne glühten. Er schwitzte und war müde und sehr durstig. Sein Kopf schmerzte, seine Brust tat weh, und er hätte sich gern hingelegt und ausgeruht. In der Ferne war ein Wasserloch, von schattigen Bäumen gekühlt. Aber so sehr er sich auch anstrengte, er konnte es nicht erreichen. Die Fußstapfen verliefen nicht in diese Richtung, und er konnte seine Füße in keine andere bewegen.

Er schleppte sich weiter, seine schwarzen Roben hingen schwer um ihn. Und dann sah er auf und erschrak. Die Fußstapfen führten zu einem Schafott! Eine schwarzgekleidete Gestalt kniete mit dem Kopf auf dem Richtblock. Obwohl er das Gesicht nicht erkennen konnte, wußte er, daß er es war, der dort kniete und gleich sterben würde. Der Scharfrichter stand über ihm, ein blutiges Beil in der Hand. Auch der Scharfrichter trug eine schwarze Kapuze, die sein Gesicht bedeckte. Er hob das Beil. Als es fiel, erhaschte Raistlin einen Blick auf das Gesicht des Scharfrichters...

»Raist!« flüsterte eine Stimme.

Der Magier schüttelte seinen schmerzenden Kopf. Mit der Stimme kam die tröstende Erkenntnis, daß er geträumt hatte. Er bekämpfte den Alptraum.

»Raist!« rief die Stimme hartnäckiger.

Ein Gefühl wirklicher Gefahr ließ den Magier vollends wach werden. Er lag noch einen Augenblick mit geschlossenen Augen still da, bis er sich seiner Umgebung bewußt wurde. Er lag auf feuchtem Boden, seine Hände waren auf seiner Brust gefesselt, sein Mund war geknebelt. Sein Kopf schmerzte, und Caramons Stimme klang in seinen Ohren.

Um sich herum hörte er das Geräusch von Stimmen und Gelächter, er konnte den Geruch eines Lagerfeuers riechen. Aber nur die Stimme seines Bruders schien aus nächster Nähe zu kommen. Und dann fiel ihm alles wieder ein. Er erinnerte sich an den Angriff, er erinnerte sich an einen Mann mit einem Eisenbein... Vorsichtig schlug er die Augen auf.

Caramon lag neben ihm bäuchlings im Schlamm, seine Arme waren mit Bogensehnen gefesselt. In den braunen Augen lag ein vertrautes Glitzern, ein Glitzern, das die Erinnerung an alte Zeiten, lang verstrichene Zeiten auslöste, als sie zusammen gekämpft hatten.

Trotz des Schmerzes und der Dunkelheit spürte Raistlin ein Frohlocken, wie er es seit langer Zeit nicht mehr erlebt hatte.

Durch die Gefahr vereint, verstärkte sich das Band zwischen beiden. Als Caramon sah, daß sein Bruder sich ihrer Lage völlig bewußt war, wälzte er sich so dicht wie möglich näher; seine Stimme war nicht lauter als ein Atemzug. »Hast du eine Möglichkeit, deine Hände zu befreien? Hast du noch den silbernen Dolch bei dir?«

Raistlin nickte einmal kurz. Am Anfang der Zeit hatten die

Götter den Zauberkundigen das Tragen jeglicher Waffe verboten. Der vorgeschobene Grund war, daß sie ihre Zeit dem Studium widmen und nicht für die Beherrschung der Kriegskunst verschwenden sollten. Aber nachdem die Zauberkundigen Huma im Kampf gegen die Königin der Finsternis mit der Schaffung der Kugeln der Drachen unterstützt hatten, gewährten die Götter ihnen das Recht, einen Dolch bei sich zu tragen, als Andenken an Humas Lanze.

Der silberne Dolch, mit einem Lederband raffiniert an Raistlins Handgelenk gebunden, so daß er die Waffe in seine Hand gleiten lassen konnte, war seine letzte Verteidigungsmöglichkeit, die nur anzuwenden war, wenn all seine Zauber genutzt worden waren, oder in einer Situation wie dieser.

»Bist du für deine Magie stark genug?« flüsterte Caramon.

Raistlin schloß erschöpft die Augen. Ja, er war stark genug. Aber dies bedeutete eine weitere Schwächung, dies bedeutete mehr Zeit zur Erlangung der Stärke, die für die Konfrontation mit den Wächtern des Portals notwendig war. Dennoch, wenn er bis dahin nicht mehr lebte...

Natürlich, er mußte leben, dachte er bitter. Fistandantilus hatte gelebt! Er tat nichts anderes, als den Fußstapfen im Sand zu folgen.

Wütend verbannte Raistlin den Gedanken. Er schlug die Augen wieder auf und nickte. Ich bin stark genug, teilte er seinem Bruder geistig mit, und Caramon seufzte erleichtert auf.

»Raist«, flüsterte der große Mann, und sein Gesicht war plötzlich erschreckend ernst, »du... du kannst dir wohl vorstellen, was... was sie mit Crysania vorhaben.«

Raistlin hatte plötzlich eine Vision, wie der Halboger seine ungeschlachten, groben Hände auf Crysania legte, und er verspürte eine verblüffende Empfindung – Wut und Zorn, wie er sie selten erlebt hatte, ergriffen ihn.

Caramon musterte ihn verwundert, und Raistlin erkannte, daß man seine Gefühle in seinem Gesicht lesen konnte.

Caramon fuhr eilig fort: »Ich habe einen Plan.«

Raistlin nickte gereizt; er wußte, was sein Bruder vorhatte.

Caramon flüsterte: »Wenn ich versage…«

»…töte ich sie zuerst, dann mich«, beendete Raistlin den Satz. Aber natürlich würde dazu keine Notwendigkeit bestehen. Er war sicher, beschützt… Als er dann die Geräusche sich nähernder Männer hörte, schloß er die Augen und täuschte Bewußtlosigkeit vor. Dies gab ihm Zeit, seine verwirrten Gefühle zu ordnen und seine Beherrschung wiederzugewinnen. Der silberne Dolch lag kalt an seinem Arm. Er spannte die Muskeln an, die das Lederband lösen würden. Und in der Zwischenzeit grübelte er über sein Gefühl nach, das er für eine Frau empfand, die ihm völlig gleichgültig war, abgesehen von ihrer Nützlichkeit als Klerikerin natürlich.

Zwei Männer zerrten Caramon auf seine Füße und stießen ihn vorwärts. Caramon bemerkte erleichtert, daß die Männer seinem Bruder keine Aufmerksamkeit schenkten. Über den holprigen Boden stolpernd, dachte Caramon über den seltsamen Gesichtsausdruck seines Bruders nach, als er Crysania erwähnt hatte. Bei jedem anderen Mann hätte er diesen Ausdruck als typisch für einen außer sich geratenen Liebhaber angesehen. Aber sein Bruder? War Raistlin einer solchen Regung überhaupt fähig? Caramon hatte in Istar festgestellt, daß Raistlin dazu nicht fähig war, daß er vom Bösen völlig verzehrt war.

Aber jetzt wirkte sein Bruder anders, er war eher der alte Raistlin, der Bruder, mit dem er so oft Seite an Seite gekämpft hatte. Was Raistlin Caramon über Tolpan gesagt hatte, ergab einen Sinn. Immerhin hatte er den Kender nicht getötet. Und obgleich er manchmal gereizt war, ging Raistlin immer sanft mit Crysania um. Vielleicht…

Einer der Wächter stieß ihm schmerzhaft in die Rippen und erinnerte Caramon so an die Aussichtslosigkeit ihrer Situation. Vielleicht! Vielleicht würde hier und jetzt alles ein Ende nehmen.

Während er durch das Lager ging, darüber nachdenkend, was er seit dem Überfall gesehen und gehört hatte, überprüfte Caramon noch einmal seinen Plan.

Das Lager wirkte eher wie eine kleine Stadt als wie der Unterschlupf von Banditen. Sie lebten in primitiv gebauten Holzhütten und hielten ihre Tiere im Schutz einer großen Höhle. Sie waren offensichtlich schon längere Zeit hier und fürchteten kein Gesetz – angesichts der Stärke und der Führungsqualitäten des Halbogers Stahlfuß.

Aber Caramon, der mehr als einige Zusammenstöße mit Dieben erlebt hatte, sah auch, daß viele Männer keine rüpelhaften Grobiane waren. Er hatte viele gesehen, die Crysania einen Blick zugeworfen und den Kopf im offensichtlichen Ekel vor dem, was geschehen sollte, geschüttelt hatten. Obgleich mit Fetzen bekleidet, trugen viele gute Waffen, Stahlschwerter von der Art, die vom Vater zum Sohn weitergereicht werden, und sie gingen mit diesen Waffen mit einer Sorgfalt um, wie man sie nur bei einem Familienerbstück anwendet und nicht bei einer Beute. Und obgleich er sich im schwachen Licht des stürmischen Tages nicht sicher war, glaubte er, auf vielen Schwertern die Rose und den Eisvogel gesehen zu haben, die uralten Symbole der solamnischen Ritter.

Die Männer waren glattrasiert, sie trugen nicht den langen Bart, der diese Ritter kennzeichnete, aber ihre ernsten jungen Gesichter erinnerten Caramon an seinen Freund, den Ritter Sturm Feuerklinge.

Als Caramon die Männer betrachtete, die im Lager herumstanden, ihre Waffen putzten und sich leise unterhielten, sah er zwar verruchte Taten in ihre Gesichter geschrieben, aber er sah auch Blicke der Resignation und Hoffnungslosigkeit. Er hatte selbst harte Zeiten durchgemacht. Er wußte, wozu ein Mann dann in der Lage war. All dies erfüllte ihn mit der Hoffnung, daß sein Plan gelingen könnte.

Ein Feuer loderte mitten im Lager, nicht weit von der Stelle, wo er und Raistlin auf den Boden geworfen worden waren. Als er sich umblickte, sah er seinen Bruder, der immer noch Bewußtlosigkeit vortäuschte.

Caramon trat ins Licht des Feuers. Die meisten Männer hörten mit ihren Beschäftigungen auf und bildeten einen Halbkreis um ihn. Auf einem großen Holzstuhl neben den Flammen thronte Stahlfuß mit einer Flasche in der Hand. Neben ihm standen lachend und Witze reißend mehrere Männer, die Caramon als typische, sich bei ihrem Anführer einschmeichelnde Speichellecker erkannte. Und es überraschte ihn nicht, am Rand der Menge das grinsende, häßliche Gesicht des Gastwirtes zu erblicken.

Auf einem Stuhl neben Stahlfuß saß Crysania. Ihren Umhang hatte man ihr abgenommen. Ihr Kleid war am Oberteil aufgerissen – er konnte sich vorstellen, von welchen Händen. Und Caramon sah mit wachsendem Zorn einen purpurroten Fleck auf ihrer Wange. Ein Mundwinkel war angeschwollen. Aber sie hielt sich mit unbeugsamer Würde aufrecht, starrte geradeaus und bemühte sich, die groben Witze und beängstigenden Geschichten zu überhören, die ausgetauscht wurden.

Caramon lächelte grimmig vor Bewunderung. Er erinnerte sich an ihren panischen, fast an Wahnsinn grenzenden Zustand, in dem sie sich während der letzten Tage von Istar befunden hatte, und er dachte an ihr vorheriges friedliches, behütetes Leben; er war überrascht, sie in dieser gefährlichen Situation mit einer Kühle reagieren zu sehen, um die sie Tika beneidet hätte.

Tika... Caramons Blick verfinsterte sich. Er wollte nicht an Tika denken, insbesondere nicht in Verbindung mit Crysania. Er zwang sich in die Gegenwart zurück, wandte die Augen von der Frau zu seinem Feind ab und konzentrierte sich auf ihn.

Als Stahlfuß Caramon bemerkte, brach er seine Unterhaltung ab und deutete dem Krieger mit einer derben Handbewegung an, er solle zu ihm kommen. »Zeit zu sterben, Krieger«, sagte er zu ihm, immer noch im gleichen freundlichen Tonfall. Er blickte Crysania an. »Ich bin sicher, meine Dame, daß es dich nicht stört, wenn unser Stelldichein um einige Augenblicke verschoben wird.« Er streichelte Crysanias Wange. Als sie vor ihm zurückwich und ihre Augen vor Zorn aufblitzten, wurde aus seiner Liebkosung ein Schlag in ihr Gesicht.

Crysania schrie nicht auf. Sie hob den Kopf und starrte ihren Peiniger mit grimmigem Stolz an.

Caramon hielt seinen Blick auf den Anführer gerichtet und musterte ihn gelassen. Dieser Mann herrscht mit Angst und roher Gewalt, dachte er. Von seinen Anhängern folgen ihm viele nur widerwillig. Sie haben alle Angst vor ihm; er ist wahrscheinlich das einzige Gesetz in diesem von den Göttern verlassenen Land. Aber offensichtlich versorgt er sie gut, so daß sie zumindest genug zu essen haben. Sie sind ihm also ergeben, aber wie weit reicht ihre Ergebenheit?

Caramon richtete sich auf und musterte den Halboger mit einem geringschätzigen Blick. »Ist das die Art, wie du deinen Mut zeigst? Frauen zusammenschlagen?« Caramon grinste höhnisch. »Binde mich los und gib mir ein Schwert, und wir werden sehen, was für ein Mann du wirklich bist!«

Stahlfuß musterte ihn interessiert, und Caramon bemerkte mit Unbehagen eine gewisse Intelligenz in seinem Blick.

»Ich habe mir schon gedacht, daß du etwas origineller bist, Krieger«, sagte Stahlfuß mit einem Seufzer, der teilweise gespielt und teilweise echt war. Er erhob sich. »Vielleicht bist du keine derartige Herausforderung für mich, wie ich anfangs dachte. Aber ich habe nichts Besseres vor heute abend. Am frühen Abend, meine ich«, fügte er mit einer anzüglichen Verbeugung vor Crysania hinzu, die ihn nicht beobachtete.

Der Halboger warf seinen großen Fellumhang beiseite, drehte sich um und befahl einem seiner Männer, sein Schwert zu holen. Die Speichellecker zerstreuten sich, um seinem Befehl nachzukommen, während die anderen Männer an einer Seite des Lagerfeuers einen Kreis bildeten – offensichtlich waren sie mit diesem Zeitvertreib vertraut. Während dieser Unordnung gelang es Caramon, Crysanias Blick aufzufangen.

Seinen Kopf neigend, blickte er bedeutungsvoll zu der Stelle, wo Raistlin lag. Crysania verstand seine Absicht sofort. Sie sah zu dem Magier hin, lächelte traurig und nickte. Ihre Hand schloß sich um das Medaillon von Paladin, und ihre geschwollenen Lippen bewegten sich.

Caramons Wächter stießen ihn in den Kreis. »Wir werden mehr als Gebete zu Paladin nötig haben, um hier herauszukommen, Crysania«, murmelte er und fragte sich mit einer gewissen Belustigung, ob sein Bruder in diesem Augenblick zu der Königin der Finsternis um Hilfe betete.

Nun, er hatte niemand, zu dem er beten konnte, nichts, was ihm helfen konnte, abgesehen von seinen Muskeln, Knochen und Sehnen.

Sie schnitten die Fesseln von seinen Armen. Caramon zuckte vor Schmerz zusammen, als das Blut in seine Glieder zurückfloß; er spannte seine steifen Muskeln an und rieb sie, um die Blutzufuhr anzuregen und sich zu wärmen. Dann rissen sie ihm das klatschnasse Hemd und seine Hosen vom Leib, damit er nackt kämpfte.

Beim Anblick von Caramons prächtigem Körperbau setzte ein bewunderndes Murmeln der Männer ein, die im Kreis standen. Der Regen strömte über seinen sonnengebräunten, muskulösen Körper, das Feuer glänzte auf seiner kräftigen Brust und seinen kräftigen Schultern. Jemand überreichte Caramon ein Schwert, und der Krieger schwang es mit Leichtigkeit und offensichtlichem Geschick. Selbst Stahlfuß, der in den Kreis der Männer trat, schien ein wenig aus der Fassung gebracht beim Anblick des ehemaligen Gladiators.

Aber wenn Stahlfuß vom Aussehen seines Gegners überrascht war, dann war Caramon über das Aussehen von Stahlfuß nicht weniger verblüfft. Halb Oger und halb Mensch, hatte der Mann die besten Eigenschaften beider Rassen geerbt. Er besaß den Körperumfang und die Muskeln der Oger, aber er war schnell auf den Füßen und flink, während in seinen Augen die gefährliche Intelligenz eines Menschen lag. Auch er kämpfte fast nackt; er trug nur einen ledernen Lendenschurz. Aber was Caramon verwunderte, war die Waffe, die der Halboger trug – es war das erstaunlichste Schwert, das der Krieger in seinem ganzen Leben gesehen hatte.

Die riesige Klinge war als zweihändige Waffe angefertigt. Als Caramon sie fachmännisch betrachtete, fielen ihm nur wenige Männer ein, die sie hätten heben können, geschweige denn schwingen. Aber Stahlfuß hielt sie nicht nur mühelos, sondern auch noch mit nur einer Hand! Und er machte das gut, soweit Caramon aus den geübten Schlägen beurteilen konnte. Die Stahlklinge wurde vom Licht des Feuers beleuchtet, als er sie durch die Luft schlug.

Als sein Gegner in den Ring hinkte, erkannte Caramon mit Verzweiflung, daß er nicht einem primitiven, dümmlichen Gegner gegenüberstand, wie er erwartet hatte, sondern einem geübten Schwertkämpfer, einem intelligenten Mann, der seine Behinderung überwunden hatte und mit einer Überlegenheit kämpfte, um die ihn Männer mit zwei gesunden Beinen beneiden konnten.

Die zwei stolzierten aufeinander zu, täuschten Manöver vor, achteten auf jede Schwäche in der Verteidigung des Gegners. Dann plötzlich hielt Stahlfuß auf dem gesunden Bein mühelos sein Gleichgewicht und gebrauchte sein Eisenbein als weitere Waffe. Er wirbelte herum und schlug mit dem Eisenbein mit solcher Wucht auf Caramon ein, daß der große Mann zu Boden stürzte. Sein Schwert flog ihm aus den Händen.

Stahlfuß gewann schnell sein Gleichgewicht wieder und drang mit seinem riesigen Schwert vor, offensichtlich in der Absicht, den Kampf zu beenden und sich anderen Vergnügungen zu widmen. Caramon aber hatte diese Art des Kampfes in der Arena gesehen. Er täuschte vor, erledigt zu sein, und wartete, bis sein Feind dicht genug bei ihm war. Dann streckte er die Hand aus, bekam das gesunde Bein von Stahlfuß zu fassen und riß es mit einem Ruck zur Seite.

Die Männer im Kreis jubelten und klatschten Beifall. Caramons Selbstzweifel schwanden. Die Erregung des Kampfes erfüllte ihn mit einer Ekstase, die der seines Bruders glich, wenn er seine Magie anwendete.

Caramon raffte sich auf, sah seinen Feind das Gleiche tun und machte einen jähen, verzweifelten Sprung zu seinem Schwert, das einige Meter von ihm entfernt lag. Aber Stahlfuß war schneller. Er erreichte Caramons Schwert zuerst und stieß es weit fort.

Caramon sah sich nach einer anderen Waffe um. Sein Blick

fiel auf das Lagerfeuer, das am anderen Ende des Kreises brannte. Er lief darauf zu, ergriff eines der brennenden Holzscheite.

Die zwei Männer umkreisten einander. Dann war die Luft voll von Licht von Stahl und brennendem Holz.

Caramon hatte keine Vorstellung, wie lange sie kämpften. Sein Atem kam keuchend. Seine Lungen brannten wie das Ende des Holzscheites, seine Hände waren blutig. Niemals in seinem Leben hatte er einem solchen Gegner gegenübergestanden. Auch Stahlfuß, der mit Hohn und Selbstvertrauen in den Kampf gegangen war, stand einem Feind mit bitterer Entschlossenheit gegenüber. Die sie umringenden Männer waren inzwischen verstummt, völlig im Bann dieses tödlichen Wettstreites.

Der Kreis der Männer und das Feuer begannen vor Caramons Augen zu verschwimmen. In seinen schmerzenden Händen fühlte sich das Holzscheit schwerer an als ein ganzer Baum. Das Atmen war qualvoll. Caramon erkannte, daß sein Gegner genauso erschöpft war, denn Stahlfuß hatte es versäumt, einen günstigen Schlag zu führen, da er gezwungen war, einfach dazustehen und Atem zu holen. Der Halboger hatte einen häßlichen roten Striemen an der Seite, wo Caramons Holzscheit ihn getroffen hatte. Alle im Kreis hatten das Brechen seiner Rippen und sein schmerzverzerrtes Gesicht gesehen.

Aber er antwortete mit einem Hieb seines Schwertes, der Caramon zurücktaumeln ließ. Jetzt stolzierten sie wieder aufeinander zu, beide hörten oder kümmerten sich um nichts anderes, waren nur auf den Feind konzentriert. Beide wußten, daß der nächste Fehler tödlich sein konnte.

Und dann rutschte Stahlfuß im Schlamm aus. Zu Beginn des Kampfes wäre er in Sekunden wieder oben gewesen. Aber seine Kraft war fast verbraucht, und er benötigte einen Augenblick länger, um sich wieder aufzurappeln.

Auf diese Sekunde hatte Caramon gewartet. Er sprang mit der letzten ihm verbliebenen Kraft vor, hob das Scheit und schlug es, so fest er konnte, auf das Knie, an dem das Stahlbein befestigt war.

Stahlfuß, der in Caramons Augen den Tod sah, kämpfte trotzig weiter. Auch als das Scheit in den Händen des großen Mannes erneut durch die Luft zischte, griffen die Riesenhände des Halbogers nach Caramons Armen...

Das Scheit zerschmetterte den Kopf des Halbogers, der nach hinten fiel. Der Körper zuckte, lag dann still.

Vor Erschöpfung und Schmerz stolpernd, sank Caramon auf seine Knie und versuchte, Atem zu holen. In seinen Ohren rauschte es: die zornigen Schreie von Männern, die kamen, um ihn zu töten. Es war ihm egal. Es spielte keine Rolle. Laß sie kommen...

Aber niemand griff an.

Darüber verwirrt, hob Caramon den Kopf, sein verschwommener Blick traf eine schwarzgekleidete Gestalt, die neben ihm kniete. Er spürte den Arm seines Bruders, der ihn beschützend umschlang, und er sah Blitze warnend aus den Fingern des Magiers zischen. Caramon schloß die Augen, lehnte den Kopf gegen die Brust seines Bruders und holte tief Luft.

Dann berührten kühle Hände seine Haut, und er hörte das sanfte Gemurmel eines Gebetes zu Paladin. Er schlug die Augen auf. Er schob die verblüffte Crysania von sich, aber es war zu spät. Ihr heilender Einfluß breitete sich in seinem Körper aus. Er hörte die um sie versammelten Männer aufschreien, als die blutenden Wunden verschwanden, die Prellungen zurückgingen und die Farbe in sein leichenblasses Gesicht zurückkehrte.

»Hexerei! Sie hat ihn geheilt! Verbrennt die Hexe!«

»Verbrennt beide, die Hexe und den Zauberer!«

Als Caramon seinem Bruder einen Blick zuwarf, erkannte er an dessen grimmigem Gesichtsausdruck, daß auch er die Gefahr verstand.

»Wartet!« keuchte Caramon und erhob sich, als die Menge der murrenden Männer näher kam. Nur die Angst vor Raistlins Magie hielt sie davon ab, sich auf sie zu stürzen, und als Caramon das plötzliche Husten seines Bruders hörte, befürchtete er, daß Raistlin mit seinen Kräften bald am Ende wäre.

Er ergriff die verwirrte Crysania und trat vor die Menge der aufgebrachten Männer. »Wenn ihr diese Frau berührt, werdet ihr genauso sterben wie euer Anführer«, rief er laut.

»Warum sollen wir eine Hexe leben lassen?« knurrte einer, und es folgte zustimmendes Gemurmel.

»Weil sie *meine* Hexe ist!« sagte Caramon und warf einen herausfordernden Blick in die Menge. »Sie hat mich nicht in ihren Bann geschlagen, sondern gehorcht meinen Befehlen und jenen des Zauberers. Sie wird euch nichts tun.«

Die Männer murmelten untereinander, aber ihre Augen waren nicht mehr drohend, als sie Caramon ansahen. Bewunderung lag in ihnen – jetzt konnte er widerwilligen Respekt und eine Bereitschaft zum Zuhören feststellen.

»Laßt uns unseren Weg fortsetzen«, begann Raistlin mit seiner sanften Stimme.

»Warte!« erwiderte Caramon. Er nahm den Arm seines Bruders und flüsterte: »Ich habe eine Idee. Paß auf Crysania auf!«

Raistlin nickte und trat zu Crysania, die ruhig dastand, ihre Augen auf die nun schweigenden Banditen gerichtet. Caramon ging zu der Stelle, wo der Leichnam des Halbogers im Schlamm lag. Er bückte sich, zog das riesige Schwert aus den Händen von Stahlfuß und hob es hoch über den Kopf. Der große Krieger bot einen prächtigen Anblick. Das Feuer spiegelte sich in seiner bronzenen Haut, und die Muskeln traten an seinen Armen hervor, als er in seinem Triumph übr dem Leichnam seines erschlagenen Feindes stand.

»Ich habe euren Anführer vernichtet. Jetzt beanspruche ich das Recht, seinen Platz einzunehmen!« rief Caramon. »Ich verlange nur eins – daß ihr dieses Leben des Niedermetzelns, Vergewaltigens und Raubens aufgebt. Wir ziehen in den Süden...«

Er erhielt eine unerwartete Reaktion. »Süden! Sie ziehen in den Süden!« schrien mehrere Stimmen gleichzeitig, und dann setzte Jubel ein. Caramon starrte sie verblüfft an, er verstand nichts.

Raistlin trat zu ihm. »Was machst du da?« herrschte er ihn an; sein Gesicht war blaß.

Caramon zuckte die Schultern und sah sich erstaunt über die Begeisterung um, die er hervorgerufen hatte. »Es schien mir nur ein guter Einfall, eine bewaffnete Eskorte zu haben, Raistlin«, sagte er. »Die Gebiete südlich von hier sind nach allen Berichten gefährlicher als jene, durch die wir geritten sind. Ich habe nur gedacht, wir nehmen einige dieser Männer mit, das ist alles. Ich verstehe nicht...«

Ein junger Mann mit adligem Auftreten, der Caramon mehr als alle anderen an Sturm erinnerte, trat vor. »Ihr geht in den Süden? Sucht ihr vielleicht den fabelhaften Schatz der Zwerge in Thorbadin?«

Raistlin blickte finster. »Verstehst du jetzt?« knurrte er. Er wurde von einem Hustenanfall gepackt. Wäre nicht Crysania herbeigeeilt, um ihm zu helfen, wäre er wohl hingefallen.

»Ich verstehe, daß du Ruhe brauchst«, erwiderte Caramon grimmig. »Die brauchen wir alle. Und wenn wir nicht mit einer bewaffneten Eskorte weiterreisen, werden wir keine friedliche Nacht mehr verbringen. Was haben die Zwerge in Thorbadin überhaupt mit uns zu tun? Was ist los?«

Raistlin starrte auf den Boden. Schließlich seufzte er und sagte kühl: »Sage ihnen, daß wir in den Süden ziehen. Wir wollen die Zwerge angreifen.«

Caramon riß die Augen auf. »Thorbadin angreifen?«

»Ich erkläre es dir später«, fauchte Raistlin. »Mach, was ich gesagt habe.«

Caramon zögerte.

Raistlin zuckte die Schultern und lächelte unangenehm. »Es ist dein einziger Weg nach Hause, mein Bruder! Und vielleicht dein einziger Weg, hier lebend herauszukommen.«

Caramon sah sich um. Die Männer hatten während dieses kurzen Wortwechsels wieder zu murren angefangen, offensichtlich argwöhnisch über ihre Absichten. Er begriff, daß er schnell eine Entscheidung treffen mußte oder vielleicht einem Angriff gegenüberstand. »Wir ziehen in den Süden«, sagte er, »das stimmt. Aber aus unseren Gründen. Was sagt ihr da von einem Schatz in Thorbadin?«

»Es heißt, daß die Zwerge riesige Schätze unter dem Gebirge angehäuft haben«, antwortete der junge Mann bereitwillig. Die anderen nickten.

»Schätze, die sie von Menschen gestohlen haben«, fügte einer hinzu.

»Nicht nur Geld«, schrie ein dritter, »sondern auch Getreide und Rinder und Schafe! In diesem Winter speisen sie wie Könige, während unsere Bäuche leer ausgehen!«

»Wir hatten zuvor darüber geredet, in den Süden zu ziehen, um unseren Anteil zu nehmen«, fuhr der junge Mann fort, »aber Stahlfuß sagte, wir hätten hier genug. Es gibt unter uns einige, die es sich reiflich überlegen.«

Caramon wünschte, größere Geschichtskenntnisse zu haben. Er hatte natürlich von den Großen Zwergentorkriegen gehört. Sein alter Zwergenfreund Flint hatte kaum über anderes geredet. Flint war ein Hügelzwerg gewesen. Er hatte Caramon mit Geschichten von der Grausamkeit der Bergzwerge in Thorbadin überhäuft, die im großen und ganzen mit dem, was die Männer hier sagten, übereinstimmten. Aber Flint hatte ihm gesagt, daß die Schätze, die die Bergzwerge gestohlen hatten, von ihren Verwandten, den Hügelzwergen, stammten.

Wenn das zutraf, hatte Caramon die Rechtfertigung für seine Entscheidung. Er konnte natürlich auch seinem Bruder gehorchen. Aber ein Teil in Caramon war in Istar zerbrochen. Obgleich er dachte, seinen Bruder falsch beurteilt zu haben, wußte er nur allzu gut, daß er ihm trotzdem weiterhin mißtrauen mußte. Niemals wieder würde er Raistlin blind gehorchen.

Aber dann spürte er Raistlins glitzernde Augen auf sich, und er hörte die Stimme seines Bruders in seinem Geist widerhallen. »Dein einziger Weg zurück nach Hause!«

Caramon ballte im plötzlichen Zorn die Hände, aber Raistlin hatte ihn in der Hand, das wußte er. »Wir ziehen in den Süden, nach Thorbadin«, sagte er barsch; sein beunruhigter Blick war auf das Schwert in seiner Hand gerichtet. Dann hob er den Kopf, um die Männer anzusehen. »Werdet ihr mit uns kommen?«

Viele Männer traten vor, um mit dem jungen Edelmann zu reden, der offensichtlich ihr Sprecher war. Er hörte zu, nickte, dann wandte er sich wieder zu Caramon. »Wir würden dir ohne zu zögern folgen, großer Krieger«, sagte der junge Mann, »aber was hast du mit diesem schwarzgekleideten Zauberer zu tun? Wer ist er, daß wir ihm folgen sollen?«

»Mein Name ist Raistlin«, erwiderte der Magier. »Dieser Mann ist mein Leibwächter.«

Niemand antwortete, nur unschlüssige Blicke wurden ausgetauscht.

»Ich bin sein Leibwächter, das ist wahr«, sagte Caramon ruhig, »aber der richtige Name des Magiers ist Fistandantilus.«

Jetzt wurden die finsteren Blicke respektvoll, ja ängstlich.

»Ich heiße Garik«, sagte der junge Mann und verbeugte sich vor dem Erzmagier in der altmodischen Weise der Ritter von Solamnia. »Wir haben von dir gehört, Großer. Wir werden dir folgen und dem großen Krieger, der bei dir ist.« Er trat vor und legte sein Schwert vor Caramon nieder.

Andere schlossen sich ihm an, einige eifrig, andere vorsichtiger. Einige wenige stahlen sich fort. Sie als feige Raufbolde durchschauend, ließ Caramon sie laufen.

Über dreißig Männer blieben bei ihm. Einige hatten das gleiche adlige Auftreten wie Garik, aber die meisten waren zerlumpte Halunken.

»Meine Armee«, sagte sich Caramon mit einem bitteren Lächeln in jener Nacht, als er seine Decke in der Hütte von Stahlfuß ausbreitete, die der Halboger für seinen persönlichen Gebrauch gebaut hatte. Draußen vor der Tür hörte er Garik mit einem anderen Mann reden, den Caramon, da er ihm halbwegs vertrauenswürdig vorkam, zum Wächter bestimmt hatte.

Da Caramon völlig erschöpft war, hatte er angenommen, sofort einschlafen zu können. Aber er lag hellwach in der Dunkelheit, dachte nach und schmiedete Pläne. Wie alle jungen Soldaten hatte er oft davon geträumt, Offizier zu werden. Jetzt hatte er seine Chance erhalten. Zum erstenmal in dieser von den Göttern verlassenen Zeit empfand er etwas wie Freude.

In seinem Kopf überschlugen sich die Pläne. Ausbildung, die besten in den Süden führenden Routen, Vorräte, Nachschub, dies waren für den ehemaligen Söldner neue und schwierige Probleme. Selbst im Krieg der Lanze war er immer Tanis' Führung gefolgt. Sein Bruder wußte nichts von diesen Dingen; Raistlin hatte Caramon kühl informiert, daß er auf sich selbst gestellt sei. Dies waren konkrete Probleme, und sie vertrieben die Probleme, die er mit seinem Bruder hatte.

Caramon sah zu Raistlin hin, der in der Nähe eines Feuers lag, das in einem riesigen Steinkamin loderte. Trotz der Wärme war er in seinen Umhang und in alle Decken gehüllt, die Crysania auftreiben konnte. Caramon konnte den Atem seines Bruders hören, der in seinen Lungen rasselte; gelegentlich hustete er im Schlaf.

Crysania schlief auf der anderen Seite des Feuers. Trotz ihrer Erschöpfung war ihr Schlaf unruhig. Mehr als einmal schrie sie auf. Caramon seufzte. Er hätte sie gern getröstet, sie in seine Arme genommen und sie besänftigt. Zum ersten Mal wurde ihm klar, wie gern er das täte. Vielleicht lag es daran, daß er den Männern gesagt hatte, daß sie ihm gehöre, vielleicht daran, daß er die Hände des Halbogers auf ihr gesehen und die gleiche Entrüstung empfunden hatte wie sein Bruder.

Caramon ertappte sich dabei, daß er sie an diesem Abend ganz anders sah, als er sie zuvor gesehen hatte, Gedanken hegend, die seinen Puls schneller werden ließen. Er schloß die Augen und zwang sich, an Tika, seine Frau, zu denken. Aber er hatte diese Erinnerung schon so lange verbannt, daß sie unbefriedigend war. Tika war ein verschwommenes, nebelhaftes Bild und weit entfernt. Crysania war Fleisch und Blut und hier! Er nahm ihren ruhigen, gleichmäßigen Atem intensiv wahr...

Diese Frauen! Verärgert warf sich Caramon auf den Bauch, entschlossen, alle Gedanken an Frauen unter den Teppich zu seinen anderen Problemen zu kehren. Es funktionierte. Erschöpfung legte sich schließlich über ihn.

Als er in den Schlaf sank, hatte er nur noch einen beunruhigenden Gedanken, der im hinteren Teil seines Geistes schwebte. Es handelte sich um einen Blick, den seltsamen Blick, den Raistlin ihm zugeworfen hatte, als Caramon den Namen Fistandantilus ausgesprochen hatte.

Es war kein Blick der Wut oder Verärgerung gewesen, wie Caramon erwartet hätte. Das letzte, was Caramon sah, bevor der Schlaf seine Gedanken auslöschte, war Raistlins Blick nackten Entsetzens.

Die Armee des Fistandantilus

Als die Gruppe der Männer unter Caramons Kommando in den Süden zu dem großen Zwergenkönig Thorbadin zog, wuchsen ihr Ruhm und ihre Anzahl. Seit langer Zeit war der sagenhafte »Schatz unter dem Gebirge« bei den notleidenden und hungernden Menschen Solamnias eine Legende. In jenem Sommer war der größte Teil des Getreides auf den Feldern verkümmert und verfault. Furchtbare Krankheiten gingen um, gefürchteter und tödlicher als die blutrünstigen Banden von Goblins und Ogern, die vom Hunger aus ihren uralten Heimatgebieten getrieben wurden.

Obwohl es noch Herbst war, lag die Eiseskälte des nahenden Winters in der Nachtluft. Angesichts der düsteren Zukunft waren die solamnischen Männer und Frauen überzeugt, daß sie nichts zu verlieren hätten. Sie packten also ihre Habseligkeiten zusammen, um sich der Armee anzuschließen und in den Süden zu ziehen.

Caramon, der sich um die Ernährung von dreißig Männern sorgte, war plötzlich für einige hundert Männer und ihre Frauen und Kinder verantwortlich. Und tagtäglich stießen neue zum Lager. Einige waren Ritter; ihre adelige Herkunft war trotz ihrer Fetzen sichtbar. Andere waren Bauern, die die Schwerter, die Caramon ihnen gab, so hielten, wie sie wohl auch ihre Hacken gehalten hatten. Aber auch sie legten eine grimmige Würde an den Tag. Nachdem sie jahrelang Hunger und Armut hilflos hatten gegenüberstehen müssen, war es ein belebender Gedanke für sie, sich auf einen Feind vorzubereiten, der getötet und besiegt werden konnte. So war Caramon der General der »Armee des Fistandantilus« geworden.

Sein größtes Problem war die Versorgung der riesigen Zahl Männer und ihrer Familien. Er schickte geübte Jäger in weitentlegene Gebiete, um Wild zu erlegen. Das nicht sofort verzehrte Fleisch wurde von den Frauen geräuchert und getrocknet, so daß es gelagert werden konnte.

Viele, die zu ihnen stießen, brachten Korn und Früchte mit. Diese Nahrungsmittel verteilte Caramon. Das Korn wurde zu Mehl verarbeitet und zu steinhartem, aber lebenerhaltendem Brot gebacken, von dem sich die Armee monatelang ernähren konnte. Selbst die Kinder wurden mit Aufgaben betraut: Kleinwild mit Schlingen fangen, fischen, Wasser holen, Holz hacken.

Dann mußte er sich um die Ausbildung seiner unerfahrenen Soldaten kümmern, sie im Umgang mit Speer und Bogen, Schwert und Schild schulen.

Und während sich die Armee unbarmherzig in den Süden bewegte, verbreitete sich überall die Nachricht ihres Kommens...

11

Pax Tarkas, anfangs ein Monument des Friedens, war ein Symbol des Krieges geworden.

Die Geschichte der gigantischen Festung Pax Tarkas hat ihre Wurzeln in einer Legende, der Geschichte einer zugrunde gegangenen Zwergenrasse, bekannt als die Kal-Tax.

Vor dem Zeitalter der Träume war das Zeitalter der Dämmerung, in dem die Geschichte der Welt in die Nebel ihrer Anfänge eingehüllt ist. Zu jener Zeit lebte in den großen Hallen von Thorbadin eine Zwergenrasse, deren Steinarbeit so vollkommen war, daß der Gott Reorx, der Schmied der Welt, auf sie blickte und staunte. In seiner Weisheit erkannte er, daß das Leben keine Ziele und Bestrebungen mehr bieten würde, nach denen die Sterblichen trachten könnten, wenn sie diese Vollkommenheit erlangt hätten. Reorx nahm also die gesamte Rasse der Kal-Tax zu sich und ließ sie in der Nähe seiner himmlischen Schmiede leben.

Nur wenige Beispiele des uralten Könnens der Kal-Tax blieben erhalten. Diese werden im Zwergenkönigreich Thorbadin aufbewahrt und über alle anderen Dinge geschätzt. Nach der Zeit der Kal-Tax galt das lebenslange Streben eines jeden Zwergs, diese Vollkommenheit in der Steinarbeit zu erreichen, damit auch er von Reorx aufgenommen wurde.

Im Lauf der Zeit wurde dieses achtbare Ziel jedoch zur Besessenheit. Nur noch an Stein denkend und von ihm träumend, wurde das Leben der Zwerge genauso unbeweglich und unveränderlich wie das Medium ihrer Kunst. Sie vergruben sich tief in ihre uralten Hallen unter dem Gebirge und hielten sich von der Außenwelt fern.

Die Zeit verging und brachte die tragischen Kriege zwischen Elfen und Menschen mit sich. Sie endeten mit der Unterzeichnung der Schriftrolle der Schwertscheide und der Selbstverbannung Kit-Kanans und seiner Anhänger aus der uralten Elfenheimat Silvanesti. Gemäß den Vertragsbedingungen der Schriftrolle der Schwertscheide wurde den Qualinesti – was »befreites Volk« bedeutet – das Gebiet westlich von Thorbadin als neue Heimat überlassen.

Damit waren sowohl die Menschen als auch die Elfen einverstanden. Unglücklicherweise machte sich niemand die Mühe, die Zwerge zu befragen. Den Zustrom der Elfen als Bedrohung ihrer Lebensweise unter dem Gebirge betrachtend, griffen die Zwerge an. Kit-Kanan fand zu seinem Kummer, daß er von einem Krieg weggegangen war, nur um in einen anderen verwikkelt zu werden.

Nach vielen Jahren gelang es dem klugen Elfenkönig, die dickköpfigen Zwerge zu überzeugen, daß die Elfen kein Interesse an ihrem Stein hegten. Sie wollten nur die lebendige Schönheit ihrer Wildnis. Obgleich diese Liebe zu etwas Wechselhaftem und Wildem den Zwergen völlig unbegreiflich war, akzeptierten sie sie schließlich. Die Elfen wurden nicht mehr als Feinde betrachtet.

Zu Ehren dieser Übereinkunft wurde Pax Tarkas gebaut. Die Festung, die den Gebirgspaß zwischen Qualinesti und Thorbadin bewacht, wurde als Monument der Unterschiede geweiht – ein Symbol der Eintracht und der Verschiedenheit.

In jenen Zeiten vor der Umwälzung hatten Elfen und Zwerge gemeinsam die Zinnen der mächtigen Festung bemannt. Aber jetzt hielten allein die Zwerge Wache auf den zwei hohen Türmen. Denn die böse Zeit hatte wieder zu einer Spaltung zwischen den Rassen geführt.

Die Elfen verließen Pax Tarkas und zogen sich in ihre Waldheimat Qualinesti zurück. Geborgen inmitten ihrer Wälder, schlossen sie ihre Grenzen. Unbefugte – ob Mensch oder Goblin, Zwerg oder Oger – wurden unverzüglich getötet.

Dunkan, König von Thorbadin, dachte darüber nach, während er die Sonne beobachtete, die hinter den Bergen versank. Er hatte eine plötzliche Vision von den Elfen, die die Sonne angriffen, da diese in ihr Land eingedrungen war, und er schnaubte verächtlich. Nun, sie hatten gute Gründe, verrückt zu sein, sagte er sich, und die Welt auszusperren. Was machte die Welt auch mit ihnen?

Sie war in ihre Gebiete eingefallen, hatte ihre Frauen vergewaltigt, ihre Kinder ermordet, ihre Häuser angezündet, ihre Nahrung geraubt. Und waren es Goblins oder Oger, hervorgebracht von dem Bösen? Nein! Dunkan brummte grimmig in seinen Bart. Es waren jene, denen sie vertraut hatten, jene, die sie als Freunde begrüßt hatten – Menschen.

Und jetzt sind wir an der Reihe, dachte Dunkan und schritt an den Zinnen vorbei, ein Auge auf den Sonnenuntergang gerichtet, der den Himmel in Blut tauchte. Jetzt sind wir an der Reihe, unsere Türen zu verschließen und uns von der Welt zu lösen!

In seine Gedanken verloren, nahm Dunkan nur allmählich die andere Person wahr, die sich zu ihm gesellt hatte; eisenbeschuhte Schritte hielten Takt mit seinen. Der andere Zwerg überragte seinen König um Haupteslänge, und mit seinen langen Beinen konnte er zweimal so schnell gehen wie dieser. Aber er hatte aus Respekt seinen Schritt verlangsamt und sich dem seines Monarchen angepaßt.

Dunkans Blick verdunkelte sich vor Unbehagen. Zu jeder anderen Zeit wäre ihm die Gesellschaft dieser Person willkommen gewesen. Jetzt erschien sie ihm wie ein böses Omen. Sie warf einen Schatten über seine Gedanken, so wie die untergehende Sonne die eisigen Berggipfel veranlaßte, ihre Schatten auf Pax Tarkas auszustrecken.

»Sie werden unsere westliche Grenze gut bewachen«, sagte Dunkan in der Absicht, eine Unterhaltung zu eröffnen; sein Blick ruhte auf den Grenzen von Qualinesti.

»Sicher«, antwortete der andere Zwerg, und Dunkan warf ihm einen scharfen Blick zu. Obgleich der größere Zwerg seinem König zugestimmt hatte, lag eine Kühle im Tonfall des Zwergs, die auf sein Mißfallen hindeutete.

Verärgert aufschnaufend, wirbelte Dunkan herum, steuerte in eine andere Richtung und hatte die Befriedigung, den anderen Zwerg überrumpelt zu haben. Aber der größere Zwerg blieb einfach stehen und starrte traurig über die Zinnen von Pax Tarkas in das nun schattige Elfenland, anstatt sich umzudrehen und seinen König einzuholen.

In seiner Verärgerung erwog Dunkan zuerst, einfach ohne seinen Begleiter weiterzugehen, dann blieb er stehen, um dem größeren Zwerg Zeit zum Aufholen zu geben. Jedoch rührte sich dieser nicht, und aufgebracht drehte sich Dunkan schließlich um und stapfte zurück.

»Beim Barte Reorx', Kharas«, knurrte er, »was ist los?«

»Ich finde, du solltest dich mit Feuerschmied treffen«, erwiderte Kharas langsam. Seine Augen waren auf den Himmel gerichtet, der sich nun purpurrot verdunkelte.

»Ich habe ihm nichts zu sagen«, erwiderte Dunkan.

Kharas strich über die silbernen Locken seines langen, sich kräuselnden Bartes, der im Licht der Fackeln glänzte, die an den Mauern hingen. Er wollte gerade etwas erwidern, als sich die Luft mit Lärm füllte, dem Dröhnen von Stiefeln, dem Ertönen von Stimmen, dem Aufschlagen von Äxten gegen Stahl: die Wachablösung. Hauptleute schrien Befehle, Männer verließen ihre Stellungen, andere nahmen sie ein.

Kharas, der den Vorgang schweigend beobachtete, benutzte ihn als bedeutungsvolle Unterstützung für die Erklärung, die er schließlich gab. »Ich finde, du solltest anhören, was er dir zu sagen hat«, sagte er. »Es gibt Gerede, daß du unsere Verwandten in den Krieg treibst…«

»Ich?« brüllte Dunkan vor Zorn. »Ich treibe sie in den Krieg? Sie sind es doch, die aufmarschieren, wie die Ratten aus ihren Löchern schwärmen! Sie waren es, die das Gebirge verlassen haben. Wir haben sie niemals aufgefordert, ihre uralte Heimat aufzugeben! Aber nein, in ihrem halsstarrigen Stolz…« Er schimpfte weiter und gab lange Geschichten von Kränkungen von sich, die sowohl wirklich als auch eingebildet waren. Kharas ließ ihn reden und wartete geduldig, bis Dunkan den Großteil seines Zornes abgelassen hatte.

Dann sagte der große Zwerg geduldig: »Es wird dich nichts kosten zuzuhören und könnte uns langfristig großen Nutzen bringen. Nicht nur unsere Verwandten, auch andere Augen halten Ausschau, dessen kannst du sicher sein.«

Als einem von sieben Königen, die über die sieben Sippen des Zwergenkönigreichs herrschten, war es Dunkan gelungen, die anderen Könige unter seiner Führerschaft zu vereinen. Zum ersten Mal seit Jahrhunderten hatten die Zwerge von Thorbadin einen einzigen König. Selbst die Dewaren erkannten Dunkan, wenn auch widerwillig, als ihren Anführer an.

Die Dewaren, die sogenannten Dunkelzwerge, lebten tief unter der Erde, in schwach beleuchteten, übelriechenden Höhlen, die selbst die Bergzwerge von Thorbadin, die den größten Teil ihres Lebens unter der Erde verbrachten, nur zögernd betraten. Vor langer Zeit hatte sich bei dieser Sippe Wahnsinn bemerkbar gemacht, so daß sie von den anderen gemieden wurden. Jetzt, nach Jahrhunderten der Inzucht, die ihnen durch ihre Isolation aufgezwungen wurde, trat ihr Wahnsinn noch stärker hervor, während jene, die als geistig gesund eingestuft wurden, ein verbitterter, mürrischer Haufen waren.

Aber sie hatten auch ihr Gutes. Schnell zornig, grausame Mörder mit Spaß am Töten, machten sie einen wertvollen Teil der Armee des Königs aus. Aus diesem Grund, und weil Dunkan im Innersten ein gerechter Zwerg war, behandelte er sie gut. Aber er war klug genug, ihnen nicht den Rücken zuzuwenden.

Gleichermaßen war Dunkan klug genug, die weisen Worte von Kharas in Erwägung zu ziehen. »Andere Augen halten Ausschau.« Das war nur allzu wahr. Er warf einen Blick nach Westen, dieses Mal einen achtsamen. Die Elfen wollten keinen Ärger, in dieser Hinsicht fühlte er sich sicher. Trotzdem, wenn sie annahmen, daß die Zwerge einen Krieg wollten, würden sie schnell handeln, um ihre Heimat zu schützen. Er wandte sich um und sah nach Norden. Es gab Gerüchte, daß kriegerische Menschen aus den Ebenen Abanasinias ein Bündnis mit den Hügelzwergen in Erwägung zogen und in ihren Gebieten Lager errichten wollten. Soweit Dunkan wußte, konnte dieses Bündnis bereits bestehen. Zumindest konnte er das herausfinden, wenn er mit dem Hügelzwerg Feuerschmied redete.

Und dann gab es noch dunklere Gerüchte, Gerüchte von einer Armee, die aus dem zerstörten Land Solamnia anmarschierte, eine Armee, die von einem mächtigen, schwarzgekleideten Zauberer angeführt wurde...

»Na schön!« knurrte König Dunkan. »Du hast wieder einmal gewonnen, Kharas. Sag dem Hügelzwerg, daß ich ihn zur nächsten Wacht in der Halle der Lehnsmänner treffen werde. Sieh zu, daß du Vertreter der anderen Lehnsmänner auftreibst. Wir werden ehrlich und offen vorgehen, da es ja das ist, was du empfiehlst.«

Lächelnd verbeugte sich Kharas; sein langer Bart fegte fast über seine Stiefelspitzen. Mit einem verdrießlichen Nicken drehte sich Dunkan um und stapfte nach unten; das laute Geräusch seiner Stiefel gab den Grad seines Mißfallens bekannt. Die Zwerge an den Zinnen verbeugten sich, als ihr König vorbeiging, aber fast unverzüglich wandten sie sich wieder der Beobachtung zu. Zwerge sind ein unabhängiges Volk, in erster Linie ihren Sippen ergeben, jeden anderen an zweiter Stelle einstufend. Dunkan wurde zwar von allen respektiert, aber nicht verehrt, und das war ihm wohl bewußt. Die Aufrechterhaltung seiner Position war ein tagtäglicher Kampf.

Unterhaltungen, die durch das Vorbeigehen des Königs unterbrochen worden waren, wurden fast unverzüglich wiederaufgenommen. Diese Zwerge wußten, daß der Krieg nahte; in der Tat waren sie erpicht darauf. Als er ihren tiefen Stimmen lauschte, ihre Gespräche über Schlachten und Kämpfe hörte, stieß Kharas einen weiteren Seufzer aus.

Er wandte sich in die entgegengesetzte Richtung und machte sich auf die Suche nach der Abordnung der Hügelzwerge. Sein Herz war fast so schwer wie der gigantische Kriegshammer, den er trug – ein Hammer, den nur wenige Zwerge heben konnten. Auch Kharas sah den Krieg kommen. Er fühlte sich, so wie er sich einmal gefühlt hatte, als er im Kindesalter in die Stadt Tarsis gereist war und am Strand gestanden und verwundert die Wellen beobachtet hatte, die am Ufer zerbarsten. Daß der Krieg nahte, schien genauso unvermeidbar und unaufhaltsam wie die Wellen. Aber er war trotzdem entschlossen, alles zu tun, um ihn zu verhindern.

Kharas machte keinen Hehl aus seinem Haß gegen den Krieg, er machte sich für den Frieden stark. Viele Zwerge fanden das merkwürdig, denn Kharas galt als der anerkannte Held seiner Rasse. In den Tagen vor der Umwälzung war er als junger Zwerg unter jenen gewesen, die gegen die Legionen der Goblins und Oger in den Großen Goblinkriegen gekämpft hatten, die von Istars Königspriester entfacht worden waren.

Es war eine Zeit gewesen, in der noch Vertrauen unter den Rassen geherrscht hatte. Mit den Rittern verbündet, waren die Zwerge ihnen zu Hilfe gekommen, als die Goblins in Solamnia einmarschierten. Zwerge und Ritter hatten Seite an Seite gekämpft, und der junge Kharas war vom ritterlichen Verhalten tief beeindruckt gewesen. Die Ritter wiederum waren vom Kampfgeschick des jungen Zwergs beeindruckt gewesen.

Größer und stärker als alle anderen seiner Rasse, schwang Kharas einen riesigen Hammer, den er selbst geschmiedet hatte – in Legenden hieß es, mit der Hilfe des Gottes Reorx –, und unzählige Male kam es vor, daß er das Kampffeld allein behielt, bis seine Männer sich wieder hinter ihm sammeln konnten.

Für seinen Mut belohnten die Ritter ihn mit dem Namen »Kharas«, der in ihrer Sprache »Ritter« bedeutete. Es gab keine größere Ehre, die sie jemand gewähren konnten.

Als Kharas nach Hause zurückkehrte, stellte er fest, daß sich sein Ruhm bereits verbreitet hatte. Er hätte der militärische Anführer der Zwerge werden können. Er hätte sogar König werden können, aber einen derartigen Ehrgeiz hegte er nicht. Er war einer von Dunkans stärksten Unterstützern gewesen, und viele glaubten, daß Dunkan Kharas seinen Aufstieg zur Macht verdankte. Aber wenn dem so war, hatte es ihre Beziehung nicht vergiftet. Der ältere Zwerg und der junge Held wurden enge Freunde – Dunkans steinhartes, praktisches Wesen ergänzte sich gut mit Kharas' Idealismus.

Und dann kam die Umwälzung. In jenen ersten schrecklichen Jahren nach der Zerstörung des Landes glänzte Kharas' Mut als Beispiel für sein geplagtes Volk. Es war seine Ansprache gewesen, die dazu führte, daß die Lehnsmänner sich vereinten und Dunkan zum König wählten. Die Dewaren vertrauten Kharas, wenn sie sonst niemand vertrauten. Aufgrund dieser Vereinigung hatten die Zwerge überlebt und es sogar geschafft, zu Wohlstand zu kommen.

Jetzt befand sich Kharas im besten Mannesalter. Er war einst verheiratet gewesen, aber seine Frau war während der Umwälzung umgekommen, und Zwerge bleiben ein Leben lang verheiratet, wenn sie heiraten. Er hatte keine Söhne, die seinen Namen tragen würden, ein Umstand, für den Kharas angesichts der düsteren Zukunft, die er für die Welt voraussah, fast dankbar war.

»Regar Feuerschmied von den Hügelzwergen und Begleiter.«

Der Herold verkündete den Namen und stieß seinen Zeremonienspeer auf den harten Granitboden. Die Hügelzwerge traten ein und schritten stolzen Hauptes zu dem Thron, wo Dunkan in der sogenannten Halle der Lehnsmänner saß. Hinter ihm saßen auf kleineren, für diese Gelegenheit eilig herbeigeholten Stühlen die sechs Vertreter der anderen Sippen, um als Zeugen aufzutreten. Sie würden ihren Lehnsherren alles berichten, was gesagt und getan worden war. Da es Kriegszeit war, lag alle Autorität bei Dunkan.

Die Zeugen waren eigentlich nichts weiter als Hauptleute ihrer jeweiligen Sippen. Angeblich eine einzige Einheit, war die Armee nichtsdestoweniger eine Ansammlung von Sippen. Jede Sippe versorgte ihre eigenen Einheiten mit eigenen Anführern; jede Sippe lebte getrennt und abgesondert von den anderen. Kämpfe unter den Sippen waren nicht ungewöhnlich – es gab seit Generationen bestehende Blutfehden. Dunkan hatte sein Bestes versucht, diese siedenden Kessel unter strenger Kontrolle zu halten, aber hin und wieder war der Druck zu stark, und der Kessel explodierte.

Angesichts eines gemeinsamen Feindes waren die Sippen wieder vereint. Selbst der Vertreter der Dewaren, ein schmutziger Hauptmann namens Argat, der seinen Bart nach barbarischer Manier in Knoten geflochten hatte und sich während der Verhandlungen unterhielt, indem er ein Messer in die Luft warf und es wieder auffing, trug eine gemäßigtere Miene höhnischer Verachtung als sonst bei der Beobachtung der Vorgänge zur Schau.

Außerdem war noch der Hauptmann einer Abteilung Gossenzwerge anwesend. Bekannt als der Großgug, war er nur aufgrund von Dunkans Höflichkeit eingeladen. Das Wort »gug« bedeutete in der Sprache der Gossenzwerge »privat«, der Zwerg war also nichts weiter als ein »großer Privater«, ein Rang, der in der restlichen Armee als lächerlich betrachtet wurde. Unter den Gossenzwergen galt er jedoch als eine besondere Ehre, und der Großgug wurde von den meisten seiner Soldaten mit großem Respekt behandelt. Der stets diplomatische Dunkan verhielt sich gegenüber dem Großgug immer höflich und hatte dadurch seine Ergebenheit gewonnen.

Und so war auch der Großgug in der Halle anwesend, obgleich ihn nur wenige sahen. Man hatte ihm einen Stuhl in einer dunklen Ecke zugewiesen und ihn angewiesen, Platz zu nehmen und sich still zu verhalten, Anordnungen, die er selbstverständlich befolgte.

»Zwerge sind Zwerge«, hieß ein altes Sprichwort bei der übrigen Bevölkerung Krynns, wenn man sich auf Unterschiede zwischen Hügelzwergen und Bergzwergen bezog.

Aber es gab wirklich Unterschiede – riesige Unterschiede im Bewußtsein der Zwerge, obgleich diese einem Außenseiter nicht sofort aufgefallen wären.

Die Zwerge von Thorbadin führten ein streng geregeltes Leben. Jeder kannte seinen Platz in seiner Sippe. Heirat zwischen Sippen war unerhört; die Treue zur Sippe war die bindende Kraft im Leben eines jeden Zwergs. Der Kontakt mit der Außenwelt wurde vermieden – die schlimmste Bestrafung, die einem Zwerg auferlegt werden konnte, war die Verbannung; selbst die Hinrichtung wurde als barmherziger angesehen. Die Zwergenvorstellung eines idyllischen Lebens bestand darin, geboren zu werden, aufzuwachsen und zu sterben, ohne jemals seine Nase außerhalb der Tore von Thorbadin zu stecken.

Unglücklicherweise war dies lediglich ein Traum gewesen. Ständig zur Verteidigung ihrer Besitztümer genötigt, waren die Zwerge gezwungen, sich mit der Außenwelt zu vermischen. Und falls kein Krieg herrschte, gab es immer Leute, die die Zwerge wegen ihres Könnens im Bauwesen anforderten und bereit waren, dafür riesige Summen zu zahlen. Die wunderschöne Stadt Palanthas wurde von einer regelrechten Zwergenarmee liebevoll errichtet, so wie viele andere Städte auf Krynn. So entstand eine Rasse von reiseerfahrenen, freigeistigen und unabhängigen Zwergen. Sie sprachen über Heirat zwischen den Sippen, die sprachen sachlich über Handelsbeziehungen mit Menschen und Elfen. Und das Abscheulichste von allem: Sie äußerten die Überzeugung, daß es im Leben vielleicht Wichtigeres gebe als das Bearbeiten von Stein.

Dies wurde natürlich von den strengeren Zwergen als Bedrohung der Zwergengesellschaft an sich angesehen, so daß es unausweichlich zu einer Spaltung kam. Die unabhängigen Zwerge verließen ihre Heimat unter dem Gebirge. Der Abschied verlief nicht friedlich. Auf beiden Seiten fielen harsche Worte. Blutfehden begannen, die jahrhundertlang anhalten sollten. Jene, die aufbrachen, ließen sich in den Hügeln nieder, wo das Leben frei war, wenn sich auch nicht alle ihre Hoffnungen erfüllten – sie konnten heiraten, wen sie sich auswählten, kommen und gehen, wann sie wollten, ihr eigenes Geld verdienen. Die zurückgebliebenen Zwerge schlossen die Reihen und wurden noch starrer, falls das überhaupt möglich war.

Die zwei Zwerge, die sich nun gegenüberstanden, dachten darüber nach, während sie sich gegenseitig einschätzten. Sie dachten vielleicht auch, daß dies ein historischer Augenblick sei – das erste Treffen beider Parteien seit Jahrhunderten.

Regar Feuerschmied war der ältere der beiden, ein hochstehendes Mitglied der stärksten Sippe der Hügelzwerge. Obgleich sich sein zweihundertster Geburtstag näherte, war der alte Zwerg immer noch gesund und munter. Er kam aus einer langlebigen Sippe. Das Gleiche konnte jedoch nicht von seinen Söhnen gesagt werden. Ihre Mutter war an schwachem Herzen gestorben; diese Krankheit schien in der Familie zu liegen. Regar hatte seinen ältesten Sohn begraben und konnte die Symptome eines frühen Todes auch bei dem Zweitältesten sehen, einem jungen, frisch verheirateten Mann von fünfundsiebzig.

In Felle gekleidet, stand Regar breitbeinig da und starrte Dunkan an. Seine Augen glitzerten unter seinen Augenbrauen, die so dicht waren, daß viele sich fragten, wie der alte Zwerg überhaupt sehen konnte. Sein Haar wie auch sein Bart waren eisengrau, und er trug den Bart geflochten und gekämmt und nach Mode der Hügelzwerge in den Gürtel gestopft. Umgeben von einer Eskorte Hügelzwerge, die alle ähnlich gekleidet waren, bot der alte Zwerg einen eindrucksvollen Anblick.

König Dunkan erwiderte Regars Blick, ohne zu schwanken. Dieser Wettstreit, bei dem man sich so lange anstarrt, bis der andere verlegen wird, war eine uralte Zwergenpraktik. Falls die Gegner besonders dickköpfig waren, konnte es vorkommen, daß beide Zwerge vor Erschöpfung umkippten, sofern sie nicht von einer dritten Person unterbrochen wurden. Dunkan, grimmig Regar musternd, begann über seinen gelockten silbrigen Bart zu streichen, der frei über seinen dicken Bauch hing. Es war eine Geste der Verachtung, und Regar, der dies bemerkte, wurde zornrot.

Die sechs Sippenmitglieder saßen unerschütterlich auf ihren Stühlen, auf eine lange Sitzung vorbereitet. Regars Begleiter stellten sich breitbeinig auf und sahen ins Leere. Der Dewar warf weiterhin sein Messer in die Luft, zur großen Verärgerung der anderen Anwesenden. Der Großgug saß vergessen in seiner Ecke. Wie die Dinge aussahen, schien es wahrscheinlich, daß Pax Tarkas über ihren Köpfen zerfiel, bevor jemand den Mund aufmachte. Schließlich trat Kharas mit einem Seufzer zwischen Regar und Dunkan. Beide konnten den Blick abwenden, ohne das Gesicht zu verlieren.

Nachdem Kharas sich vor seinem König verneigt hatte, drehte er sich um und verbeugte sich mit tiefem Respekt vor Regar. Dann zog er sich zurück. Beide Parteien waren nun frei, auf gleicher Ebene miteinander.

»Ich habe dir eine Audienz gewährt, Regar Feuerschmied«, stellte Dunkan fest, »um zu hören, welche Gründe unsere Verwandten zu einer Reise in ein Reich veranlaßt haben, das sie vor langer Zeit verlassen haben.«

»Ein guter Tag war es für uns, als wir den Staub des modernden alten Grabes von unseren Füßen schüttelten«, knurrte Regar, »um wie ehrliche Männer im Freien zu leben, anstatt wie Echsen unter dem Stein zu schleichen.«

Regar klopfte auf seinen geflochtenen Bart, Dunkan strich über seinen. Beide funkelten sich an. Regars Begleiter wackelten mit den Köpfen, überzeugt, daß ihr Anführer bei dem ersten verbalen Wettkampf besser abgeschnitten habe.

»Welchen Grund haben dann die ehrlichen Männer, zu dem modernden, alten Grab zurückzukehren, wenn nicht als Leichenfledderer?« fragte Dunkan und lehnte sich selbstzufrieden zurück.

Anerkennendes Gemurmel kam von den Bergzwergen, die

einstimmig entschieden, daß ihr Lehnsherr einen Punkt gewonnen habe.

Regar wurde rot vor Ärger. »Ist der Mann, der sich zurückholt, was ihm gestohlen wurde, ein Dieb?« verlangte er zu wissen.

»Ich verstehe den Punkt dieser Frage nicht«, erwiderte Dunkan aalglatt, »da ihr nichts vom Wert habt, was jemand stehlen wollte. Es heißt, daß selbst die Kender euer Land meiden.«

Die Bergzwerge lachten zustimmend, während sich die Hügelzwerge vor Zorn schüttelten – das war eine tödliche Beleidigung.

Kharas seufzte.

»Ich erzähle dir etwas über das Stehlen!« knurrte Regar; sein Bart zitterte vor Zorn. »Verträge – die hast du gestohlen! Hast uns unterboten, um uns das Brot aus dem Mund zu nehmen! Und es gab Überfälle in unseren Gebieten – bei denen unser Korn und unser Vieh gestohlen wurden! Wir haben die Geschichte eurer Reichtümer gehört, die ihr angehäuft habt, und wir sind gekommen, um sie als unsere rechtmäßigen in Anspruch zu nehmen! Nicht mehr, nicht weniger!«

»Lügen!« brüllte Dunkan und sprang vor Wut auf die Füße. »Alles Lügen! Den Reichtum, der unten im Gebirge liegt, haben wir mit ehrlichem Schweiß erarbeitet! Und ihr kommt wie verwöhnte Kinder zurück, winselnd, daß eure Bäuche leer sind, nachdem ihr die Tage mit Zechereien verschwendet habt, wenn ihr hättet arbeiten sollen!« Er machte eine beleidigende Geste. »Ihr seht sogar wie Bettler aus!«

»Bettler, was?« brüllte Regar seinerseits. Sein Gesicht war zu einem tiefen Purpurrot angelaufen. »Nein, beim Barte Reorx'! Wenn ich am Verhungern wäre und du mir eine Kruste Brot reichen würdest, würde ich auf deine Schuhe spucken! Streite ab, daß du diesen Ort befestigst, praktisch an unseren Grenzen! Streite ab, daß du die Elfen gegen uns aufgehetzt und veranlaßt hast, ihre Handelsbeziehungen mit uns abzubrechen! Bettler? Nein! Beim Barte Reorx', bei seiner Schmiede und bei seinem Hammer, wir kommen zurück, aber dann als Eroberer! Wir werden uns nehmen, was uns rechtmäßig zusteht, und erteilen euch obendrein eine Lektion!«

»Ihr werdet kommen, ihr wehleidigen Feiglinge«, Dunkan schnaufte verächtlich, »hinter den Falten eines schwarzgekleideten Zauberers und den Schilden menschlicher Krieger versteckt, gierig auf Beute! Sie werden euch in den Rücken stechen und dann eure Leichen ausrauben!«

»Wer sollte besser über das Ausrauben von Leichen Bescheid wissen als du?« schrie Regar. »Du hast unsere jahrelang ausgeraubt!«

Die sechs Sippenmitglieder sprangen von ihren Stühlen auf, und Regars Eskorte sprang nach vorn. Das schrille Gelächter des Dewars erhob sich über die Schreie und Drohungen. Der Großgug kauerte mit weit geöffnetem Mund in seiner Ecke.

Wäre Kharas nicht zwischen beide Seiten gegangen, mit seiner großen Gestalt alle überragend, wäre der Krieg sofort an Ort und Stelle ausgebrochen. Stoßend und schiebend zwang er beide Parteien zurück. Aber auch als sie getrennt waren, ließen sie von höhnischen Rufen und von Beleidigungen nicht ab. Nach einem strengen Blick von Kharas hörte dies bald auf, und alle verfielen in ein dumpfes, mürrisches Schweigen.

Kharas sprach, und seine tiefe Stimme war schroff und von Traurigkeit erfüllt. »Vor langer Zeit betete ich zu dem Gott, mir Stärke zu verleihen, damit ich gegen Ungerechtigkeit und das Böse auf der Welt kämpfen könne. Reorx erhörte mein Gebet, indem er mir seine Schmiede überließ, und dort über dem Schmiedefeuer des Gottes stellte ich diesen Hammer her. Seitdem glänzt er in der Schlacht, bekämpft das Böse und beschützt meine Heimat, die Heimat meines Volkes. Und jetzt, mein König, würdest du mich bitten, gegen meine Verwandten in den Krieg zu treten? Und ihr, meine Verwandten, würdet ihr Krieg in unser Land tragen? Soll ich diesen Hammer gegen mein eigenes Blut verwenden?«

Niemand antwortete. Alle funkelten einander unter wirren Augenbrauen an, alle schienen beschämt zu sein. Kharas' aufrichtige Rede hatte viele gerührt. Nur zwei hörten sie ungerührt an. Beide waren alte Männer, beide hatten vor langer Zeit jede Illusion über die Welt verloren, beide wußten, daß die Kluft zu breit geworden war, als daß sie mit Worten hätte überbrückt werden können. Aber eine Geste mußte geschehen.

»Hier ist mein Angebot, Dunkan, König von Thorbadin«, sagte Regar schwer atmend. »Ziehe deine Männer aus dieser Festung zurück. Gib Pax Tarkas und seine Umgebung uns und unseren menschlichen Verbündeten. Gib uns die Hälfte des Schatzes, der unter dem Gebirge liegt – die Hälfte gehört rechtmäßig uns –, und erlaube jenen von uns, die sich für die Sicherheit des Gebirges entscheiden, zurückzukehren, wenn das Böse in diesem Land größer wird. Als Gegenleistung werden wir in Thorbadin Landwirtschaft betreiben und unsere Ernteerträge billig verkaufen. Wir werden helfen, eure Grenzen zu beschützen, wenn sich die Notwendigkeit ergibt.«

Kharas warf seinem König einen flehenden Blick zu, bettelte, das Angebot in Erwägung zu ziehen.

Aber es schien, daß Dunkan sich jenseits jeglicher Vernunft befand. »Verschwindet!« knurrte er. »Kehrt zu eurem schwarzgekleideten Zauberer zurück! Kehrt zu euren menschlichen Freunden zurück! Laßt uns sehen, ob euer Zauberer mächtig genug ist, die Mauern dieser Festung niederzureißen oder die Steine unseres Gebirges zu entwurzeln. Laßt uns sehen, wie lange eure menschlichen Freunde Freunde bleiben, wenn der Winterwind um die Lagerfeuer wirbelt und ihr Blut in den Schnee tropft.«

Regar warf Dunkan einen letzten Blick zu, der dermaßen haßerfüllt war, daß er hätte töten können, wenn es möglich gewesen wäre. Dann drehte er sich auf den Absatz um und winkte seinen Begleitern zu. Sie schritten aus der Halle der Lehnsmänner und aus Pax Tarkas.

Die Nachricht verbreitete sich wie ein Lauffeuer. Als die Hügelzwerge zum Aufbruch bereit waren, hatten die Bergzwerge bereits die Zinnen besetzt und schrien und johlten ihnen höhnisch zu. Regar und seine Eskorte ritten mit grimmigen Gesichtern davon und ohne einen Blick zurückzuwerfen.

Kharas stand unterdessen allein mit seinem König und dem vergessenen Großgug in der Halle der Lehnsmänner. Die sechs Zeugen waren zu ihren Lehnsherren zurückgekehrt, um die Neuigkeiten zu berichten. Fässer voll Biers und des starken Getränks, das als Zwergenspiritus bekannt war, wurden in jener Nacht angestochen. Gesang und rauhes Gelächter konnten bereits jetzt durch das riesige Steinmonument des Friedens gehört werden.

»Was wäre daran schlimm gewesen, zu verhandeln?« fragte Kharas mit kummervoller Stimme den König.

Dunkan, dessen Zorn verraucht war, sah den größeren Zwerg an und schüttelte den Kopf. Es war sein Recht, eine Antwort auf diese unverschämte Frage zu verweigern. In der Tat hätte niemand sonst als Kharas den Mut gehabt, Dunkans Entscheidung in Frage zu stellen.

»Kharas«, sagte Dunkan und legte die Hand auf den Arm seines Freundes, »sag, haben wir einen Schatz unter dem Gebirge? Haben wir unsere Verwandten ausgeraubt? Haben wir ihr Land überfallen oder das Land der Menschen? Sind ihre Anschuldigungen gerechtfertigt?«

»Nein«, antwortete Kharas.

Dunkan seufzte. »Du hast die Ernte gesehen. Du weißt, daß das wenige Geld in der Schatztruhe ausgegeben werden muß, damit wir den Winter überstehen.«

»Sag ihnen das doch!« riet Kharas aufrichtig. »Sag ihnen die Wahrheit! Sie sind keine Monster! Es sind unsere Verwandten, sie werden verstehen...«

Dunkan lächelte traurig. »Nein, sie sind keine Monster. Aber, und das ist viel schlimmer, sie sind wie Kinder geworden.« Er zuckte die Schultern. »Oh, wir könnten ihnen die Wahrheit sagen – es ihnen auch zeigen. Aber sie würden uns nicht glauben. Sie würden ihren eigenen Augen nicht glauben. Und warum? Weil sie es anders herum glauben wollen!«

Kharas runzelte die Stirn, aber Dunkan fuhr geduldig fort: »Sie wollen glauben, mein Freund. Mehr als das, sie müssen sogar glauben. Das ist ihre einzige Hoffnung. Sie haben nichts außer dieser Hoffnung. Und folglich sind sie bereit, dafür zu kämpfen. Ich verstehe sie.« Die Augen des alten Königs trübten sich, und Kharas, der ihn verblüfft anstarrte, erkannte, daß sein Zorn nur vorgetäuscht worden war.

»Jetzt können sie zu ihren Frauen und ihren hungrigen Kindern zurückkehren und sagen: ›Wir werden diese unverschämten Kerle bekämpfen! Wenn wir gewinnen, werden unsere Bäuche wieder voll sein.‹ Und das wird ihnen eine Zeitlang helfen, ihren Hunger zu vergessen.«

Kharas' Gesicht verzerrte sich. »Aber deshalb so weit gehen! Sicher, wir haben wenig zu teilen...«

»Mein Freund«, sagte Dunkan sanft, »beim Hammer von Reorx, ich schwöre dir – erklärten wir uns mit ihren Bedingungen einverstanden, würden wir alle umkommen. Unsere Rasse würde ausgelöscht werden.«

Kharas starrte ihn an. »Ist es so schlimm?« fragte er.

Dunkan nickte. »Ja, es ist so schlimm. Es wissen das nur wenige – die Anführer der Sippen und jetzt du. Und ich bitte dich um Geheimhaltung. Die Ernte war katastrophal. Unsere Schatztruhen sind fast leer, und jetzt müssen wir so viel wie möglich horten, um diesen Krieg zu finanzieren. Selbst für unser eigenes Volk werden wir die Lebensmittel in diesem Winter rationieren müssen. Wir rechnen, daß wir es vielleicht gerade schaffen werden.«

Kharas stand grübelnd da, dann hob er seinen Kopf; seine dunklen Augen funkelten. »Wenn das stimmt, dann soll es so sein!« sagte er ernst. »Besser, wir verhungern gemeinsam, als daß wir einander bekämpfen!«

»Ehrenhafte Worte, mein Freund«, antwortete Dunkan. Das Schlagen der Trommeln dröhnte durch den Raum, und tiefe Stimmen erhoben sich zu Kriegsliedern, die älter waren als die Steine von Pax Tarkas. »Du kannst jedoch keine ehrenhaften Worte essen, Kharas. Du kannst sie auch nicht trinken oder um deine Füße wickeln oder sie in deinem Kamin verbrennen oder sie den vor Hunger weinenden Kindern geben.«

»Was ist mit den Kindern, die weinen werden, wenn ihre Väter aufbrechen und niemals zurückkehren?« fragte Kharas ernst.

Dunkan hob eine Augenbraue an. »Sie werden einen Monat weinen«, sagte er, »dann werden sie seinen Lebensmittelanteil essen. Und würde er das nicht so wollen?« Damit drehte er sich um, verließ die Halle der Lehnsmänner und steuerte wieder auf die Zinnen zu.

Während Dunkan Kharas in der Halle der Lehnsmänner die Situation erklärte, führten Regar Feuerschmied und seine Männer ihre kurzbeinigen, zottigen Hügelponies aus der Festung Pax Tarkas hinaus. Das Johlen und Gelächter ihrer Verwandten tönte in ihren Ohren.

Regar sprach lange Stunden kein Wort. Als sie eine Weggabelung erreichten, hielt er sein Pferd an. Er wandte sich zu dem jüngsten Mitglied seiner Gruppe und sagte bitter: »Du reitest weiter in den Norden, Darren Eisenfaust.« Er holte einen Lederbeutel hervor, griff hinein und zog sein letztes Goldstück hervor. Lange Zeit starrte er es an, dann drückte er es dem anderen in die Hände. »Hier. Damit kannst du die Überfahrt über das Neumeer bezahlen. Suche diesen Fistandantilus auf und sage ihm… sage ihm…«

Er verstummte, erkannte die Ungeheuerlichkeit seines Handelns. Aber ihm blieb keine Wahl. Die Entscheidung war gefallen. Mit finsterem Blick knurrte er: »Sag ihm, daß er bei seiner Ankunft hier eine Armee vorfindet, die für ihn kämpfen wird.«

Die Nacht hing kalt und düster über Solamnia. Die Sterne am Himmel strahlten in einem funkelnden, kalten Licht. Die Sternbilder des Platindrachen und der Königin der Finsternis kreisten um Gileans Waage. Es würde noch ungefähr zweihundert Jahre dauern, bis diese Sternbilder vom Himmel verschwanden, wenn die Götter und die Menschen auf Krynn Krieg führten. Aber vorläufig waren sie damit zufrieden, einander zu beobachten.

Wenn ein Gott oder eine Göttin zufällig nach unten geblickt hätte, wären sie vielleicht amüsiert gewesen, die scheinbar jämmerlichen Versuche der Menschen zu sehen, ihre himmlische Herrlichkeit nachzuahmen. Auf den Ebenen von Solamnia, vor der im Gebirge gelegenen Festungsstadt Garnet, übersäten Lagerfeuer das flache Grasland, beleuchteten die Nacht unten, so wie die Sterne die Nacht oben beleuchteten.

Die Armee des Fistandantilus.

Die Flammen der Lagerfeuer spiegelten sich in Schilden und

Brustpanzern, tanzten in Schwertklingen und funkelten auf Speerspitzen. Die Feuer strahlten auf Gesichter, die vor Hoffnung und neugefundenem Stolz glänzten, und beleuchteten das fröhliche Spiel der Kinder.

Um die Lagerfeuer standen oder saßen Gruppen von Männern, unterhielten sich und lachten, aßen und tranken oder arbeiteten an ihrer Ausrüstung. Die Nachtluft war von Scherzen, Flüchen und unglaublichen Geschichten erfüllt. Hier und dort ertönte Stöhnen, wenn Männer sich die Schultern und Arme rieben, die von ungewohnten Übungsmanövern schmerzten.

Aber dies wurde mit gutmütigem Achselzucken hingenommen. Sie konnten ihre Kinder beim Spielen am Lagerfeuer beobachten und wußten, daß sie am Abend ausreichend gegessen hatten. Sie konnten ihren Frauen mit Stolz gegenübertreten. Zum ersten Mal seit Jahren sahen diese Männer ein Ziel, einen Sinn in ihrem Leben.

Einige wußten, daß dieses Ziel den Tod bedeuten konnte, aber jene, die es wußten, erkannten es an; sie hatten sich entschieden, auf alle Fälle zu bleiben.

»Trotz allem«, sagte sich Garik, als seine Wachablösung kam, »sucht der Tod alle heim. Es ist besser, wenn ein Mann ihn in strahlendem Sonnenschein trifft, mit seinem aufblitzenden Schwert in der Hand, als daß er sich nachts im Schlaf zu ihm schleicht oder mit abscheulichen, kranken Händen nach ihm greift.«

Der junge Mann kehrte zu seinem Lagerfeuer zurück, da er dienstfrei hatte, und zog einen dicken Umhang aus seiner Bettrolle hervor. Eilig aß er eine Schüssel mit Eintopf, dann spazierte er zwischen den Lagerfeuern dahin.

Er ging zum Rand des Lagers und lehnte viele Einladungen ab, sich zu Freunden zu gesellen. Nur wenige dachten sich etwas dabei. Viele flohen in der Nacht vor den Feuern.

Garik hatte eine Verabredung, aber nicht mit einer Geliebten, obwohl viele junge Frauen im Lager glücklich gewesen wären, die Nacht mit dem gutaussehenden jungen Edelmann zu verbringen. Garik begab sich zu einem großen Findling außerhalb des Lagers, hüllte sich enger in seinen Umhang, setzte sich und wartete. Er brauchte nicht lange zu warten.

»Garik?« fragte eine Stimme.

»Michael!« rief Garik und erhob sich.

Die zwei Männer drückten sich die Hand und umarmten einander herzlich.

»Ich habe meinen Augen nicht getraut, als ich dich heute ins Lager reiten sah, Vetter!« fuhr Garik fort und drückte die Hände des anderen jungen Mannes, als hätte er Angst, jener könnte in der Dunkelheit verschwinden.

»Ich auch nicht«, erwiderte Michael. »Wir hatten gehört, daß du tot bist...« Seine Stimme erstarb, und er hustete. »Verdammtes feuchtes Wetter«, murmelte er.

»Ich bin entkommen«, sagte Garik ruhig. »Aber mein Vater, meine Mutter und meine Schwester hatten nicht das Glück.«

»Anne?« murmelte Michael mit Schmerz in der Stimme.

»Sie ist schnell gestorben«, sagte Garik ruhig, »wie auch meine Mutter. Mein Vater hat sie verteidigt, bevor der Mob ihn abschlachtete. Sie haben seinen Körper fürchterlich verstümmelt...«

Michael ergriff mitfühlend Gariks Arm. »Ein Edelmann, dein Vater. Er ist als wahrer Ritter gestorben. Ein schönerer Tod, als einige andere ihn erleben«, fügte er bitter hinzu, so daß Garik ihn mit einem durchdringenden Blick musterte. »Aber wie ist es dir ergangen? Wie bist du dem Mob entkommen? Wo bist du im vergangenen Jahr gewesen?«

»Ich bin ihm nicht entkommen«, erzählte Garik bitter. »Ich kam an, als alles vorüber war. Wo ich gewesen bin, spielt keine Rolle« – der junge Mann errötete – »aber ich hätte bei ihnen sein sollen, um mit ihnen zu sterben!«

»Nein, das wäre nicht der Wunsch deines Vaters gewesen.« Michael schüttelte den Kopf. »Du lebst. Du trägst seinen Namen weiter.«

Garik runzelte die Stirn, seine Augen glänzten düster. »Vielleicht. Obwohl ich seitdem nicht mehr bei einer Frau gelegen habe...« Er schüttelte den Kopf. »Auf jeden Fall habe ich für sie getan, was ich konnte. Ich setzte das Schloß in Brand, damit der Mob es nicht in die Hände bekam. Die Asche meiner Familie liegt dort unter den geschwärzten Steinen des Saales, den mein Ururgroßvater gebaut hat. Dann ritt ich eine Zeitlang ziellos umher. Es war mir egal, was mit mir geschah. Schließlich traf ich auf eine Gruppe von Männern, von denen viele wie ich aus ihrer Heimat vertrieben worden waren. Sie stellten keine Fragen. Sie kümmerten sich nicht um mich, außer daß ich geschickt mit einem Schwert umgehen konnte. Ich gesellte mich zu ihnen, und wir lebten von unseren Fähigkeiten.«

»Banditen?« fragte Michael.

»Ja, Banditen«, bestätigte der junge Mann kalt. »Schockiert dich das vielleicht? Daß ein Ritter von Solamnia seine Ehre vergißt und sich Banditen anschließt? Ich frage dich, Michael, wo war die Menschlichkeit, als sie meinen Vater, deinen Onkel, ermordeten? Wo ist sie überhaupt in diesem erbärmlichen Land?«

»Vielleicht nirgendwo«, gab Michael zurück, »außer in unseren Herzen.«

Garik schwieg. Dann begann er zu weinen, ein rauhes Aufschluchzen, das an seinem Körper riß. Sein Vetter legte die Arme um ihn und drückte ihn an sich.

Garik seufzte. »Du hast recht, Vetter. Durch das Leben mit Räubern bin ich in eine Grube gefallen, aus der ich vielleicht nicht mehr herausgekommen wäre, wenn nicht der General aufgetaucht wäre...«

»Dieser Caramon?«

Garik nickte. »Eines Abends überfielen wir ihn und seine Begleiter. Und dieser Vorfall hat mir die Augen geöffnet. Zuvor hatte ich immer Leute ausgeraubt, ohne viel darüber nachzudenken, manchmal genoß ich es sogar, indem ich mir sagte, es seien Hunde wie jene, die meinen Vater umgebracht hatten. Aber zu dieser Gruppe gehörten eine Frau und ein Zauberkundiger. Der Zauberer war krank. Ich schlug ihn nieder. Und die Frau – ich wußte, was sie mit ihr vorhatten, und der Gedanke machte mich krank. Aber ich hatte Angst vor dem Anführer –

Stahlfuß nannten sie ihn. Er war eine Bestie! Ein Halboger… Doch der General hat ihn herausgefordert. In jener Nacht sah ich einen Mann, der bereit war, sein Leben zu opfern, um die Schwächeren zu schützen. Und er gewann.« Er wurde ruhiger. Während er sprach, leuchteten seine Augen vor Bewunderung. »Da habe ich erkannt, was aus meinem Leben geworden war. Als Caramon fragte, ob wir mit ihm kommen würden, war ich einverstanden, wie die meisten anderen auch. Aber ihre Entscheidung war mir egal – ich wäre mit ihm überall hingegangen.«

»Und jetzt gehörst du zu seiner Leibwache?« fragte Michael lächelnd.

Garik nickte. »Ich habe ihm gesagt, daß ich nicht besser als die anderen sei – ein Bandit, ein Halunke. Aber er hat mich einfach angesehen, als ob er in meine Seele blicken könnte, und gelächelt und gesagt, daß jeder Mann durch eine dunkle, sternenlose Nacht gehen müsse, wenn er dem Morgen ins Gesicht sehen wolle.«

»Seltsam«, sagte Michael. »Ich frage mich, was er damit meint.«

»Ich glaube, ich verstehe es«, sagte Garik. Sein Blick wanderte zu dem anderen Ende des Lagers, wo Caramons großes Zelt stand. »Manchmal frage ich mich, ob er nicht durch seine eigene ›dunkle Nacht‹ geht. Manchmal hat er einen Gesichtsausdruck…« Er schüttelte den Kopf. »Weißt du«, sagte er, »er und der Zauberer sind Zwillinge.«

Michael riß die Augen auf.

»Es ist eine seltsame Beziehung. Zwischen ihnen besteht keine große Liebe.«

»Eine der Schwarzen Roben?« fragte Michael höhnisch. »Das kann ich mir auch nicht vorstellen! Es wundert mich, daß der Magier mit uns zieht. Wie ich gehört habe, können diese Zauberer auf den Nachtwinden reiten und Kräfte aus den Gräbern herbeirufen, die ihre Schlachten schlagen.«

»Dieser kann das bestimmt, da bin ich mir sicher«, erwiderte Garik und warf einem kleineren Zelt neben dem des Generals einen düsteren Blick zu. »Obwohl ich nur einmal gesehen habe, wie er seine Magie angewendet hat, damals im Banditenlager, weiß ich, daß er mächtig ist. Ein Blick von ihm, und mein Magen schrumpft zusammen, mein Blut verwandelt sich in Wasser. Aber wie ich sagte, ging es ihm nicht gut, als ich sie kennenlernte. Als er noch im Zelt seines Bruders geschlafen hat, hörte ich ihn Nacht für Nacht husten, bis ich glaubte, daß er nie wieder Atem holen könne. Wie kann ein Mensch mit solch einem Übel leben? fragte ich mich mehr als einmal.«

»Aber es schien ihm gut zu gehen, als ich ihn heute sah.«

»Seine Gesundheit hat sich deutlich gebessert, und er unternimmt nichts, was sie gefährden könnte. Den ganzen Tag verbringt er in seinem Zelt und studiert die Zauberbücher, die er in riesigen Kisten mit sich führt. Aber auch er geht durch seine ›dunkle Nacht‹. Schwermut umgibt ihn, und sie wird stärker, je weiter südlich wir kommen. Er wird von schrecklichen Träumen heimgesucht. Ich habe ihn im Schlaf schreien hören. Entsetzliche Schreie – sie erwecken die Toten.«

Michael schauderte und sah zu Caramons Zelt hinüber. »Ich hatte große Bedenken, in eine Armee einzutreten, die von einer der Schwarzen Roben angeführt wird, wie ich gehört hatte. Und von allen Zauberern, die je gelebt haben, soll dieser Fistandantilus der mächtigste sein. Ich hatte mich noch nicht ganz entschieden, als ich heute angekommen bin. Ich dachte, ich prüfe erst einmal nach, ob sie wirklich in den Süden ziehen, um dem unterdrückten Volk in Abanasinia in seinem Kampf gegen die Bergzwerge zu helfen... Obgleich mein Vater noch lebt«, fuhr er fort, »glaube ich, daß er sehr gern sein Leben gegen den Tod deines Vaters tauschen würde. Der Herr von Vingaard stellte uns vor eine Entscheidung – wir konnten in der Stadt bleiben und sterben oder sie verlassen und leben. Vater wäre am liebsten gestorben. Ich auch, wenn wir nur an uns selbst hätten denken müssen. Aber wir konnten uns den Luxus der Ehre nicht erlauben. Es war ein bitterer Tag, als wir zusammenpackten, was auf einer kleinen Karre Platz fand, und unsere Burg verließen. Ich habe mich darum gekümmert, daß meine Angehörigen in einer Hütte in Trotyl Unterkunft fanden. Es ist mit ihnen alles in Ordnung, zumindest für diesen Winter. Mutter ist stark und arbeitet wie ein Mann. Meine kleinen Brüder sind gute Jäger...«

»Und dein Vater?« fragte Garik, als Michael zu reden aufhörte.

»An jenem Tag brach sein Herz«, erwiderte Michael. »Er sitzt am Fenster und starrt hinaus, sein Schwert liegt auf seinem Schoß. Er hat seit dem Tag, als wir unsere Burg verließen, kein einziges Wort mehr gesprochen.« Er ballte seine Hand zur Faust. »Warum soll ich dich anlügen, Garik? Dieses unterdrückte Volk in Abanasinia interessiert mich überhaupt nicht! Ich bin wegen des Schatzes gekommen! Wegen des Schatzes unter dem Gebirge! Und wegen des Ruhms! Wenn wir gewinnen, können die Ritter wieder ihre Häupter heben!« Auch er sah zu dem kleinen Zelt neben dem großen hin, dem kleinen Zelt, an dem das Zeichen eines Zauberers hing und das jeder im Lager nach Möglichkeit mied. »Aber um diesen Ruhm zu gewinnen, muß ich mich einer Armee anschließen, die von einem Mann angeführt wird, der der Schwarze genannt wird. Die Ritter von früher hätten das nicht getan. Paladin...«

»Paladin hat uns vergessen«, unterbrach ihn Garik bitter. »Wir sind auf uns gestellt. Ich weiß nichts von schwarzgekleideten Zauberern, und dieser eine kümmert mich wenig. Ich bleibe hier und folge dem General. Wenn er mich zu meinem Glück führt, gut und schön. Wenn nicht«, Garik seufzte, »dann hat er mich zumindest dahin geführt, wo ich Frieden finde. Ich wünsche ihm das Gleiche«, sagte er leise. Dann erhob er sich.

Auch Michael erhob sich.

»Ich muß zum Lager zurück und etwas schlafen. Ich muß morgen früh aufstehen«, sagte Garik. »Wie ich gehört habe, treffen wir Vorbereitungen, um im Laufe der Woche weiterzumarschieren. Nun, Vetter, wirst du bleiben?«

Michael sah Garik an. Er blickte auf Caramons Zelt, seine leuchtende Flagge mit dem neunzackigen Stern flatterte in der eisigen Luft. Er sah zu dem Zelt des Zauberers. Dann nickte er. Garik lächelte. Sie drückten sich die Hand und gingen zu den Lagerfeuern zurück.

»Aber sag mir eins«, fragte Michael im Gehen, »ist es wahr, daß dieser Caramon sich mit einer Hexe abgibt?«

13

»Wohin willst du?« fragte Caramon barsch. Er blinzelte, um sich nach dem hellen Schein der Herbstsonne an die Dunkelheit zu gewöhnen, die in seinem Zelt herrschte.

»Ich ziehe aus«, antwortete Crysania, die sorgfältig ihre weißen Roben faltete und in eine Truhe legte, die sie unter ihrem Feldbett aufbewahrt hatte. Jetzt stand die Truhe geöffnet neben ihr.

»Das haben wir doch schon besprochen«, knurrte Caramon leise. Er warf einen Blick auf die Wachen draußen am Zelteingang, dann zog er sorgfältig den Vorhang zu.

Caramons Zelt war sein ganzer Stolz und seine ganze Freude. Ursprünglich einem wohlhabenden Ritter von Solamnia gehörend, hatten es ihm zwei junge Männer als »Geschenk« überreicht. Es war aus einem Gewebe hergestellt, das niemand kannte, und es war so gut gewebt, daß der Wind nicht einmal durch die Säume dringen konnte. Regenwasser lief von ihm ab;

Raistlin hatte erklärt, daß es mit einem bestimmten Öl behandelt worden sei. Es war für Caramons Feldbett, riesige Truhen mit Karten, Geld und Juwelen, die sie aus dem Turm der Erzmagier mitgebracht hatten, Kleidung, seine Rüstung, ein Feldbett für Crysania und eine Truhe für ihre Kleidung groß genug. Und es schien immer noch nicht überfüllt zu sein, wenn Caramon Gäste empfing.

Raistlin schlief und studierte in einem kleineren Zelt aus dem gleichen Gewebe; dieses Zelt war neben dem seines Bruders errichtet worden. Obgleich Caramon ihn eingeladen hatte, das größere Zelt mit ihm zu teilen, hatte der Magier auf seiner Privatsphäre bestanden. Da Caramon das Bedürfnis seines Bruders nach Einsamkeit und Ruhe kannte, hatte er keine Einwände erhoben. Crysania jedoch hatte offen protestiert, als ihr gesagt wurde, sie müsse in Caramons Zelt wohnen.

Vergeblich hatte Caramon ihr dargelegt, daß sie bei ihm sicherer sei. Geschichten über ihre »Hexenkraft«, ihr seltsames Medaillon und ihre Heilung des großen Kriegers hatten sich schnell im Lager verbreitet und wurden allen Neuankömmlingen eifrig zugeflüstert. Die Klerikerin verließ niemals ihr Zelt, ohne daß düstere Blicke ihr folgten. Frauen drückten ihre Kinder an sich, wenn sie sich näherte.

»Ich bin mir deiner Argumente wohl bewußt«, bemerkte Crysania, während sie weiter ihre Kleider zusammenlegte und verstaute, ohne zu dem großen Mann aufzusehen. »Aber ich teile sie nicht. Oh, ich habe deine Geschichten über Hexenverbrennung gehört. Mehr als einmal! Ich bezweifle zwar nicht ihre Wahrheit, aber das war in einer fernen Zeit.«

»In welches Zelt willst du denn ziehen?« fragte Caramon; sein Gesicht lief rot an. »Zu meinem Bruder?«

Crysania hörte mit dem Zusammenlegen auf, hielt ein Kleid lange Zeit über ihrem Arm und starrte geradeaus. Als sie antwortete, war ihre Stimme kalt und ruhig wie ein Wintertag. »Es gibt noch ein kleines Zelt, eines wie dieses. Darin werde ich wohnen. Du kannst eine Wache aufstellen, wenn du es für erforderlich hältst.«

»Crysania, es tut mir leid«, sagte Caramon und trat zu ihr. Sie sah immer noch nicht zu ihm auf. Er streckte seine Hände aus, ergriff sanft ihre Arme und drehte sie um, zwang sie, ihm ins Gesicht zu sehen. »Ich meinte es nicht so. Bitte verzeih mir. Ja, es ist erforderlich, eine Wache aufzustellen! Aber es gibt keinen, dem ich vertraue, Crysania, außer mir selbst. Aber...« Sein Atem ging schneller, der Druck seiner Hände an ihren Armen wurde unmerklich stärker. »Ich liebe dich, Crysania«, sagte er leise. »Du bist ganz anders als jede Frau, die ich bisher kennengelernt habe! Ich weiß nicht, wie es passiert ist. Als ich dich kennenlernte, hielt ich dich für kalt und gleichgültig, völlig in Anspruch genommen von deiner Religion. Aber als ich dich in den Klauen dieses Halbogers sah, erkannte ich deinen Mut, und als ich daran dachte, was sie dir antun wollten...« Er spürte, wie sie unwillkürlich schauderte. »Ich habe dich mit meinem Bruder gesehen.« Seine Stimme wurde sehnsüchtig. »Du umsorgst ihn so lieb, so geduldig.«

Crysania befreite sich nicht aus seinem Griff. Sie sah mit ihren klaren grauen Augen zu ihm auf. »Ich habe deine wachsende Zuneigung zu mir gespürt«, sagte sie traurig, »und obwohl ich dich zu gut kenne, um zu glauben, daß du mich zu Dingen nötigen würdest, die ich nicht will, so ist es mir doch unbehaglich, mit dir allein in einem Zelt zu schlafen.«

»Crysania!« rief Caramon. Sein Gesicht war schmerzverzerrt, und seine Hände zitterten.

»Was du für mich empfindest, ist keine Liebe, Caramon«, sagte Crysania sanft. »Du bist einsam, du vermißt deine Frau. Es ist sie, die du liebst. Ich weiß es, ich habe Zärtlichkeit in deinen Augen gesehen, wenn du von Tika sprachst.«

Caramons Gesicht verdunkelte sich bei Tikas Namen. »Was weißt du denn schon von der Liebe?« fragte er, ließ sie los und sah weg. »Ich liebe Tika, sicher. Ich habe schon viele Frauen geliebt. Tika hat auch ihren Anteil an Männern gehabt, vermute ich.« Er holte wütend Luft. Das war nicht die Wahrheit, und er wußte es. »Tika ist menschlich!« fuhr er fort. »Sie ist Fleisch und Blut – keine Eissäule!«

»Was ich von der Liebe weiß?« wiederholte Crysania. Ihre grauen Augen verdunkelten sich vor Zorn. »Ich sage dir, was ich von der Liebe weiß. Ich…«

»Sag es nicht!« rief Caramon leise, völlig die Beherrschung verlierend, und umfaßte sie. »Sag nicht, daß du Raistlin liebst!« Er verdient deine Liebe nicht! Er gebraucht dich, so wie er mich gebraucht hat! Und er wirft dich weg, wenn er mit dir fertig ist!«

»Laß mich gehen!« herrschte Crysania ihn an.

»Kannst du das nicht sehen?« rief Caramon. »Bist du blind?«

»Entschuldigt«, sagte eine sanfte Stimme, »wenn ich euch störe. Aber es gibt wichtige Neuigkeiten.«

Bei dem Klang dieser sanften Stimme lief Crysanias Gesicht erst weiß, dann dunkelrot an. Auch Caramon schrak zusammen, seine Hände lösten ihren Griff. Crysania zog sich von ihm zurück, in ihrer Eile stolperte sie über die Truhe und fiel auf die Knie. Ihr Gesicht wurde von ihrem schwarzen, fließenden Haar gut verborgen, und so blieb sie neben der Truhe knien und gab vor, ihre Kleidung zu ordnen.

Mit finsterem Blick wandte sich Caramon seinem Zwillingsbruder zu.

Raistlin musterte Caramon kühl aus seinen spiegelgleichen Augen. Sein Gesicht war ausdruckslos. Aber Caramon hatte eine Sekunde lang einen Riß in seinen Augen gesehen. Dieser vor Eifersucht brennende Blick erschreckte ihn, versetzte ihm einen fast körperlichen Schlag.

»Was für Neuigkeiten?« knurrte Caramon.

»Boten sind aus dem Süden gekommen«, sagte Raistlin.

»Und?«

Raistlin warf seine Kapuze zurück und trat nach vorne. Sein Blick hielt den seines Bruders gefangen und ließ die Ähnlichkeit zwischen ihnen stark hervortreten.

»Die Zwerge von Thorbadin treffen Kriegsvorbereitungen!« zischte Raistlin. Seine Hand ballte sich zur Faust. Er sprach mit solcher Leidenschaft, daß Caramon ihn erstaunt ansah und Crysania den Kopf hob.

Verwirrt befreite sich Caramon von dem fiebrigen Blick seines Bruders, drehte sich um und gab vor, einige Landkarten auf dem Kartentisch verschieben zu müssen. Er zuckte die Achseln. »Hast du etwas anderes erwartet?« fragte er kühl. »Es war schließlich deine Idee, von einem versteckten Schatz zu sprechen. Wir haben aus unserem Ziel kein Geheimnis gemacht. In der Tat ist das unser Werbespruch geworden! ›Schließt euch Fistandantilus an und stürmt das Gebirge!‹«

Caramon hatte diese Worte gedankenlos ausgesprochen, aber ihre Wirkung war verblüffend. Raistlin wurde aschgrau im Gesicht. Er schien etwas sagen zu wollen, aber aus seinem Mund kamen keine verständlichen Töne. Seine eingefallenen Augen funkelten. Mit immer noch geballter Faust trat er auf seinen Bruder zu.

Crysania sprang auf die Füße. Caramon wich zurück; seine Hand schloß sich um den Knauf seines Schwertes. Aber langsam gewann Raistlin die Beherrschung wieder. Mit einem bösartigen Knurren drehte er sich um und verließ das Zelt.

Caramon blieb stehen, unfähig, die Reaktion seines Bruders zu begreifen. Auch Crysania starrte verblüfft Raistlin nach. Dann wurden beide von rufenden Stimmen außerhalb des Zeltes aus ihren Gedanken gerissen.

Kopfschüttelnd ging Caramon zum Zelteingang. Als er dort war, drehte er sich halb um, sah aber Crysania nicht an, während er sprach. »Wenn wir uns wirklich auf den Krieg vorbereiten müssen«, sagte er kalt, »werde ich keine Zeit haben, mir um dich Sorgen zu machen. Wie ich zuvor schon dargelegt habe, wirst du in einem Zelt allein nicht sicher sein. Du wirst also weiter hier schlafen. Ich lasse dich in Ruhe, dessen kannst du sicher sein. Du hast mein Ehrenwort.« Damit trat er aus dem Zelt und begann, sich mit seinen Wachen zu beratschlagen.

Vor Scham errötend, jedoch zu zornig, um sprechen zu können, blieb Crysania einen Augenblick stehen, um ihre Fassung wiederzuerlangen. Dann verließ auch sie das Zelt. Ein Blick auf die Gesichter der Wachen zeigte ihr, daß sie einen Teil ihrer Unterhaltung gehört haben mußten.

Sie beachtete die neugierigen, amüsierten Blicke nicht. Doch bemerkte sie, wie flatternde schwarze Roben im Wald am Rand des Lagers verschwanden. Sie kehrte zum Zelt zurück, ergriff ihren Umhang, warf ihn sich eilig um die Schultern und ging in die gleiche Richtung.

Caramon sah Crysania den Wald betreten. Obwohl er Raistlin nicht gesehen hatte, ahnte er, warum Crysania diese Richtung einschlug. Er wollte ihren Namen rufen. Er wußte zwar nicht, ob wirkliche Gefahren in dem Wald lauerten, der sich am Fuß des Garnet hinzog, aber in diesen unruhigen Zeiten war es das beste, kein Risiko einzugehen.

Als ihr Name jedoch auf seinen Lippen lag, sah er zwei seiner Männer wissende Blicke austauschen. Er hatte plötzlich das Bild vor Augen, wie er einer Klerikerin wie ein liebeskranker Junge nachrief, und sein Mund schloß sich wieder. Außerdem kam Garik auf ihn zu, gefolgt von einem erschöpft aussehenden Zwerg und einem hochgewachsenen, dunkelhäutigen jungen Mann, der mit den Fellen und Federn eines Barbaren geschmückt war. Die Boten erkannte er. Er mußte mit ihnen sprechen. Aber... Sein Blick glitt mehr als einmal zum Wald. Crysania war verschwunden. Caramon wurde von der Ahnung einer Gefahr ergriffen. Sie war so stark, daß er jetzt Crysania am liebsten nachgestürzt wäre. Alle seine Kriegerinstinkte warnten ihn. Er konnte seiner Furcht keinen Namen geben, aber sie war da.

Dennoch konnte er nicht einfach davonstürmen, um einem Mädchen nachzujagen, und die Boten stehen lassen. Seine Männer würden ihn niemals mehr achten. Er wandte sich um, um die Boten zu begrüßen und in sein Zelt zu führen.

Dort angekommen, ließ er sie Platz nehmen, ließ Essen kommen und Getränke eingießen, dann entschuldigte er sich und stahl sich fort...

Fußstapfen im Sand, die mich weiterführen...

Als ich aufblicke, sehe ich das Schafott, den Kopf mit der Kapuze auf dem Richtblock, den Scharfrichter mit Kapuze; die scharfe Klinge scines Beils glänzt in der brennenden Wüste.

Das Beil fällt, der abgetrennte Kopf des Opfers rollt über die Plattform, die Kapuze fällt zurück...

»Mein Kopf!« flüsterte Raistlin gequält.

Der Scharfrichter lacht, entfernt seine Kapuze, enthüllt...

»Mein Gesicht!« murmelte Raistlin. Seine Angst dehnte sich über seinen Körper aus wie ein bösartiges Geschwür; ihm wurde abwechselnd heiß und kalt. Er hielt seinen Kopf umklammert und versuchte, die bösen Bilder zu verbannen, die ihn in seinen Träumen Nacht für Nacht heimsuchten und ihm auch noch am Tag blieben.

Aber sie wollten nicht verschwinden. »Herr der Vergangenheit und Gegenwart!« Raistlin lachte – es war ein bitteres, höhnisches Lachen. »Ich bin Herr über nichts! All diese Macht, und ich sitze in der Falle! In der Falle! Ich folge *seinen* Fußstapfen, ich weiß, daß jede Sekunde, die verstreicht, zuvor verstrichen ist! Ich sehe Leute, die ich niemals gesehen habe, dennoch kenne ich sie! Ich höre das Echo meiner eigenen Worte, bevor ich sie ausspreche! Dieses Gesicht!« Seine Hände preßten sich gegen seine Wangen. »Dieses Gesicht! *Sein* Gesicht! Nicht meins! Wer bin ich? Ich bin mein eigener Scharfrichter!«

Seine Stimme schwoll zu einem Kreischen an. In seiner Raserei begann er mit den Fingernägeln an der Haut seines Gesichts zu kratzen, als ob es eine Maske wäre, die er von seinen Knochen abreißen könnte.

»Hör auf! Raistlin, was tust du da? Hör auf, bitte!«

Feste, aber sanfte Hände ergriffen seine Handgelenke, und er kämpfte gegen sie, wand sich. Aber dann ging der Wahnsinn vorüber. Die dunklen Wasser, von denen er überflutet worden war, wichen zurück. Er konnte wieder sehen und fühlen und hören. Sein Gesicht brannte. Er sah Blut an seinen Nägeln.

»Raistlin!« Crysanias Stimme! Er sah sie vor sich stehen, die Augen aufgerissen und voll Sorge.

»Es geht mir wieder gut«, sagte Raistlin kalt. »Laß mich in Ruhe!« Er zog aus einer Tasche ein sauberes Tuch und begann die Wunden an seinem Gesicht abzutupfen.

»Nein, das stimmt nicht«, murmelte Crysania, nahm das

Tuch aus seiner bebenden Hand und berührte sanft die blutenden Wunden. »Bitte, laß mich es tun«, sagte sie, als er etwas Unverständliches knurrte. »Ich weiß, du erlaubst mir nicht, dich zu heilen, aber hier in der Nähe ist ein Bach mit klarem Wasser. Komm, trink ein wenig Wasser, ruh dich aus und laß mich die Wunden waschen.«

Bittere Worte lagen auf Raistlins Lippen. Er hob eine Hand, um Crysania von sich zu stoßen. Aber dann erkannte er, daß er nicht wollte, daß sie ging. Die Dunkelheit des Traumes wich, wenn sie bei ihm war. Die Berührung eines warmen menschlichen Leibes war nach den kalten Fingern des Todes tröstend, und darum nickte er mit einem erschöpften Seufzer.

Mit vor Schmerz und Sorge blassem Gesicht legte Crysania den Arm um ihn und stützte ihn, während sie durch den Wald gingen.

Als sie das Ufer des Flusses erreichten, setzte sich der Erzmagier auf einen großen, flachen Stein, der von der Herbstsonne gewärmt wurde. Crysania tauchte das Tuch in das Wasser, kniete sich zu ihm und säuberte die Wunden in seinem Gesicht.

Raistlin sprach nicht.

»Erzähl mir, was los ist«, sagte Crysania, hielt in ihrer Tätigkeit inne und legte ihre Hand auf die seine. »Du grübelst nur noch, seit wir den Turm verlassen haben. Hat es etwas mit dem verschwundenen Portal zu tun? Etwas mit Astinus, mit dem du in Palanthas geredet hast?«

Raistlin antwortete nicht. Er sah sie nicht einmal an. Die Sonne schien warm auf seine schwarzen Roben, aber Crysanias Berührung war wärmer als die Sonne. Irgendwo wägte ein Teil seines Geistes kalt ab und rechnete: Soll ich es ihr sagen? Was werde ich gewinnen? Gewinne ich mehr, als wenn ich schweige? Ja, zieh sie an dich, gewöhne sie an die Dunkelheit...

»Ich weiß«, antwortete er endlich, »daß das Portal an einem Ort in Thorbadin ist, in der magischen Festung Zaman. Das habe ich von Astinus erfahren... Aus Legenden wissen wir, daß Fistandantilus sich auf die sogenannten Zwergentorkriege einließ, um das Gebirgskönigreich Thorbadin für sich beanspruchen zu können. Astinus schreibt dasselbe in seinen ›Chroniken‹. Aber wenn man zwischen den Zeilen liest, genau liest, so wie ich es hätte tun sollen, aber in meiner Arroganz unterlassen habe, wird man die Wahrheit lesen!«

Seine Hände ballten sich zusammen. Crysania saß vor ihm und hielt das feuchte, blutbefleckte Tuch in der Hand; sie stand ganz in seinem Bann.

»Fistandantilus kam hierher, um das Gleiche zu tun, das auch ich hier tue!« Raistlin rief die Worte mit einer seltsamen Leidenschaft. »Thorbadin interessierte ihn überhaupt nicht! Es war alles eine Vortäuschung, ein Trick! Er wollte nur eins – das Portal! Die Zwerge standen ihm im Weg, so wie sie jetzt mir im Weg stehen. Sie kontrollierten damals die Festung, sie kontrollierten das Land um die Festung. Der einzige Weg zum Portal bestand darin, einen Krieg anzuzetteln, um ihm so nah wie möglich zu kommen und es durchschreiten zu können. Und somit wiederholt sich die Geschichte. Denn ich muß tun, was er getan hat... Und ich *tue* es!« Er starrte schweigend ins Wasser.

»So viel ich aus den ›Chroniken‹ von Astinus weiß«, sagte Crysania, »mußte der Krieg zwangsläufig eintreten. Es gab seit langer Zeit böses Blut zwischen den Hügelzwergen und ihren Verwandten. Du kannst dir nicht die Schuld geben...«

Raistlin fauchte ungeduldig: »Die Zwerge interessieren mich überhaupt nicht! Sie können von mir aus im Sirrion-Meer versinken.« Er sah sie an, kalt, ruhig. »Du sagst, du hast Astinus' Arbeiten über dieses Thema gelesen. Wenn dem so ist, denk nach! Was hat das Ende der Zwergentorkriege ausgelöst?«

Crysania erblaßte. »Die Explosion«, sagte sie leise. »Die Explosion, die die Ebenen von Dergod zerstörte. Tausende starben und auch...«

»Auch Fistandantilus!« ergänzte Raistlin mit grimmiger Betonung.

Lange Zeit konnte Crysania ihn nur stumm anblicken. Dann begriff sie die volle Bedeutung seiner Aussage. »O nein!« rief sie, ließ das blutverschmierte Tuch fallen und umklammerte Raistlins Hände. »Du bist doch nicht die gleiche Person! Die

Umstände sind anders. Sie müssen es sein! Dir ist ein Irrtum unterlaufen!«

Raistlin schüttelte den Kopf und lächelte zynisch. Sanft löste er seine Hand aus der ihren, erfaßte ihr Kinn und hob ihren Kopf, so daß sie ihm in die Augen sehen konnte. »Nein, die Umstände sind nicht anders. Mir ist kein Irrtum unterlaufen. Ich bin in der Zeit gefangen und eile meinem eigenen Untergang entgegen.«

»Woher weißt du das? Wie kannst du dessen sicher sein?«

»Ich weiß es, weil noch eine andere Person an jenem Tag mit Fistandantilus umgekommen ist.«

»Wer?« fragte Crysania. Aber noch bevor er ihr antwortete, spürte sie, wie sich ein dunkler Mantel der Angst um ihre Schultern legte.

»Ein alter Freund von dir.« Raistlins Lächeln verzerrte sich. »Denubis!«

»Denubis?« wiederholte sie tonlos.

»Ja«, erwiderte Raistlin. »So viel habe ich von Astinus erfahren. Wie du dich erinnern wirst, war dein Klerikerfreund von Fistandantilus angezogen, auch wenn er es sich nicht eingestehen wollte. Er hatte seine Zweifel an der Kirche, ungefähr die gleichen wie du. Ich nehme an, daß Fistandantilus ihn während jener letzten entsetzlichen Tage in Istar überredet hat, mit ihm zu gehen...«

»Du hast *mich* nicht überredet«, unterbrach ihn Crysania. »Ich habe mich entschieden zu gehen! Es war mein Entschluß.«

»Natürlich«, sagte Raistlin und ließ sie los. Ihm war nicht bewußt gewesen, daß er ihre weiche Haut liebkost hatte. Jetzt fühlte er unwillkürlich sein Blut wallen. Er ertappte sich, wie sein Blick zu ihren gewölbten Lippen, ihrem weißen Hals ging. Vorsicht, dachte er, es wird meine Pläne durcheinanderbringen... Er wollte sich erheben, aber Crysania bekam seine Hand mit ihren beiden Händen zu fassen und legte ihre Wange in seine Handfläche.

»Nein«, sagte sie leise. Ihre grauen Augen sahen zu ihm auf und hielten ihn mit ihrem entschlossenen Blick fest. »Wir werden die Zeit verändern, du und ich! Du bist mächtiger als Fistandantilus, und ich bin stärker im Glauben als Denubis! Ich hörte die Forderungen des Königspriesters an die Götter. Ich kenne seinen Fehler! Paladin wird meine Gebete beantworten, so wie er es in der Vergangenheit getan hat. Gemeinsam werden wir, du und ich...«

Plötzlich lag sie in seinen Armen. Sein Mund suchte ihre Lippen, seine Lippen berührten ihre Augen, ihren Hals. Seine Finger fuhren durch ihr Haar. Sein Duft strömte in seine Nase, und der süße Schmerz des Verlangens floß durch seinen Körper.

Sie gab seinem Feuer nach, so wie sie seiner Magie nachgegeben hatte, und küßte ihn. Raistlin sank auf den weichen Laubteppich. Als er dalag, zog er Crysania zu sich herunter. Ihre Haut war kühl, ihre Lippen wie süßes Wasser für einen Mann, der am Verdursten war. Er schloß die Augen, und dann erschien ein Gesicht in seinem Geist: eine Göttin – dunkelhaarig, dunkeläugig, frohlockend, lachend...

»Nein!« schrie Raistlin. »Nein!« kreischte er halberstickt, während er Crysania von sich schleuderte. Zitternd taumelte er auf die Füße. Er zog seine schwarze Kapuze über den Kopf und versuchte, seine Fassung, seine Beherrschung wiederzuerlangen.

»Raistlin!« rief Crysania und klammerte sich an ihn.

Ihre Berührung verschlimmerte den Schmerz. Er ergriff den zarten weißen Stoff ihrer Roben. Mit einem Ruck riß er ihn von ihren Schultern, während er mit der anderen Hand ihren halbnackten Körper in das Laub stieß. »Ist es das, was du willst?« fragte er. »Wenn ja, dann warte hier auf meinen Bruder. Er wird bald kommen!« Er hielt inne, rang um Atem.

Crysania starrte ihn wortlos an.

»Ist es das, warum wir hierhergekommen sind?« fuhr Raistlin gnadenlos fort. »Ich dachte, dein Ziel wäre höher, Verehrte Tochter! Du prahlst mit Paladin, du prahlst mit deinen Kräften. Glaubst du, das könnte die Antwort auf deine Gebete sein? Daß ich deinem Reiz erliege?«

Dieses Geschoß traf! Er sah sie zusammenzucken. Sie schloß

die Augen und schluchzte vor Qual. Ihr schwarzes Haar fiel über ihre bloßen Schultern, die Haut ihres Rückens war weiß und weich und glatt...

Raistlin drehte sich um und verschwand. Er ging schnell und spürte seine Ruhe wiederkehren. Der Schmerz der Leidenschaft ließ nach, er konnte wieder klar denken.

Seine Augen erhaschten eine Bewegung, das Aufblitzen einer Rüstung. Sein Lächeln verzog sich zu einem höhnischen Grinsen. Wie er vorausgesagt hatte, lief Caramon durch den Wald und suchte Crysania. Nun, sie würde ihn willkommen heißen.

Raistlin erreichte sein Zelt und trat hinein. Das höhnische Grinsen kräuselte immer noch seine Lippen, aber als er sich an seine Schwäche erinnerte, an ihre sanften, warmen Lippen, verschwand das Grinsen. Zitternd brach er auf einem Stuhl zusammen und vergrub den Kopf in beide Hände.

Sein Lächeln kehrte eine halbe Stunde später zurück, als Caramon in sein Zelt stürzte. Das Gesicht des großen Mannes war zornrot, seine Augen weit aufgerissen, seine Hand lag auf dem Knauf seines Schwertes. »Ich sollte dich töten, du verdammter Bastard!« sagte er mit erstickter Stimme.

»Warum, mein Bruder?« fragte Raistlin und las in seinem Zauberbuch weiter. »Habe ich noch einen Lieblingskender von dir umgebracht?«

»Du weißt verdammt genau, warum!« knurrte Caramon mit einem Fluch, griff nach dem Zauberbuch und schlug es zu. Seine Finger brannten bei der Berührung des nachtblauen Einbandes, aber er nahm den Schmerz nicht wahr. »Ich fand Crysania im Wald, ihre Kleider zerrissen, und sie weinte! Diese Kratzer an deinem Gesicht...«

»Habe ich mir selbst zugefügt. Hat sie dir erzählt, was vorgefallen ist?« unterbrach ihn Raistlin.

»Ja, aber...«

»Hat sie dir erzählt, daß sie sich mir angeboten hat?«

»Das glaube ich nicht...«

»Und daß ich sie abgelehnt habe?« fuhr Raistlin kühl fort.

»Du arroganter Sohn einer...«

»In diesem Augenblick sitzt sie bestimmt weinend in ihrem Zelt und dankt den Göttern für meine Liebe zu ihr, die so stark ist, daß ich ihre Jungfräulichkeit wertschätze.« Raistlin gab ein höhnisches Lachen von sich.

»Ich glaube dir nicht!« sagte Caramon leise. Er packte die Roben seines Bruders und riß ihn aus seinem Stuhl.

»Entferne deine Hände, Bruder!« sagte Raistlin mit einem sanften Flüstern.

»Ich sehe dich in der Hölle!«

»Ich sagte, entferne deine Hände!« Ein blaues Licht blitzte auf, und es krachte und zischte. Caramon schrie vor Schmerz auf und löste seinen Griff, als ein lähmender Schock durch seinen Körper jagte.

»Ich habe dich gewarnt.« Raistlin richtete seine Roben und nahm wieder seinen Platz ein.

»Bei den Göttern, dieses Mal werde ich dich töten!« sagte Caramon mit zusammengepreßten Zähnen und zog sein Schwert.

»Dann tu es doch«, schrie Raistlin und sah von seinem Zauberbuch auf, das er wieder geöffnet hatte. »Bring es hinter dich! Diese ständigen Drohungen langweilen mich.« In seine Augen trat ein merkwürdiger Glanz. »Versuch es!« flüsterte er und starrte seinen Bruder an. »Versuch mich zu töten! Du wirst niemals nach Hause zurückkehren...«

»Das spielt keine Rolle!« Überwältigt von Eifersucht und Haß, trat Caramon auf seinen Bruder zu, der dasaß und mit diesem seltsamen Gesichtsausdruck wartete.

»Versuch es!« befahl Raistlin wieder.

Caramon hob sein Schwert.

»General Caramon!« Stimmen schrien von draußen, schnelle Schritte waren zu hören.

Mit einem Fluch senkte Caramon das Schwert und starrte, von Zornestränen halbblind, seinen Bruder an.

»General! Wo bist du?«

»Hier!« schrie Caramon schließlich. Er wandte sich von seinem Bruder ab, warf das Schwert in die Scheide zurück und riß den Zeltvorhang auf. »Was ist los?«

»General, ich... Deine Hände! Sie sind verbrannt...«

»Mach dir keine Gedanken! Was ist los?«

»Die Hexe, General! Sie ist verschwunden!«

»Verschwunden?« wiederholte Caramon beunruhigt. Er warf seinem Bruder einen bösartigen Blick zu und eilte hinaus.

Raistlin hörte seine dröhnende Stimme Erklärungen verlangen, die die Männer ihm gaben. Raistlin schloß seufzend die Augen. Caramon war es nicht erlaubt worden, ihn zu töten.

Vor ihm, sich in einer gradlinigen Spur erstreckend, führten ihn die Fußstapfen unerbittlich weiter.

14

Caramon hatte einmal Crysanias Reitkunst gelobt. Bevor sie mit Tanis, dem Halbelf, von Palanthas auf die Suche nach dem magischen Wald von Wayreth gegangen war, war sie einem Pferd niemals näher gewesen als in einer der eleganten Kutschen ihres Vaters. Frauen von Palanthas ritten nicht, nicht einmal zum Vergnügen wie die anderen solamnischen Frauen.

Aber das war in ihrem anderen Leben gewesen.

Ihr anderes Leben. Crysania lächelte bitter, während sie sich über den Hals ihres Pferdes lehnte, ihre Fersen in seine Flanken grub und es zu schnellerem Lauf antrieb.

Sie unterdrückte einen Seufzer und duckte sich, um niedrigen Zweigen auszuweichen. Sie blickte nicht zurück. Man würde nicht so schnell die Verfolgung aufnehmen, hoffte sie. Die Boten waren da – Caramon mußte sich erst einmal um sie kümmern –, und er wagte nicht, ihr einen seiner Leibwächter nachzuschicken. Nicht nach einer Hexe!

Plötzlich lachte Crysania. Wenn überhaupt jemand wie eine Hexe aussah, dann sie! Sie hatte sich nicht darum geschert, ihre zerrissenen Roben zu wechseln. Als Caramon sie im Wald gefunden hatte, hatte er die Roben mit Schnallen seines Umhangs befestigt. Die Roben waren seit langem nicht mehr schneeweiß; zerrissen und verschmutzt, flatterten sie an ihr wie Federn.

Sie ritt aus dem Wald. Vor ihr erstreckte sich Grasland, und das Pferd fing zu galoppieren an. Crysania gab sich dem Vergnügen des schnellen Rittes hin. Die warme Nachmittagssonne war ein angenehmer Gegensatz zu dem scharfen Wind in ihrem Gesicht. Zu ihrer Rechten glitzerten die schneebedeckten Gipfel des Garnetgebirges im hellen Sonnenschein. Schließlich verlangsamte sie ihr Tempo und lenkte das Pferd in Richtung der fernen Wälder.

Caramon war erst eine Stunde nach Crysanias Verschwinden in der Lage, ihre Verfolgung aufzunehmen. Wie Crysania vorausgesehen hatte, mußte er den Boten die Dringlichkeit seines Aufbruchs erklären und sicherstellen, daß sie nicht beleidigt waren. Das nahm einige Zeit in Anspruch, und schließlich sagte er klipp und klar, was sie sowieso im Lager hören würden – daß sie seine Frau sei und weggelaufen sei.

Der Barbar aus den Ebenen nickte verstehend. Die Frauen seines Stammes, die wegen ihrer Wildheit bekannt waren, setzten sich auch zuweilen solche Dinge in den Kopf. Sein Vorschlag war, daß Caramon ihr die Haare abschneiden solle – das Zeichen einer ungehorsamen Frau –, wenn er sie wieder einfing. Der Zwerg war etwas erstaunt, denn eine Zwergin würde, sobald sie von ihrem Haus und Ehemann weglaufen wollte, daran denken, ihren Bart zu rasieren. Aber ihm kam zu Bewußtsein, daß er sich ja unter Menschen befand, und was konnte man da schon erwarten?

Beide wünschten Caramon einen schnellen Erfolg und machten es sich bequem, um sich am Biervorrat des Lagers zu laben. Einen Seufzer der Erleichterung ausstoßend, eilte Caramon zu Garik, der ein Pferd gesattelt hatte und für ihn bereithielt.

»Wir haben ihre Spur aufgenommen, General«, berichtete der junge Mann. »Sie ritt nach Norden und folgte einer Tierfährte in den Wald. Sie ist auf einem schnellen Pferd unterwegs.« Er schüttelte bewundernd den Kopf. »Sie hat eines der besten gestohlen. Meiner Meinung nach spricht das für sie. Aber ich glaube nicht, daß sie weit kommt.«

Caramon stieg auf das Pferd. »Ich danke dir, Garik«, begann er, hielt aber inne, als ein anderes Pferd vorgeführt wurde. »Was ist das?« knurrte er. »Ich sagte doch, ich reite allein...«

»Ich komme mit, mein Bruder«, ertönte eine Stimme aus dem Schatten.

Caramon sah sich um. Der Erzmagier trat im schwarzen Reiseumhang und in Stiefeln aus seinem Zelt. Caramons Blick verdüsterte sich, aber Garik half Raistlin bereits beim Besteigen des unruhigen schwarzen Pferdes, das der Erzmagier bevorzugte. Caramon wagte nicht, vor den Männern etwas zu sagen, und sein Bruder wußte das. Er sah das amüsierte Glitzern in Raistlins Augen.

»Dann reiten wir also los«, brummte Caramon. »Garik, während meiner Abwesenheit führst du das Kommando. Ich werde wohl nicht lange fortbleiben. Überzeuge dich davon, daß unsere Gäste gut versorgt werden. Die Bauern sollen auf dem Feld weitertrainieren. Wenn ich zurückkomme, will ich sehen, wie sie diese Strohpuppen aufspießen und nicht einander!«

»Ja, Herr«, sagte Garik und verabschiedete sich von Caramon mit dem Rittergruß.

Die Erinnerung an Sturm Feuerklinge kam Caramon und mit ihr die Zeit seiner Jugend, die Zeit, als er und sein Bruder mit ihren Freunden gereist waren – Tanis, Flint, dem Zwergenschmied, Sturm... Er schüttelte den Kopf und versuchte, diese Erinnerungen zu verbannen. Aber sie kehrten eindringlicher zurück, als er den Pfad zum Wald erreichte und seinen Bruder neben sich reiten sah.

Der Magier hielt wie gewöhnlich sein Pferd mit einem nur geringen Abstand hinter dem Krieger. Er war zwar kein begeisterter, aber dennoch ein guter Reiter, so wie er alle Dinge gut machte, wenn er wollte. Er sprach nicht mit seinem Bruder und sah ihn auch nicht an, hielt seine Kapuze über den Kopf gezogen und war in Gedanken verloren. Auch das war nicht ungewöhnlich – die Zwillinge waren zuweilen tagelang gereist, ohne viel zu reden.

Trotzdem bestand ein Band zwischen ihnen, ein Band des Blutes und der Seele. Caramon ertappte sich, daß er in die alte Kameradschaft zurückglitt. Sein Zorn ließ nach. Er wandte sich halb um. »Es tut mir leid wegen vorhin, Raist«, sagte er, während sie tiefer in den Wald ritten und Crysanias deutlicher Spur folgten. »Es stimmt, was du mir gesagt hast – sie hat mir erzählt, daß sie…« Er verhaspelte sich. »Verdammt, Raist! Warum warst du so grob zu ihr?«

Raistlin hob den Kopf. »Ich mußte grob sein«, sagte er mit seiner sanften Stimme. »Ich mußte ihr den Abgrund zeigen, der vor ihren Füßen klafft, ein Abgrund, der uns alle verschlingen wird, wenn wir hinabstürzen!«

Caramon starrte seinen Bruder zweifelnd an. »Du bist kein Mensch!«

Zu seinem Erstaunen seufzte Raistlin. Die strengen, glitzernden Augen wurden sanft. »Ich bin menschlicher, als du dir vorstellen kannst, mein Bruder«, sagte Raistlin in sehnsüchtigem Ton, der in Caramons Herz traf.

»Dann lieb sie doch, Mann!« sagte Caramon, der neben seinem Bruder ritt. »Vergiß diesen Quatsch von Abgründen! Du bist wohl ein mächtiger Zauberer und sie eine heilige Klerikerin, aber unter euren Roben seid ihr Fleisch und Blut! Nimm sie in deine Arme und…« Er hielt sein Pferd an. Sein Gesicht leuchtete vor Begeisterung.

Auch Raistlin hielt sein Pferd an. Er beugte sich vor, legte die Hand auf den Arm seines Bruders, und seine glühenden Finger brannten sich in Caramons Haut. Sein Gesichtsausdruck war hart, seine Augen kalt wie Glas. »Hör mir zu, Caramon, und versuche mich zu verstehen«, sagte er in einem ausdruckslosen Ton, der seinen Bruder schaudern ließ. »Ich bin der Liebe unfähig. Ist dir das immer noch nicht klar geworden? O ja, du hast recht – unter diesen Roben bin ich Fleisch und Blut. Wie jeder andere Mann bin ich der Wollust fähig. Das ist alles... Wollust.« Er zuckte die Achseln. »Es würde mir wohl wenig ausmachen, wenn ich mich ihr hingeben würde, vielleicht würde es mich vorübergehend schwächen, weiter nichts. Meine Magie wird es nicht beeinträchtigen. Aber« – sein Blick fuhr durch Caramon wie ein Stück Eis – »es würde Crysania zerstören, wenn sie es herausfindet. Und sie würde es herausfinden!«

»Du gemeiner Bastard«, sagte Caramon mit zusammengebissenen Zähnen.

Raistlin hob eine Augenbraue an. »Bin ich das?« fragte er. »Wenn ich es wäre, würde ich mir dann nicht mein Vergnügen nehmen, wo es sich anbietet? Ich bin fähig, mich zu verstehen und zu beherrschen, anders als andere.«

Caramon blinzelte. Er spornte sein Pferd an. Irgendwie war es seinem Bruder wieder gelungen, den Spieß umzudrehen. Plötzlich fühlte sich Caramon von Schuldgefühlen verzehrt, ein Opfer der tierischen Instinkte, die er nicht kontrollieren konnte, während sein Bruder, indem er zugab, daß er der Liebe nicht fähig sei, edel erschien. Caramon schüttelte den Kopf.

Sie folgten Crysanias Spur tiefer in den Wald. Das fiel ihnen auch nicht schwer, da sie auf dem Pfad geblieben war und niemals die Richtung geändert hatte, sich nicht einmal die Mühe gemacht hatte, ihre Spuren zu verwischen.

»Frauen!« brummte Caramon nach einiger Zeit. »Wenn sie nur einen Schmollanfall hat, warum macht sie es dann so kompliziert und geht nicht zu Fuß? Warum muß sie sich ein verdammtes Pferd nehmen und durch das Land reiten?«

»Du verstehst sie nicht, mein Bruder«, sagte Raistlin. »Das ist nicht ihre Absicht. Sie verfolgt einen Zweck mit diesem Ritt, glaub mir.«

»Pah!« schnaufte Caramon. »Ich bin verheiratet! Ich kenne mich da aus! Sie ist eingeschnappt weggeritten und wußte, daß wir ihr nachlaufen! Wir werden sie hier irgendwo finden, ihr Pferd völlig erschöpft, wahrscheinlich lahm. Sie wird frieren und hochnäsig sein. Wir werden uns entschuldigen, und dann bekommt sie ihr verdammtes Zelt, wenn sie das will und ... Sieh mal! Was habe ich dir gesagt?« Er brachte sein Pferd zum Halten und zeigte über das flache Grasland. »Das ist eine Spur, der sogar ein blinder Gossenzwerg folgen könnte! Los!«

Raistlin antwortete nicht, aber er hatte einen nachdenklichen Gesichtsausdruck, als er hinter seinem Bruder hergaloppierte. Sie fanden die Stelle, an der Crysania wieder den Wald betreten hatte, erreichten einen Fluß und überquerten ihn.

Aber dann hielt Caramon sein Pferd an. »Was zum ...« Er sah nach links und rechts und führte sein Tier im Kreis herum.

Raistlin seufzte und lehnte sich über den Sattelknopf. »Ich habe es dir doch gesagt«, meinte er grimmig. »Sie hat eine Absicht. Sie ist klug, mein Bruder. Klug genug, um dein Gehirn zu verstehen und wie es funktioniert, wenn es das tut.«

Caramon funkelte seinen Bruder an, aber dieser schwieg.

Crysanias Spur hatte aufgehört.

Wie Raistlin sagte, verfolgte Crysania eine bestimmte Absicht. Sie war klug, vermutete, was Caramon denken würde, und hatte ihn in die Irre geführt. Sie hatte zwar keine Ahnung vom Leben in der Wildnis, aber seit Monaten war sie mit Leuten zusammengewesen, die über solche Kenntnisse verfügten. Oft einsam – wenige nur sprachen mit der »Hexe« – und oft sich selbst überlassen, da Caramon genügend Probleme mit seiner Armee hatte und Raistlin sich in seine Studien vertiefte, blieb Crysania nichts anderes übrig, als für sich allein zu reiten, den Geschichten der anderen in ihrer Nähe zuzuhören und von ihnen zu lernen.

Sie hatte also auf ihren eigenen Spuren kehrtgemacht und war mit ihrem Pferd in den Fluß geritten. Als sie dann einen steinigen Teil des Ufers erreichte, wo ihr Pferd keine Spuren hinterlassen würde, war sie wieder an Land gegangen. Sie ritt wieder in den Wald hinein, vermied aber den Hauptweg und entschied sich statt dessen für eine der vielen Tierfährten. Sie war ziemlich sicher, daß Caramon ihr so etwas überhaupt nicht zutraute, und hatte keine Befürchtungen, daß er ihr folgte.

Wenn Crysania gewußt hätte, daß Raistlin seinen Bruder begleitete, hätte sie vielleicht anders gedacht, denn der Magier schien sie besser zu kennen als sie sich selbst. Aber sie wußte es nicht, und so setzte sie ihren Weg in mäßigem Tempo fort, damit sich das Pferd ausruhen konnte und sie Zeit hatte, ihre Pläne zu überdenken.

In ihren Satteltaschen führte sie eine Karte mit sich, die sie aus Caramons Zelt gestohlen hatte. Auf der Karte war ein kleines Dorf im Gebirge verzeichnet. Es war so klein, daß es nicht einmal einen Namen trug – zumindest war auf der Karte kein Name eingetragen. Aber dieses Dorf war ihr Ziel. Hier plante sie zwei Dinge zu erreichen: Sie wollte die Zeit verändern und Caramon, seinem Bruder und sich beweisen, daß sie mehr war als ein nutzloses, wenn auch gefährliches Gepäckstück. Sie wollte ihren Wert beweisen. Hier in diesem Dorf beabsichtigte Crysania, den Glauben an die uralten Götter zurückzubringen.

Das war kein neuer Einfall. Sie hatte schon häufig in Erwägung gezogen, diesen Versuch zu unternehmen, ihn aber nicht verwirklichen können. Denn Caramon und Raistlin hatten ihr strikt verboten, im Lager ihre klerikalen Kräfte einzusetzen. Beide fürchteten um ihr Leben, da sie in früheren Jahren Hexenverbrennungen erlebt hatten.

Crysania hatte genügend Verstand, um zu erkennen, daß ihr keiner der Männer oder keine der Familien, die mit der Armee zogen, zuhören würde; alle waren fest überzeugt, daß sie eine Hexe war. Dann war ihr die Idee gekommen, daß die Menschen ihr folgen würden, wenn sie auf solche stieß, die nichts von ihr wußten und denen sie ihre Geschichte erzählen und die Botschaft überbringen konnte, daß nicht die Götter die Menschen verlassen hätten, sondern die Menschen die Götter.

Aber erst Raistlins grobe, verletzende Worte hatten dazu geführt, daß sie den Mut zum Handeln gefaßt hatte. Auch jetzt noch, während sie im Zwielicht ihr Pferd durch den stillen Wald lenkte, konnte sie seine Stimme hören und seine funkelnden Augen sehen, als er sie erniedrigt hatte.

Ich habe es verdient, gestand sie sich ein. Ich habe meinen

»Reiz« benutzt, anstatt Raistlin durch mein Beispiel zu Paladin zu bringen. Seufzend strich sie sich durch das wirre Haar. Ohne *seine* Willensstärke wäre sie gefallen.

Ihre bereits hohe Bewunderung für den jungen Erzmagier hatte sich vertieft – wie Raistlin vorausgesehen hatte. Sie beschloß, sich wieder seiner Achtung würdig zu erweisen. Denn jetzt mußte er eine sehr schlechte Meinung von ihr haben. Wenn sie mit einer Schar von Anhängern, von wahren Gläubigen, ins Lager zurückkehrte, konnte sie ihm nicht nur zeigen, daß er sich geirrt hatte, sondern sie hoffte auch, dann ihre Lehren in der Armee verbreiten zu können.

Mit diesen Gedanken und Plänen beschäftigt, fühlte sich Crysania mehr im Frieden mit sich, als es seit Monaten der Fall gewesen war. Zum ersten Mal machte sie wieder etwas Eigenständiges. Sie zottelte nicht mehr hinter Raistlin her oder wurde von Caramon herumkommandiert. Ihre Laune stieg. Nach ihren Berechnungen mußte sie das Dorf vor Einbruch der Dunkelheit erreichen.

Ihr Pfad hatte beständig aufwärts geführt. Jetzt erreichte er den Gipfel und fiel dann nach unten ab, in ein kleines Tal. Crysania hielt ihr Pferd an. Dort, ins Tal eingebettet, konnte sie endlich das Dorf sehen – ihr Ziel.

Etwas kam ihr an dem Dorf komisch vor, aber da sie es vor Einbruch der Dunkelheit erreichen wollte, ritt sie ohne Verzug den Berg hinab. Ihre Hand war um das Medaillon von Paladin geschlossen.

»Nun, was machen wir jetzt?« fragte Caramon, der auf seinem Pferd saß und den Fluß auf und ab sah.

»Du bist der Frauenexperte«, gab Raistlin zurück.

»Ist ja gut, ich habe einen Fehler gemacht«, murrte Caramon. »Das hilft uns jetzt aber auch nicht weiter. Es wird bald dunkel, und dann finden wir niemals ihre Spur... Ich habe von dir noch keine hilfreichen Vorschläge gehört«, fuhr er fort und warf seinem Bruder einen haßerfüllten Blick zu. »Kannst du nicht etwas herbeizaubern?«

»Ich hätte dir schon vor langer Zeit Verstand ›herbeigezaubert‹, wenn ich dazu in der Lage wäre«, erwiderte Raistlin gereizt. »Was soll ich denn deiner Meinung nach tun – soll ich sie aus der Luft erscheinen lassen oder sie in meiner Kristallkugel suchen? Nein, ich werde meine Kraft nicht verschwenden. Außerdem ist es nicht notwendig. Hast du eine Karte? Hast du es geschafft, soweit zu denken?«

»Ich habe eine Karte«, erwiderte Caramon grimmig, zog sie aus seinem Gürtel und gab sie seinem Bruder.

»Du könntest auch den Pferden Wasser geben«, sagte Raistlin und glitt von seinem Tier. Auch Caramon stieg ab und führte die Pferde zum Fluß, während Raistlin die Karte studierte.

Als Caramon die Pferde an einen Busch gebunden hatte und zu seinem Bruder zurückgekehrt war, ging die Sonne unter. Raistlin hielt die Karte dicht an seine Nase und versuchte, in der Abenddämmerung etwas zu erkennen. Er hustete und saß in seinem Reiseumhang zusammengekauert da.

»Du solltest nicht in der Nachtluft sein«, sagte Caramon mürrisch.

Raistlin hustete wieder und warf ihm dann einen verbitterten Blick zu. »Mit mir ist alles in Ordnung.«

Achselzuckend spähte Caramon über die Schulter seines Bruders auf die Karte.

Raistlin zeigte auf einen kleinen Fleck im Gebirge. »Dort«, sagte er.

»Warum sollte sie ausgerechnet einen dermaßen abseits liegenden Ort aufsuchen?« fragte Caramon stirnrunzelnd. »Das ergibt überhaupt keinen Sinn.«

»Weil du immer noch nicht ihre Absicht durchschaust!« erwiderte Raistlin. Nachdenklich rollte er die Karte zusammen; seine Augen starrten in das schwindende Licht. Eine dunkle Linie erschien zwischen seinen Augenbrauen.

»Nun?« fragte Caramon. »Was ist diese großartige Absicht, die du ständig erwähnst?«

»Sie hat sich in große Gefahr gebracht«, sagte Raistlin plötzlich, seine kühle Stimme färbte sich mit Zorn.

Caramon starrte ihn beunruhigt an. »Was? Wieso weißt du das? Siehst du…«

»Natürlich kann ich nicht sehen, du Idiot!« fauchte Raistlin über seine Schulter, während er eilig zu seinem Pferd ging. »Ich denke! Ich benutze mein Gehirn! Sie reitet zu diesem Dorf, um die alte Religion wiederherzustellen. Sie reitet dorthin, um ihnen von den wahren Göttern zu erzählen!«

»Im Namen der Hölle!« fluchte Caramon. »Du hast recht, Raist«, sagte er nach einem nachdenklichen Augenblick. »Ich habe sie darüber sprechen hören, wenn ich es mir jetzt so überlege. Aber ich habe das nie ernst genommen.« Als er dann sah, wie sein Bruder sein Pferd losbinden und besteigen wollte, eilte er zu ihm hin. »Warte eine Minute, Raist! Wir können jetzt nichts unternehmen. Wir müssen bis zum Morgen warten.« Er zeigte zum Gebirge. »Du weißt genauso gut wie ich, daß wir auf diesen Pfaden nach Einbruch der Dämmerung nicht reiten können. Die Gefahr ist zu groß, daß die Pferde in ein Loch stolpern und sich ein Bein brechen. Abgesehen davon wissen wir nicht, was in diesen gottverlassenen Wäldern lebt.«

»Ich habe meinen Stab bei mir, der uns leuchten kann«, entgegnete Raistlin und zeigte auf den Stab des Magus, der in einem Lederbehälter am Sattel steckte. Er wollte aufsteigen, aber ein Hustenanfall zwang ihn zum Einhalten.

Caramon wartete, bis der Anfall vorüber war. »Sieh mal, Raist«, sagte er, »ich bin genau wie du um sie besorgt – aber ich glaube, du übertreibst. Laß uns vernünftig sein. Es ist ja nicht so, daß sie in eine Höhle voller Goblins reitet! Dieses magische Licht wird alles anziehen, was draußen in der Nacht lauert, so wie Motten von einer Kerzenflamme angezogen werden. Die Pferde sind müde. Du bist nicht in der Verfassung weiterzureiten, geschweige denn zu kämpfen, falls das nötig werden sollte. Wir suchen uns hier ein Nachtlager. Du kannst dich ausruhen, und morgen früh reiten wir gestärkt weiter.«

Raistlin regte sich nicht. Seine Hände lagen auf dem Sattel, und er starrte seinen Bruder an. »Du hast recht, mein Bruder«, sagte er.

15

Erst als Crysania in das Dorf ritt, stellte sie fest, daß etwas nicht stimmte.

Caramon wäre es natürlich sofort aufgefallen, wenn er vom Gipfel des Berges auf das Dorf hinuntergesehen hätte. Er hätte den fehlenden Rauch der Kaminfeuer bemerkt. Er hätte die unnatürliche Ruhe bemerkt – keine Mütter, die nach ihren Kindern riefen, kein dumpfes Muhen von Vieh, das von den Feldern heimgetrieben wird, keine Nachbarn, die sich nach einem langen Arbeitstag fröhlich begrüßen. Er hätte gesehen, daß kein Rauch von der Schmiede aufstieg, hätte sich nervös gefragt, warum aus den Fenstern kein Kerzenlicht leuchtete. Er hätte beunruhigt die große Anzahl am Himmel kreisender Aasvögel entdeckt...

All dies hätten Caramon oder Tanis, der Halbelf, oder Raistlin oder die anderen bemerkt und hätten sich mit der Hand am Schwert oder mit einem Zauberspruch auf den Lippen dem Dorf genähert.

Als Crysania langsam in das Dorf hineinritt und sich wunderte, wo denn die Bewohner wären, verspürte sie die ersten Anzeichen von Unbehagen. Sie wurde sich der Vögel bewußt, als ihre Schreie in ihre Gedanken eindrangen.

Crysania stieg vor einem Gebäude ab, dessen Schild es als Gasthaus kennzeichnete. Sie band das Pferd an einen Pfahl und ging zum Eingang. Kein Licht drang aus den Fenstern des Hauses. Crysania konnte kaum etwas erkennen, als sie die Tür öffnete. »Hallo?« rief sie zögernd. Bei dem Klang ihrer Stimme kreischten die Vögel auf. »Ist jemand hier? Ich möchte ein Zimmer...«

Aber sie erkannte, daß dieser Ort ohne Zweifel verlassen war. Vielleicht hatten sich alle der Armee angeschlossen. Das wußte sie von ganzen Dörfern. Aber als sie sich umsah, erkannte sie, daß es in diesem Dorf nicht der Fall gewesen war. Denn dann wären nur die Möbel hier geblieben; die Leute hätten ihre sonstigen Habseligkeiten mitgenommen.

Hier war der Tisch für das Abendessen gedeckt...

Sie trat weiter in den Raum hinein, als sich ihre Augen an die Düsterheit gewöhnt hatten. Jetzt konnte sie Gläser erkennen, die noch mit Wein gefüllt waren, die Flaschen standen offen mitten auf dem Tisch. Es gab kein Essen. Einige Teller waren heruntergeworfen und lagen zerbrochen auf dem Boden neben einem angeknabberten Knochen. Zwei Hunde und eine Katze schlichen herum; sie sahen halbverhungert aus.

Eine Treppe verlief nach oben. Crysania dachte daran hinaufzusteigen, aber dann verließ sie der Mut. Sie würde sich erst im Dorf umsehen. Sicher war jemand da, der ihr erklären konnte, was hier vor sich ging.

Sie nahm eine Lampe, zündete sie mit der Zunderbüchse an, die sie in ihrer Tasche hatte, und ging auf die Straße, die jetzt in fast völlige Dunkelheit getaucht war. Was war geschehen? Wo waren alle? Es sah nicht so aus, als ob die Stadt angegriffen worden wäre. Es gab keine Zeichen von Kampf – keine zerbrochenen Möbel, kein Blut, keine herumliegenden Waffen, keine Leichen.

Ihr Pferd wieherte bei ihrem Erscheinen. Sie unterdrückte den heftigen Wunsch, auf das Tier zu springen und so schnell wie möglich fortzureiten. Es war müde und mußte fressen. Als sie daran dachte, band sie es los und führte es zu dem Stall hinter dem Gasthaus. Der Stall war leer. Das war nicht ungewöhnlich – in dieser Zeit waren Pferde ein Luxus. Aber es gab Stroh und Wasser. Zumindest war also das Gasthaus auf Reisende eingestellt. Sie stellte ihre Lampe auf ein Gestell, nahm den Sattel von dem erschöpften Tier und rieb es ab. Als sie ging, kaute es Hafer, den es in einem Trog gefunden hatte.

Crysania nahm ihre Lampe und kehrte auf die leere, stumme Straße zurück. Sie spähte in dunkle Häuser. Nichts. Niemand. Als sie weiterging, hörte sie ein Geräusch. Kurz hörte ihr Herz zu schlagen auf, die Lampe schwankte in ihrer zitternden Hand. Sie blieb stehen, horchte, redete sich ein, daß es ein Vogel oder ein anderes Tier sei.

Nein, da war es wieder. Und noch einmal. Es war ein merkwürdiges Geräusch, wie ein Zischen und dann ein Aufplatschen. Bestimmt war daran nichts Unheimliches oder Bedrohliches.

Wütend auf sich, enttäuscht vom offensichtlichen Scheitern ihrer Pläne und entschlossen herauszufinden, was hier passiert war, ging Crysania kühn weiter.

Das Geräusch wurde lauter. Die Häuser hörten auf. Als sie um eine Ecke bog, fiel ihr plötzlich ein, daß sie die Lampe hätte löschen sollen. Aber der Gedanke kam zu spät. Beim Anblick des Lichts drehte sich die Gestalt, die das komische Geräusch verursacht hatte, um und starrte sie an.

»Wer bist du?« rief der Mann. »Was willst du hier?« Er klang nicht verängstigt, nur furchtbar müde, als ob ihre Gegenwart eine weitere schwere Bürde wäre.

Aber anstatt zu antworten, ging Crysania weiter. Jetzt hatte sie das Geräusch erkannt. Er hatte geschaufelt, denn er hielt eine Schaufel in der Hand. Er hatte kein Licht. Er hatte offensichtlich so schwer gearbeitet, daß er nicht einmal wahrgenommen hatte, daß die Nacht eingebrochen war.

Crysania hob ihre Lampe hoch, damit das Licht auf den Mann falle, und musterte ihn neugierig. Er war jung, jünger als sie – wahrscheinlich zwanzig oder einundzwanzig. Er war ein Mensch mit blassem, ernstem Gesicht und in Roben gekleidet, die sie für klerikale Gewänder hielt.

»Zurück!« schrie er.

»Was?« fragte Crysania erschreckt.

»Zurück!« wiederholte er schwächer.

»Nein«, sagte Crysania, die erkannte, daß der junge Mann krank oder verletzt war. Sie wollte ihren Arm um ihn legen, als ihr Blick auf seine Arbeit fiel.

Er hatte ein Grab aufgefüllt – ein Massengrab.

Als sie in die riesige Grube schaute, sah sie Leichen – Männer, Frauen, Kinder. Es gab keine Verletzungen an ihnen, kein Blut. Dennoch waren alle tot; das gesamte Dorf, erkannte sie betäubt. Und als sie sich umdrehte und in das Gesicht des jungen Mannes blickte, den Schweiß sah, die glasigen, fiebrigen Augen, wußte sie Bescheid.

»Ich habe versucht, dich zu warnen«, sagte er matt und würgte. »Gelbfieber!«

»Komm mit«, sagte Crysania. Sie legte die Arme um den jungen Mann.

Er wehrte sich schwach. »Nein! Nicht!« bettelte er. »Du wirst dich anstecken und sterben… innerhalb von Stunden…«

»Du bist krank. Du brauchst Ruhe«, sagte sie. Seinen Protest nicht beachtend, führte sie ihn fort.

»Aber das Grab«, flüsterte er. Sein Blick glitt zum dunklen Himmel, wo die Aasvögel kreisten. »Wir können die Leichen nicht so lassen…«

»Ihre Seelen sind bei Paladin«, unterbrach ihn Crysania und kämpfte bei dem Gedanken an das greuliche Festmahl, das bald beginnen würde, gegen ihren eigenen Ekel an. »Nur ihre Hüllen liegen hier.«

Zum Streiten zu geschwächt, neigte der junge Mann den Kopf und legte seinen Arm um Crysanias Hals. Er war unglaublich mager – sie spürte kaum sein Gewicht, als er sich auf sie stützte. Sie fragte sich, wann er das letzte Mal richtig gegessen hatte.

Langsamen Schrittes verließen sie das Grab. »Dort ist mein Haus«, sagte er und deutete auf eine kleine Hütte am Rande des Dorfes.

Crysania nickte. »Erzähl mir, was geschehen ist«, sagte sie.

»Da gibt es nicht viel zu erzählen«, entgegnete er. »Es schlug ganz plötzlich ein, ohne Warnung. Gestern haben die Kinder noch in den Höfen gespielt, und in der vergangenen Nacht sind sie in den Armen ihrer Mütter gestorben. Tische waren gedeckt für ein Abendessen, das keiner mehr essen wollte. Heute morgen haben jene, die sich noch bewegen konnten, dieses Grab geschaufelt, ihr eigenes Grab.« Seine Stimme brach.

»Es wird jetzt alles gut werden«, sagte Crysania. »Ich bringe dich ins Bett. Ich werde beten...«

»Gebete!« Der junge Mann lachte bitter auf. »Ich bin ihr Kleriker!« Er wies zum Grab zurück. »Du siehst, was die Gebete gebracht haben.«

»Pst! Schone deine Kraft«, sagte Crysania. Bald darauf erreichten sie das kleine Haus. Sie half ihm, sich auf sein Bett zu legen, schloß die Tür, und als sie Brennholz im Kamin sah, zündete sie es mit der Flamme ihrer Lampe an. Bald loderte es. Sie zündete Kerzen an und kehrte dann zu ihrem Patienten zurück. Seine fiebrigen Augen waren jeder ihrer Bewegungen gefolgt.

Sie zog einen Stuhl zu seinem Bett, goß Wasser in eine Schüssel, tauchte ein Tuch hinein, dann setzte sie sich zu ihm und legte das feuchte Tuch auf seine glühende Stirn. »Ich bin auch eine Klerikerin«, sagte sie und berührte leicht ihr Medaillon. »Ich werde zu meinem Gott beten, daß er dich heilt.« Sie legte die Hände auf die Schultern des jungen Mannes. Dann begann sie: »Paladin...«

»Was?« rief er und ergriff sie mit einer glühenden Hand. »Was tust du da?«

»Ich werde dich heilen«, antwortete Crysania und lächelte ihn an. »Ich bin eine Klerikerin Paladins.«

»Paladin!« Der junge Mann zog vor Schmerz eine Grimasse,

dann sah er ungläubig zu ihr auf. »Das hast du doch gesagt. Wie kannst du eine seiner Klerikerinnen sein? Sie sind alle, so wird gesagt, vor der Umwälzung verschwunden.«

»Das ist eine lange Geschichte«, erwiderte Crysania. »Ich werde sie dir später erzählen. Aber jetzt glaube mir, daß ich wahrhaftig eine Klerikerin dieses großen Gottes bin und dich heilen werde!«

»Nein!« schrie der junge Mann, und seine Hand schloß sich so fest um die ihre, daß es schmerzte. »Ich bin auch ein Kleriker, ein Kleriker der Götter der Sucher. Ich habe versucht, meine Leute zu heilen, aber ich konnte nichts für sie tun. Sie sind gestorben!« Er schloß gequält die Augen. »Ich habe gebetet! Die Götter... haben nicht geantwortet.«

»Weil diese Götter, zu denen du gebetet hast, falsche Götter sind«, sagte Crysania ernst und strich besänftigend über das schweißnasse Haar des jungen Mannes.

Als er die Augen wieder öffnete, musterte er sie aufmerksam. Er sah gut aus und wirkte ernst, gelehrt. Seine Augen waren blau, sein Haar goldblond. »Wasser«, murmelte er zwischen ausgetrockneten Lippen.

Sie half ihm sich aufsetzen. Durstig trank er aus der Schüssel, dann legte sie ihn vorsichtig auf das Bett zurück. Er starrte sie immer noch an und schüttelte den Kopf.

»Du weißt von Paladin, von den uralten Göttern?« fragte Crysania leise.

»Ja«, antwortete der junge Mann bitter. »Ich weiß von ihnen. Ich weiß, daß sie das Land zerstört haben. Ich weiß, daß sie Stürme und die Pest über uns gebracht haben. Ich weiß, daß in diesem Land böse Dinge freigelassen worden sind. Und dann haben sie uns verlassen. In der Stunde unserer Not haben sie uns aufgegeben!«

Jetzt war Crysania an der Reihe, große Augen zu machen. Sie hatte Ablehnung, Unglauben oder sogar völlige Unwissenheit, was die Götter betraf, erwartet. Damit konnte sie umgehen. Aber dieser bittere Zorn? Das war nicht die Konfrontation, auf die sie sich vorbereitet hatte. Sie war mit der Erwartung gekommen, einen abergläubischen Mob vorzufinden, und war auf ein Massengrab und einen sterbenden jungen Kleriker gestoßen.

»Die Götter haben uns nicht aufgegeben«, erwiderte sie. »Sie sind hier und warten nur auf den Klang eines Gebetes. Das Böse, das über Krynn gekommen ist, führten die Menschen selbst herbei, durch ihren Hochmut und ihre halsstarrige Unwissenheit.«

Die Geschichte von Goldmond, wie sie den sterbenden Elistan geheilt und ihn dabei zu dem uralten Glauben bekehrt hatte, fiel Crysania ein und erfüllte sie mit Freude. Sie würde diesen jungen Kleriker heilen, ihn bekehren... »Ich werde dir helfen«, sagte sie. »Dann werden wir Zeit zum Reden haben.« Wieder kniete sie neben seinem Bett, ergriff das Medaillon um ihren Hals und versuchte es noch einmal: »Paladin...«

Eine Hand packte sie grob und tat ihr weh. Erschreckt sah sie auf.

Es war der junge Kleriker. Er hatte sich halb aufgerichtet und starrte sie aufmerksam an. »Du brauchst mich nicht zu überzeugen. Ich glaube dir!« Er sah nach oben. »Ja, Paladin ist bei dir. Ich kann seine Gegenwart spüren. Vielleicht sind meine Augen offener, da ich mich dem Tod nähere.«

»Das ist ja wunderbar!« rief Crysania glückselig. »Ich kann...«

»Warte!« Der Kleriker rang nach Atem. »Hör zu! Weil ich glaube, weigere ich mich, daß du mich heilst.«

»Was?« Crysania starrte ihn verständnislos an. Dann sagte sie bestimmt: »Du bist krank, im Delirium. Du weißt nicht, was du sagst.«

»Doch«, erwiderte er. »Sieh mich an. Bin ich vernünftig?«

Crysania musterte ihn eingehend und mußte dann zustimmend nickend. »Ja, das mußt du zugeben. Ich bin nicht im Delirium. Ich bin bei vollem Bewußtsein... Aber sag mir, wenn Paladin hier ist – und ich glaube, daß er jetzt hier ist –, warum hat er das geschehen lassen? Warum hat er meine Leute sterben lassen? Warum hat er dieses Leiden zugelassen? Warum hat er es verursacht? Antworte mir!« Er umklammerte sie zornig. »Antworte mir!«

Ihre eigenen Fragen! Raistlins Fragen! Crysania spürte, wie ihr Geist in verwirrende Dunkelheit geriet. Wie konnte sie ihm antworten, wenn sie selbst so verzweifelt nach diesen Antworten suchte? Mit tauben Lippen wiederholte sie Elistans Worte: »Wir müssen glauben. Die Wege der Götter können uns nicht bekannt sein, wir können nicht…«

Der junge Mann legte sich zurück, schüttelte kraftlos den Kopf, und Crysania verstummte; sie fühlte sich hilflos angesichts dieses heftigen Zornes. Ich heile ihn auf alle Fälle, beschloß sie. Er ist krank und schwach an Geist und Körper. In diesem Zustand kann man von ihm nicht erwarten, daß er ihre Worte verstand.

Dann seufzte sie. Nein. Unter anderen Umständen hätte Paladin es erlaubt. Der Gott wird meine Gebete nicht erhören, wußte sie verzweifelt. In seiner göttlichen Weisheit wird er den jungen Mann zu sich nehmen, und dann wird alles klar und deutlich werden. Aber jetzt konnte es nicht sein.

Plötzlich erkannte Crysania düster, daß die Zeit nicht verändert werden konnte, jedenfalls nicht von ihr. Goldmond würde den Glauben an die uralten Götter bei den Menschen in einer Zeit wiederherstellen, wenn die Menschen wieder bereitwillig zuhörten. Nicht vorher.

Eine Hand berührte ihr Haar, und sie sah auf.

Der junge Mann lächelte sie schwach an. »Es tut mir leid«, sagte er sanft, und seine vom Fieber ausgetrockneten Lippen zuckten. »Es tut mir leid, daß ich dich enttäusche.«

»Ich verstehe dich«, sagte Crysania ruhig, »und ich werde deinen Wunsch respektieren.«

»Ich danke dir«, erwiderte er. Lange Zeit konnte man nur sein mühsames Atmen hören. Crysania wollte aufstehen, aber sie spürte seine glühende Hand auf der ihren. »Bitte tu eines für mich«, flüsterte er.

»Alles«, sagte sie und lächelte.

»Bleib die Nacht bei mir, während ich sterbe…«

Die Stufen zum Schafott hinaufklettern, den Kopf gebeugt. Die Hände sind hinter meinem Rücken gefesselt. Während ich die Stufen hinaufsteige, will ich mich befreien, obgleich ich weiß, daß es zwecklos ist – ich habe Tage, Wochen verbracht, mich zu befreien, vergeblich.

Die Schwarzen Roben bringen mich zu Fall. Ich stolpere. Jemand fängt mich auf, bewahrt mich vor dem Sturz, zieht mich aber nichtsdestoweniger vorwärts. Ich bin oben angekommen. Der Block, dunkel befleckt mit Blut, steht vor mir. Hektisch versuche ich jetzt, meine Hände freizubekommen! Wenn ich sie nur losmachen könnte! Flucht! Flucht!

»Es gibt keine Flucht!« lacht mein Scharfrichter, und ich weiß, ich bin es, der spricht! Mein Lachen! Meine Stimme! »Knie dich hin, du erbärmlicher Zauberer! Leg deinen Kopf auf das kalte, blutige Kissen!«

Nein! Ich kreische vor Entsetzen und Zorn und kämpfe verzweifelt, aber Hände ergreifen mich von hinten. Boshaft zwingen sie mich auf die Knie. Mein widerstrebendes Fleisch berührt den eisigen Block! Immer noch ziehe und zerre und schreie ich, und immer noch zwingen sie mich nach unten.

Eine schwarze Kapuze wird über meinen Kopf gezogen, aber ich kann den Scharfrichter hören, der immer näher kommt, ich kann seine schwarzen Roben rascheln hören, ich kann die Klinge sehen, die gehoben wird...

»Raist! Raistlin! Wach auf!«

Raistlin schlug die Augen auf. Er war verstört vor Entsetzen und hatte einen Augenblick keine Vorstellung, wo er war oder wer ihn geweckt hatte.

»Raistlin, was ist los?« wiederholte die Stimme.

Starke Hände hielten ihn fest, eine vertraute Simme löschte den zischenden Schrei der niedersausenden Klinge des Scharfrichters aus...

»Caramon!« schrie Raistlin und klammerte sich an seinen Bruder. »Hilf mir! Halt sie auf! Laß sie mich nicht umbringen! Halt sie auf! Halt sie auf!«

»Pst! Ich werde nicht zulassen, daß sie dir was tun, Raist«, murmelte Caramon. Er hielt seinen Bruder an sich gedrückt und strich ihm über das weiche braune Haar. »Pst! Mit dir ist alles in Ordnung. Ich bin hier... ich bin hier.«

Raistlin legte den Kopf an Caramons Brust, lauschte dem Herzschlag seines Bruders und gab einen tiefen Seufzer von sich. Dann schloß er die Augen und schluchzte wie ein Kind.

»Komisch, nicht wahr?« brummte Raistlin einige Zeit später, als sein Bruder das Feuer anzündete und einen Eisentopf mit Wasser aufsetzte. »Der mächtigste Magier, der je gelebt hat, wird in einem Traum zu einem kreischenden Kind!«

»Das ist doch menschlich«, knurrte Caramon, beugte sich über den Topf und beobachtete ihn aufmerksam.

»Ja, menschlich«, wiederholte Raistlin und zog seinen Reiseumhang um sich.

Caramon warf ihm einen unsicheren Blick zu. Er erinnerte sich, was Par-Salian und die anderen Magier ihm bei der Versammlung im Turm der Erzmagier gesagt hatten. »Dein Bruder beabsichtigt, die Götter herauszufordern! Er strebt danach, selbst ein Gott zu werden!«

Raistlins Kopf schnellte plötzlich hoch. »Was war das?« fragte er.

Auch Caramon hatte das Geräusch gehört und sich erhoben. »Weiß nicht«, antwortete er leise und lauschte. Dann ergriff er sein Schwert und zog es aus der Scheide.

Im gleichen Augenblick schloß sich Raistlins Hand über dem Stab des Magus, der neben ihm lag. Raistlin erhob sich und goß den Kessel über dem Feuer aus, um es zu löschen. Dunkelheit senkte sich über sie, als die Glut erstarb.

Sie ließen ihren Augen Zeit, sich daran zu gewöhnen, standen still da und konzentrierten sich einzig und allein auf ihr Gehör.

Der Fluß, in dessen Nähe sie lagerten, plätscherte gegen die Steine, Zweige knarrten, und Blätter raschelten, als eine jähe Brise aufkam.

»Da ist es«, flüsterte Raistlin, als sein Bruder zu ihm trat. »Im Wald am anderen Ufer.«

Es war ein Geräusch, als ob jemand versuchte, lautlos durch ungewohntes Gelände zu kriechen. Es dauerte kurz an, dann hörte es auf und begann wieder.

»Goblins«, zischte Caramon. Er umklammerte sein Schwert und tauschte mit seinem Bruder einen Blick. Die Jahre der Dunkelheit, der Entfremdung zwischen beiden, die Eifersucht, der Haß – alles verschwand im Nu. Auf die gemeinsame Gefahr reagierend, waren sie eins, so wie sie es im Mutterleib gewesen waren.

Mit vorsichtigen Bewegungen trat Caramon in den Fluß. Der rote Mond Lunitari gab heute nur wenig Licht. Raistlin folgte seinem Bruder. Er hielt seinen Stab in der einen Hand, während die andere leicht auf der Schulter Caramons ruhte.

Sie überquerten den Fluß so lautlos wie der Wind, der über

das Wasser wehte, und erreichten das andere Ufer. Sie konnten das Geräusch immer noch hören. Es wurde von etwas Lebendigem erzeugt, daran bestand kein Zweifel.

»Ein Stoßtrupp!« flüsterte Caramon. Er drehte sich um, damit sein Bruder ihn verstehen konnte.

Raistlin nickte. Stoßtrupps der Goblins ließen herkömmlicherweise Kundschafter zurück, die den Pfad bewachten, wenn sie ein Dorf plündern wollten. Da es eine langweilige Aufgabe war und zudem bedeutete, daß die ausgewählten Goblins keinen Anteil an der Beute hatten, fiel das Los im allgemeinen auf die Rangniedrigsten – die ungeschicktesten und am ehesten entbehrlichen Mitglieder des Trupps.

Raistlins Hand schloß sich plötzlich um Caramons Arm und hielt ihn fest. »Crysania!« flüsterte der Magier. »Das Dorf! Wir müssen wissen, wo der Stoßtrupp ist!«

Caramon blickte finster. »Ich fange ihn lebendig!« Er unterstrich seine Absicht mit einer Bewegung seiner riesigen Hand, die sich um einen imaginären Goblinhals legte.

Raistlin lächelte grimmig. »Und ich werde ihn ausfragen«, zischte er.

Gemeinsam krochen die Zwillinge den Pfad hinauf. Sie achteten darauf, im Schatten zu bleiben, so daß selbst der schwächste Strahl des Mondlichtes nicht auf Schnallen oder das Schwert fiel. Sie konnten immer noch das Geräusch hören, das bald verstummte, bald wieder begann. Es kam immer von der gleichen Stelle. Wer der Verursacher auch war, er schien keine Ahnung von ihrer Gegenwart zu haben. Sie kamen dem Geräusch näher, bis sie ihm gegenüberstanden.

»Warte hier!« flüsterte Caramon seinem Bruder zu und betrat den Wald. Er bewegte sich ungefähr einen Meter von einer kaum erkennbaren Tierfährte entfernt.

Raistlin stand unter einem Baum, seine Finger griffen in eine seiner vielen Geheimtaschen und rollten dann eine Prise Schwefel mit Fledermausguano zu einer winzigen Kugel. Der Zauberspruch lag in seinem Gedächtnis abrufbereit.

Obwohl Caramon versuchte, lautlos voranzukommen, hörte

Raistlin das Quietschen seiner Lederrüstung, das Klimpern seiner Metallschnallen, das Knacken eines Zweiges unter seinen Füßen. Glücklicherweise setzte ihr Opfer seine Geräusche fort, so daß der Krieger wahrscheinlich ungehört blieb...

Ein entsetzlicher Schrei klang durch die Nacht, gefolgt von einem schrecklichen Gebrüll und Geräuschen, als tobten hundert Männer durch die Wildnis.

Raistlin schrak zusammen.

Dann schrie jemand: »Raist! Hilfe!«

Raistlin raffte seine Roben zusammen und lief schnell zu dem Tierpfad. Sein Bruder schrie immer noch. Raistlin lief durch den Wald; er achtete nicht auf die Zweige, die ihm ins Gesicht schlugen, und auf die Dornensträucher, an denen seine Roben hängen blieben. Plötzlich kam er auf eine Lichtung; er hielt an und duckte sich neben einem Baum. Vor sich konnte er einen gigantischen, scheinbar in der Luft schwebenden Schatten sehen. Mit dieser schattenhaften Gestalt rang – dem Schreien und Fluchen nach zu urteilen – Caramon!

»Ast kiranann Soth-aran/Suh kali Jalaran.« Raistlin sang die Worte und warf die kleine Schwefelkugel hoch in die Baumkrone. Das unmittelbar ausbrechende Licht in den Zweigen wurde von einer dröhnenden Explosion begleitet. Die Baumkrone fing Feuer und beleuchtete den Schauplatz.

Raistlin sprang vorwärts; magische Flammenpfeile knisterten aus seinen Fingerspitzen. Dann blieb er stehen und starrte mit großen Augen.

Vor ihm baumelte, mit dem Kopf nach unten und mit einem Bein an ein Seil gebunden, das an einem Ast hing, Caramon. Neben ihm hing ein in Angst vor den Flammen scharrender Hase.

Raistlin blickte versteinert auf seinen Bruder. Hilfeschreiend drehte sich Caramon langsam im Wind, während die brennenden Blätter auf ihn fielen. »Raist!« kreischte er. »Hol mich... Eine Wolfsfalle...« Er grinste.

Der Wald brannte lichterloh. Die Flammen funkelten auf dem Schwert des großen Mannes, das dort lag, wo er es hatte fallen lassen; sie funkelten auf Caramons glänzender Rüstung und in den Augen des Hasen.

Raistlin kicherte.

Nun war Caramon an der Reihe, seinen Bruder in verletzter Verblüffung anzustarren. In mitleiderregendem Ton rief er ihm zu: »Nun mach schon, Raist! Hol mich runter!«

Raistlin lachte hemmungslos.

»Verdammt, Raist! Das ist nicht lustig!« tobte Caramon und fuchtelte mit den Armen. Diese Bewegung jedoch führte dazu, daß der gefangene Krieger von einer Seite zur anderen schaukelte, mit ihm der Hase.

Das war zuviel für Raistlin. Bilder aus seiner Jugend fielen dem Erzmagier ein und vertrieben die Dunkelheit und das Entsetzen, die sich seit scheinbar endlosen Jahren an seine Seele geheftet hatten. Wieder war er jung, voller Hoffnungen, voller Träume. Wieder war er mit seinem Bruder zusammen, der ihm näher stand als jede andere Person, sein begriffsstutziger, geliebter Bruder... Raistlin krümmte sich vor Lachen. Nach Luft japsend brach er auf dem Gras zusammen und lachte wild; Tränen liefen ihm über die Wangen.

Caramon funkelte ihn haßerfüllt an – aber dieser bösartige Blick eines Mannes, der mit dem Kopf nach unten an seinem Fuß hing, steigerte nur noch Raistlins Heiterkeit. Er lachte so heftig, bis er glaubte, innere Verletzungen davongetragen zu haben. Das Lachen tat gut. Es verbannte die Dunkelheit. Auf dem feuchten Boden der Lichtung liegend, die vom Schein der brennenden Bäume erhellt wurde, lachte Raistlin noch heftiger, spürte die Fröhlichkeit wie guten Wein durch seinen Körper perlen. Dann fiel Caramon ein, und sein dröhnendes Grölen echote durch den Wald.

Nur herabstürzende glühende Äste, die neben ihm zu Boden fielen, riefen Raistlin wieder in die Wirklichkeit zurück. Er war vom Lachen so geschwächt, daß er kaum aufstehen konnte, rappelte sich aber hoch und holte den kleinen silbernen Dolch hervor, den er am Handgelenk trug. Er streckte sich und schnitt den Strick durch, der um den Fuß seines Bruders gebunden war.

Caramon fiel mit einem Fluch zu Boden.

Immer noch kichernd, ging der Magier zu dem Hasen, schnitt den Strick durch, den ein Jäger um das Hinterbein des Tieres gebunden hatte, und fing es in seinen Armen auf. Das Tier war vor Entsetzen halbverrückt, aber Raistlin streichelte seinen Kopf und murmelte einige Worte.

»Wirklich, wir haben ihn lebendig erwischt«, sagte Raistlin und hielt den Hasen hoch. »Ich glaube jedoch nicht, daß wir viel Informationen aus ihm herausholen können.«

Caramon war dermaßen rot im Gesicht, daß man meinen konnte, er sei in einen Farbeimer gefallen. Er setzte sich aufrecht hin und rieb seine schmerzende Schulter. »Sehr witzig«, brummte er und sah grinsend zu dem Hasen auf. Die Flammen in den Baumkronen erstarben, aber die Luft war noch von Qualm erfüllt, und hier und da brannte das Gras. Bei dem feuchten Herbstwetter erloschen die kleinen Feuer glücklicherweise schnell.

»Netter Zauber«, bemerkte Caramon, während er sich fluchend und stöhnend aufrichtete.

»Er hat mir schon immer gefallen«, entgegnete Raistlin sarkastisch. »Fizban hat ihn mir beigebracht. Erinnerst du dich? Ich glaube, der alte Mann hätte hier seinen Spaß gehabt.« Den Hasen in den Armen haltend, geistesabwesend seine weichen Ohren streichelnd, entfernte er sich von den qualmenden Bäumen.

Caramon hob sein Schwert auf und folgte Raistlin leicht hinkend. »Der verdammte Strick hat mir das Blut abgeschnürt.« Er schüttelte den Fuß, damit er wieder durchblutet würde.

Tiefhängende Wolken hatten sich gebildet und verbargen die Sterne und Lunitari. Als die Flammen erloschen, war der Wald in eine Dunkelheit getaucht, die so dicht war, daß beide Brüder den Pfad nicht erkennen konnten.

»Ich glaube, zur Heimlichtuerei besteht keine Notwendigkeit mehr«, murmelte Raistlin. »Shirak.« Der Kristall an dem Stab des Magus begann in strahlender Helligkeit zu glühen.

Die Zwillinge kehrten schweigend zu ihrem Lager zurück; es

war ein kumpelhaftes, angenehmes Schweigen, das sie seit vielen Jahren nicht mehr geteilt hatten. Die einzigen Geräusche in der Nacht waren die Bewegungen ihrer Pferde, das Klirren von Caramons Rüstung und das sanfte Rascheln der schwarzen Roben des Magiers.

Als sie das Lager erreicht hatten, schürte Caramon trübselig das Feuer, dann blickte er auf den Hasen in Raistlins Armen. »Ich glaube nicht, daß du ihn zum Frühstück verspeisen willst.«

»Ich esse kein Goblinfleisch«, antwortete Raistlin lächelnd und setzte das Tier auf dem Pfad ab. Es sah sich kurz um und war mit einem plötzlichen Satz unter den Bäumen verschwunden.

Caramon seufzte, dann kicherte er und setzte sich neben seine Bettrolle. Er zog seinen Stiefel aus und rieb seinen schmerzenden Knöchel.

»Dulak«, flüsterte Raistlin, und das Licht am Stab erlosch. Er verstaute ihn neben seiner Bettrolle, dann legte er sich hin und zog die Decken über sich.

Mit der Dunkelheit kehrte auch der Traum zurück. Er wartete auf ihn.

Raistlin erschauerte, sein Körper zuckte plötzlich vor Kälte. Schweiß bedeckte seine Augenbrauen. Er wagte nicht, seine Augen zu schließen! Aber er war so müde, so erschöpft. Wie viele Nächte schon hatte er nicht geschlafen? »Caramon«, sagte er leise.

»Ja«, antwortete Caramon aus der Dunkelheit.

»Caramon«, sagte Raistlin, »erinnerst du dich daran, wie wir Kinder waren? Ich hatte doch diese entsetzlichen Träume...« Er brach ab und hustete.

Von seinem Bruder kam kein Laut.

Raistlin räusperte sich, dann flüsterte er: »Und du hast meinen Schlaf bewacht, mein Bruder. Du hast sie ferngehalten...«

»Ich erinnere mich«, ertönte eine gedämpfte, heisere Stimme.

»Caramon«, begann Raistlin, aber er kam nicht weiter. Der Schmerz und die Müdigkeit waren zu stark. Die Dunkelheit schien ihn einzuhüllen, und der Traum kroch aus seinem Versteck hervor.

Und dann klirrte eine Rüstung. Ein riesiger Schatten tauchte neben ihm auf. Leder quietschte, als Caramon sich zu seinem Bruder setzte, seinen breiten Rücken gegen einen Baumstamm lehnte und sein bloßes Schwert über seine Knie legte. »Schlaf jetzt, Raist«, sagte er sanft. Der Magier spürte eine unbeholfene Hand seine Schulter tätscheln. »Ich halte Wache…«

Raistlin schloß die Augen. Schlaf, süß und erholsam, senkte sich über ihn. Das Letzte, woran er sich erinnern konnte, war ein flüchtiges Bild des Traumes, der sich ihm näherte und seine knochigen Hände ausstreckte, um ihn zu packen, aber vom Licht des Schwertes seines Bruders vertrieben wurde.

Caramons Pferd bewegte sich unruhig, als er sich im Sattel vorbeugte und auf das Dorf hinabsah. Er warf seinem Bruder einen finsteren Blick zu. Raistlins Gesicht war hinter seiner schwarzen Kapuze verborgen.

Bei Anbruch der Morgendämmerung hatte Regen eingesetzt. Außer den Tropfen, die von den Blättern fielen, gab es keine Geräusche.

Raistlin schüttelte den Kopf. Dann sagte er leise etwas zu seinem Pferd und ritt weiter. Caramon gab seinem Pferd die Sporen, beeilte sich, ihn einzuholen, und zog dabei sein Schwert aus der Scheide.

»Du wirst dein Schwert nicht brauchen, mein Bruder«, sagte Raistlin, ohne sich umzudrehen.

Trotz Raistlins Worten hielt Caramon seine Hand am Schwertknauf, bis sie den Rand des kleinen Dorfes erreicht hatten. Er stieg ab, übergab seinem Bruder die Zügel seines Pferdes und näherte sich vorsichtig der kleinen Wirtsstube, die Crysania aufgesucht hatte. Er spähte hinein und erblickte den gedeckten Tisch, das zerbrochene Geschirr. Ein Hund lief hoffnungsvoll auf ihn zu, leckte seine Hand und winselte. Katzen schlichen unter den Stühlen herum und verschwanden mit schuldbewußter Miene im Schatten. Geistesabwesend streichelte Caramon den Hund und wollte das Wirtshaus betreten, als Raistlin ihm zurief: »Ich habe ein Pferd gehört. Dort drüben.«

Mit gezogenem Schwert ging Caramon um die Ecke des Gebäudes. Kurz darauf kehrte er zurück, seine Waffe hatte er wieder eingesteckt, seine Stirn war gerunzelt. »Es ist ihr Pferd«, berichtete er. »Ungesattelt, gefüttert und getränkt.«

Als hätte Raistlin diese Information erwartet, nickte er.

Caramon sah sich in dem Dorf um. Wasser tropfte von den Dächern, die Tür zum Gasthaus drehte sich in rostigen Angeln und gab einen schrillen Ton von sich. Kein Licht drang aus den Häusern, kein Kinderlachen; keine Frauen waren zu sehen, die sich etwas zuriefen, keine Männer, die sich auf dem Weg zur Arbeit über das Wetter beklagten. »Was ist los, Raist?«

»Pest«, antwortete Raistlin.

Caramon bedeckte sofort Mund und Nase mit seinem Umhang.

Raistlins Mund verzog sich zu einem ironischen Lächeln. »Fürchte dich nicht, mein Bruder«, sagte er und stieg vom Pferd.

Caramon nahm die Zügel und band beide Pferde an einem Pfahl fest, dann trat er zu seinem Bruder.

»Wir haben eine Klerikerin bei uns, hast du das vergessen?« fragte Raistlin.

»Wo ist sie denn?« knurrte Caramon mit gedämpfter Stimme, hielt jedoch weiterhin sein Gesicht bedeckt.

Der Magier wandte seinen Kopf und sah die Häuserreihen entlang. »Vermutlich dort«, antwortete er schließlich.

Caramon folgte seinem Blick und sah im Fenster eines winzigen Hauses am anderen Ende des Dorfes ein Licht brennen.

»Ich würde lieber in ein Ogerlager gehen«, murrte Caramon, als er und sein Bruder durch die verlassenen Straßen stapften. Seine Stimme war vor Angst schroff, einer Angst, die er nicht verbergen konnte. Er konnte einem Tod durch kalten Stahl, das sich in seinen Magen bohrte, mit Gleichmut gegenübertreten. Aber der Gedanke, hilflos zu sterben, aufgezehrt von etwas, das man nicht bekämpfen konnte, das unsichtbar in der Luft schwebte, erfüllte den großen Mann mit Entsetzen.

Raistlin erwiderte nichts. Sein Gesicht blieb verborgen.

Sie kamen dem Licht immer näher, als Caramon zufällig nach links sah. »Im Namen der Götter«, flüsterte er, blieb stehen und ergriff seinen Bruder am Arm. Er wies auf das Massengrab.

Keiner sprach. Mit zornigem Krächzen erhoben sich die Aasvögel in die Luft. Caramon würgte. Mit blassem Gesicht drehte er sich eilig um.

Raistlins Augen blieben noch kurz auf diesen Anblick gerichtet. »Komm, mein Bruder«, sagte er dann und ging auf das kleine Haus zu.

Caramon, die Hand am Schwertknauf, warf einen Blick durch das Fenster, dann seufzte er und gab nickend seinem Bruder ein Zeichen. Raistlin stieß leise die Tür auf.

Ein junger Mann lag auf einem zerwühlten Bett. Seine Augen waren geschlossen, seine Hände lagen auf der Brust. Auf seinem stillen, aschgrauen Gesicht lag ein Ausdruck des Friedens. Eine Klerikerin, in Roben gekleidet, die einst weiß gewesen sein konnten, kniete auf dem Boden neben ihm, den Kopf in ihre gefalteten Hände gebettet.

Caramon wollte etwas sagen, aber Raistlin schüttelte den Kopf.

Crysania war bei ihrem Gott. Ins Gebet vertieft, hatte sie das Eintreten der Zwillinge nicht wahrgenommen, bis schließlich das Klirren von Caramons Rüstung sie wieder in die Wirklichkeit zurückbrachte. Sie hob den Kopf, ihr dunkles, wirres Haar fiel ihr über die Schultern, und sie musterte beide gleichmütig. Ihr Gesicht, zwar blaß vor Erschöpfung und Kummer, wirkte gefaßt. »Ich habe versagt«, sagte sie.

Raistlin sah kurz zu der Leiche des jungen Mannes hin. »Wollte er nicht glauben?«

»Oh, er hat geglaubt.« Auch sie sah zu dem Leichnam hin. »Aber er hat sich geweigert, sich von mir heilen zu lassen. Sein Zorn war... sehr groß.« Sie erhob sich und zog das Laken über die reglose Gestalt. »Paladin hat ihn zu sich genommen. Jetzt versteht er alles, dessen bin ich mir sicher.«

»Ja«, erwiderte Raistlin. »Und du?«

Crysania senkte den Kopf, ihr dunkles Haar fiel ihr übers Gesicht. Sie stand lange Zeit still da, bis Caramon sich räusperte.

»Raist...«, begann er leise.

»Pst!« flüsterte Raistlin.

Crysania hob den Kopf. Sie hatte Caramon nicht gehört. Ihre Augen waren nun ganz dunkel. »Ich verstehe ebenfalls«, antwortete sie mit fester Stimme. »Zum ersten Mal verstehe ich und weiß, was ich tun muß. In Istar erlebte ich den Glauben an die verlorenen Götter. Paladin hat mein Gebet erhört und mir die tödliche Schwäche des Königspriesters gezeigt – Stolz. Der Gott ließ mich erkennen, wie ich diesen Fehler vermeiden kann... Aber Paladin zeigte mir in Istar auch, wie schwach ich bin. Als ich die Stadt verließ und mit dir hierherkam, war ich nicht mehr als ein verängstigtes Kind, das sich in der entsetzlichen Nacht an dich klammerte. Jetzt habe ich meine Kraft wiedergewonnen.«

Während Crysania sprach, hatte sie sich Raistlin genähert. Seine Augen hielten die ihren fest. Das Medaillon von Paladin glänzte in einem kalten weißen Licht. Ihre Stimme wurde leidenschaftlich. »Dieser Anblick hier wird vor meinen Augen stehen«, sagte sie leise und trat vor den Erzmagier, »wenn ich mit dir durch das Portal gehe, bewaffnet mit meinem Glauben, stark in meiner Überzeugung, daß du und ich gemeinsam die Dunkelheit für immer von der Welt verbannen werden!«

Raistlin ergriff ihre Hände. Sie waren starr vor Kälte. Er umfaßte sie und wärmte sie mit seiner glühenden Berührung.

»Wir brauchen die Zeit nicht zu verändern«, sagte Crysania. »Fistandantilus war ein böser Mensch. Was er tat, tat er zu seinem persönlichen Ruhm. Aber wir nehmen Anteil, du und ich. Das wird ausreichen, um alles zu verändern. Ich weiß es – mein Gott hat zu mir gesprochen!«

Mit einem dünnlippigen Lächeln führte Raistlin Crysanias Hände zu seinem Mund und küßte sie, wobei er die Augen nicht von ihr abwandte.

Caramon drehte sich um und ging aus der Tür.

Während der Regen auf ihn fiel, vernahm Caramon eine Stimme.

»Er trachtet danach, ein Gott zu werden! Er trachtet danach, ein Gott zu werden!«

Caramon mußte daran denken, wie Raistlin in der vergangenen Nacht gewesen war. Wie lange war es her, daß er seinen Bruder so hatte lachen hören? Wie lange war es her, daß sie diese Wärme, diese Nähe geteilt hatten? Lebhaft erinnerte er sich, wie er Raistlins Gesicht beobachtet hatte, als er den Schlaf seines Bruders bewachte. Er sah die Linien der Gerissenheit sich glätten, die bitteren Falten um den Mund verblassen. Der Erzmagier hatte fast wie in jungen Jahren ausgesehen, und Caramon hatte sich an ihre gemeinsame Kindheit erinnert, die glücklichste Zeit seines Lebens.

Aber dann kam ungewollt eine entsetzliche Erinnerung. Er sah sich wieder in der dunklen Zelle in Istar, erkannte zum ersten Mal klar und deutlich die unermeßliche Fähigkeit seines Bruders zum Bösen. Er erinnerte sich an seinen festen Entschluß, daß sein Bruder sterben müsse. Er dachte an Tolpan…

Aber Raistlin hatte ihm doch alles erklärt! Wieder war Caramon am Schwanken.

Was war, wenn sich Par-Salian geirrt hatte, was war, wenn sich alle geirrt hatten? Was war, wenn Raistlin und Crysania die Welt von Entsetzen und Leiden befreien konnten?

»Ich bin einfach nur ein eifersüchtiger Narr«, murmelte Caramon und wischte das Regenwasser aus seinem Gesicht. »Vielleicht sind diese alten Zauberer genauso wie ich, eifersüchtig auf ihn.«

Die Dunkelheit vertiefte sich, der Regen fiel dichter.

Raistlin trat aus der Tür. Crysania war bei ihm, ihre Hand ruhte auf seinem Arm. Sie hatte sich in ihren dicken Umhang eingehüllt und sich die grauweiße Kapuze übers Gesicht gezogen.

Caramon räusperte sich. »Ich trage ihn heraus und lege ihn zu den anderen«, sagte er barsch und wollte durch die Tür gehen. »Dann schaufle ich das Grab zu...«

»Nein, mein Bruder«, sagte Raistlin. »Nein. Dieser Anblick soll nicht verborgen werden.« Er warf seine Kapuze zurück und ließ den Regen auf sein Gesicht fallen, als er den Blick zu den Wolken hob. »Dieser Anblick wird den Göttern nicht erspart werden! Der Rauch der Zerstörung wird sich zum Himmel erheben!«

Caramon, verblüfft über diesen Ausbruch, wandte sich zu seinem Bruder.

Raistlins Gesicht war fast so hager und blaß wie das Gesicht der Leiche in dem kleinen Haus, seine Stimme zornerfüllt. »Kommt mit mir«, sagte er, löste sich aus Crysanias Griff und schritt der Mitte des kleinen Dorfes zu.

Crysania folgte und hielt dabei ihre Kapuze gegen den peitschenden Wind und den Regen fest. Caramon ging langsamer hinterher.

Raistlin blieb mitten auf der vom Regen aufgeweichten Straße stehen und drehte sich zu Crysania und seinem Bruder um. »Hol die Pferde, Caramon – unsere und das Crysanias! Führe sie in den Wald außerhalb des Dorfs und verbinde ihnen die Augen. Dann komm zurück.«

Caramon starrte ihn an.

»Tu es«, befahl Raistlin.

Caramon gehorchte und führte die Pferde davon.

»Jetzt stell dich hierhin«, fuhr Raistlin fort, als sein Bruder zurückgekehrt war. »Beweg dich nicht von der Stelle. Komm mir nicht näher, mein Bruder, egal, was passiert.« Sein Blick glitt zu Crysania, die neben ihm stand, dann wieder zu seinem Bruder. »Du verstehst, Caramon?«

Caramon nickte, streckte seine Hand aus und nahm sanft die Crysanias.

Beunruhigt von dem seltsamen Ausdruck in Raistlins Gesicht, trat Crysania zu Caramon. Der große Mann legte den Arm um sie. Sie standen zusammen im prasselnden Regen, wagten kaum zu atmen und beobachteten den Erzmagier.

Raistlin schloß die Augen. Er hob das Gesicht zum Himmel und streckte seine Arme mit den Handflächen nach außen dem mit schwarzen Wolken überzogenen Himmel entgegen. Seine Lippen bewegten sich. Er wiederholte immer wieder die gleichen Worte, seine sanfte Stimme hob und senkte sich im Gesang.

Stille senkte sich über das Tal. Selbst der strömende Regen erstarb in Caramons Ohren. Er konnte nur noch den leisen Singsang seines Bruders vernehmen. Crysania drückte sich mit aufgerissenen Augen an Caramon, und er streichelte sie beruhigend.

Raistlin hob die Hände höher, seine Stimme wurde lauter. Er hielt inne, dann sprach er jedes Wort des Gesanges langsam und bestimmt aus. Der Wind wurde stärker, der Boden hob sich. Caramon hatte den Eindruck, daß die Welt auf seinen Bruder stürzte, und er befürchtete, daß auch er in diesen dunklen Strudel gesogen werden könnte.

Raistlins Finger stießen in den grauen, tosenden Himmel. Die Energie, die er aus dem Boden und der Luft gezogen hatte, stürzte wellenförmig durch ihn. Silberne Blitze schossen aus seinen Fingern und trafen die Wolken. Helles, gezacktes Licht fiel als Antwort herab, berührte das kleine Haus, worin der Leichnam des jungen Klerikers lag. In einer ohrenbetäubenden Explosion wurde das Gebäude von blauweißen Flammen überzogen.

Wieder sprach Raistlin, und wieder schossen silberne Blitze aus seinen Fingern. Wieder antwortete ein Lichtstreifen und traf den Magier. Dieses Mal war es Raistlin, der von einer rotgrünen Flamme überzogen wurde.

Crysania schrie auf. Sie wand sich in Caramons Griff, versuchte sich zu befreien. Aber sich an die Worte seines Bruders erinnernd, hielt Caramon sie fest und hinderte sie daran, zu Raistlin zu laufen. »Sieh mal!« flüsterte er heiser und verstärkte seinen Griff. »Die Flammen berühren ihn nicht!«

Raistlin, mitten im Feuer stehend, hob seine Arme höher, und die schwarzen Roben flatterten um ihn, als befände er sich im Zentrum eines heftigen Sturms. Wieder sprach er. Lodernde Flammen gingen von ihm aus, erhellten die Dunkelheit, stoben durch das nasse Gras und tänzelten auf dem Wasser. Raistlin stand in der Nabe eines riesigen Flammenrades.

Crysania konnte sich nicht rühren. Ehrfurcht und Entsetzen, wie sie es noch nie erlebt hatte, lähmten sie. Sie hielt sich an Caramon fest, aber er bot ihr keinen Trost. Sie waren wie zwei verängstigte Kinder, als die Flammen um sie brausten. Durch die Straßen züngelnd, erfaßte das Feuer die Gebäude und entzündete sie mit einer Explosion nach der anderen.

In roten, blauen und grünen Farben loderte das magische Feuer nach oben, erhellte den Himmel, nahm den Platz der wolkenumhüllten Sonne ein. Die Aasvögel kreischten vor Angst, als der Baum, auf dem sie sich niedergelassen hatten, eine lodernde Fackel wurde.

Und wieder sprach Raistlin, zum letzten Mal. Mit einer Explosion reinen weißen Lichtes sprang das Feuer vom Himmel und verzehrte die Leichen in dem Massengrab.

Der Feuersturm blies Crysania die Kapuze vom Kopf. Die starke Hitze peitschte ihr Gesicht. Der Rauch würgte sie, sie konnte kaum mehr atmen. Funken regneten auf sie herab, Flammen züngelten vor ihren Füßen, bis es schien, daß auch sie dem Brand zum Opfer fallen würde. Aber sie wurde nicht davon berührt. Sie und Caramon standen sicher inmitten des Feuers. Und dann nahm Crysania wahr, daß Raistlin sie ansah. Aus dem brennenden Inferno, in dem er stand, winkte der Magier ihr zu. Seine schwarzen Roben flossen um seinen Körper und wellten sich im Feuersturm, den er heraufbeschworen hatte. Inmitten der Flammen hielt er seine Hände Crysania entgegen.

»Nein!« schrie Caramon, der Crysania festhielt. Aber Crysania, die ihre Augen nicht von Raistlin löste, entzog sich sanft dem Griff des großen Mannes und trat vor.

»Komm zu mir, Verehrte Tochter!« Raistlins sanfte Stimme drang in ihr Herz. »Komm zu mir durch die Flamme. Lerne die Macht der Götter kennen...«

Das tosende Feuer, das um den Erzmagier loderte, versetzte sie in Trance, lockte sie, während Raistlins Stimme sie zu ihm rief.

»Nein!« schrie Caramon hinter ihr, aber sie hörte ihn nicht. Sie erreichte den Flammenvorhang. Raistlin streckte ihr seine Hand entgegen, aber sie zögerte.

Seine Hand brannte! Sie sah sie schrumpfen, das Fleisch war schwarz und verkohlt.

»Komm zu mir, Crysania...«, flüsterte er.

Sie streckte ihre zitternde Hand aus. Einen Augenblick spürte sie einen tödlichen Schmerz. Sie schrie vor Entsetzen und Pein auf, dann schloß sich Raistlins Hand um ihre und zog sie durch den Flammenvorhang. Unwillkürlich schloß sie die Augen.

Ein kühler Wind beruhigte sie. Sie atmete süße, frische Luft. Die einzige Wärme, die sie spürte, war die vertraute Körperwärme des Magiers. Als sie die Augen öffnete, sah sie, daß sie dicht bei ihm stand. Sie hob den Kopf, blickte in sein Gesicht und empfand einen schnellen, stechenden Schmerz im Herzen.

Raistlins Gesicht glitzerte vor Schweiß, sein Atem kam schnell und flach. Er schien sich seiner Umgebung nicht bewußt. Auf seinem Gesicht lag ein Ausdruck der Glückseligkeit, des Jubels, des Triumphes.

»Jetzt verstehe ich«, sagte sich Crysania, seine Hände festhaltend. »Er kann mich nicht lieben. In seinem Leben gibt es nur eine Liebe, und das ist seine Magie. Für diese Liebe würde er alles geben, alles riskieren!«

Der Gedanke war schmerzlich, aber es war ein angenehmer, melancholischer Schmerz.

»Und wieder«, sagte sie sich, »gibt er mir ein Beispiel. Zu lange habe ich mich mit nichtigen Gedanken beschäftigt. Er hat recht. Jetzt lerne ich die Macht der Götter kennen. Ich muß mich als würdig erweisen – ihnen und ihm gegenüber!«

Raistlin schloß die Augen. Crysania hielt sich an ihm fest und spürte die Magie aus ihm fließen, als ob sein Blut aus einer Wunde flösse. Seine Arme fielen schlaff herab. Die Flammenkugel, die sie umgeben hatte, flackerte auf und erlosch.

Mit einem Seufzer sank Raistlin auf den verbrannten Boden. Der Regen setzte wieder ein. Crysania konnte ihn zischen hören, als er auf das immer noch brennende Tal fiel. Dampfschwaden stiegen in die Luft, huschten durch die zerstörten Gebäude und trieben gespenstisch auf die Straßen, als wären sie die Geister der ehemaligen Bewohner.

Crysania kniete sich neben den Erzmagier und strich sein braunes Haar zurück. Raistlin schlug die Augen auf; er sah sie an, ohne sie zu erkennen. In seinen Augen erblickte sie tiefen Kummer – es war der Kummer eines Menschen, dem erlaubt worden war, ein Reich tödlicher Schönheit zu betreten, und der sich in einer grauen, verregneten Welt wiederfindet.

Crysania und Caramon halfen Raistlin auf die Beine. Er schien sie nicht wahrzunehmen; vor Erschöpfung wankend, fiel er gegen seinen Bruder.

»Er wird in Ordnung kommen. Das ist immer so.« Caramons Stimme erstarb, dann murmelte er: »Das ist immer so! Was sage ich da? In meinem ganzen Leben habe ich so etwas noch nie erlebt!« Er starrte ehrfürchtig seinen Bruder an. »Niemals zuvor habe ich eine solche Macht gesehen! Ich habe das nicht für möglich gehalten! Ich wußte nicht...«

Raistlin begann zu husten und würgte, bis er kaum noch stehen konnte. Caramon hielt ihn fest. Nebel und Rauch wirbelten um ihre Füße, der Regen prasselte auf sie herab. Hier und dort stürzte brennendes Holz ein, zischte Wasser über eine Flamme.

Als der Hustenanfall vorüber war, hob Raistlin den Kopf. »Crysania«, sagte er leise, »wenn wir bei unserem Streben erfolgreich sind, werden wir das Portal durchschreiten und mit offenen Augen in die Hölle gehen, an einen Ort von unvorstellbarem Entsetzen.«

Crysania begann unbeherrscht zu zittern, als sie vor ihm stand, von seinen glitzernden Augen im Bann gehalten.

»Du mußt stark sein, Verehrte Tochter«, fuhr Raistlin eindringlich fort. »Und das ist der Grund, warum ich dich hierher mitgenommen habe. Ich bin durch meine eigenen Prüfungen gegangen. Du mußt durch deine gehen. In Istar hast du den Prüfungen des Windes und des Wassers gegenübergestanden. Im Turm hast du die Prüfung der Dunkelheit durchgemacht, und jetzt hast du der Prüfung des Feuers widerstanden. Aber noch eine Prüfung wartet auf dich, Crysania, und du mußt dich darauf vorbereiten wie wir alle.« Er schloß erschöpft die Augen und taumelte.

Caramon fing seinen Bruder auf und trug ihn zu den wartenden Pferden.

Crysania eilte ihm nach. Auf Raistlins Gesicht lag ein Ausdruck wunderbaren Friedens.

»Er schläft«, sagte Caramon mit tiefer Stmme, ein Gefühl verbergend, das sie nicht erahnen konnte.

Crysania wandte sich um.

Rauch stieg aus den Ruinen des Dorfes. Die verbrannten Häuser waren zu Haufen reiner weißer Asche zusammengefallen, die Bäume waren nichts weiter als sich verzweigender Rauch, der in den Himmel trieb. Noch während sie zusah, fiel der Regen auf die Asche und verwandelte sie in Schlamm, der fortgeschwemmt wurde. Der Rauch wurde von den Sturmwinden fortgetragen.

Das Dorf war verschwunden, als ob es niemals existiert hätte.

Crysania zog ihren Umhang um sich. Caramon hob Raistlin in seinen Sattel.

Als der Krieger zu ihr kam, um ihr zu helfen, fragte sie: »Was hat Raistlin gemeint mit ›noch eine Prüfung‹? Ich habe dein Gesicht gesehen, als er das sagte. Du weißt es, nicht wahr? Du verstehst es?«

Caramon antwortete nicht sofort. Neben ihnen schwankte Raistlin benommen im Sattel; schließlich verfiel er in Schlaf.

Caramon ging zu seinem Pferd und bestieg es. Dann nahm er die Zügel aus den schlaffen Händen seines schlafenden Bruders. Sie ritten den Weg zurück, und Caramon warf dem Dorf keinen einzigen Blick zu.

Schweigend führte er die Pferde den Pfad hinauf. Neben ihm rutschte Raistlin über den Hals seines Tieres. Caramon stützte seinen Bruder mit fester, behutsamer Hand.

»Caramon?« fragte Crysania leise, als sie den Gipfel des Berges erreicht hatten.

Der Krieger wandte sich Crysania zu. Dann ging sein Blick seufzend nach Süden, wo weit entfernt Thorbadin lag. Sturmwolken ballten sich dunkel am Horizont zusammen.

»In einer alten Legende heißt es, daß Huma von den Göttern geprüft wurde, bevor er sich der Königin der Finsternis stellte. Er ging durch die Prüfung des Windes, die Prüfung des Feuers, die Prüfung des Wassers. Und seine letzte Prüfung«, erklärte Caramon ruhig, »war die Prüfung des Blutes.«

Terry Brooks – Shannara

Terry Brooks
Das Schwert von Shannara
23828

Terry Brooks
Der Sohn von Shannara
23829

Terry Brooks
Der Erbe von Shannara
23830

Terry Brooks
Die Elfensteine von Shannara
23831
Der Druide von Shannara
23832
Die Dämonen von Shannara
23833
Das Zauberlied von Shannara
23893
Der König von Shannara
23894
Die Erlösung von Shannara
23895

GOLDMANN